**Matthias Wittekindt** wurde 1958 in Bonn geboren. Nach dem Studium der Architektur und Religionsphilosophie arbeitete er in Berlin und London als Architekt. Es folgten einige Jahre als Theaterregisseur. Seit 2000 ist er als freier Autor tätig. Für seine Hörspiele, Fernseh-Dokumentationen und Theaterstücke wurde er vielfach ausgezeichnet. Bisher erschienen die Kriminalromane **Schneeschwestern** (2011), **Marmormänner** (2013, Deutscher Krimipreis 3. Platz), **Ein Licht im Zimmer** (2014), **Der Unfall in der Rue Bisson** (2016) und **Die Tankstelle von Courcelles** (2018, Deutscher Krimipreis 2. Platz).

Matthias Wittekindt

DIE BRÜDER FOURNIER

Kriminalroman

Edition Nautilus

Der Autor dankt
Dipl.-Psychologin Vivian Keim
für ihre Beratungen zur Psychodynamik
von auffälligem Verhalten.

Edition Nautilus GmbH
Schützenstraße 49 a
D-22761 Hamburg
www.edition-nautilus.de
Alle Rechte vorbehalten
© Edition Nautilus GmbH 2019
Originalveröffentlichung
Erstausgabe März 2020
Umschlaggestaltung:
Maja Bechert, Hamburg
www.majabechert.de
Autorenporträt Seite 2:
© Wenke Seemann

Druck und Bindung:
CPI – Clausen & Bosse, Leck
1. Auflage
ISBN 978-3-96054-226-1

Emely hatte geweint, als man Iason ins Gefängnis brachte. Sie hatte versucht ihren Sohn festzuhalten, sie wollte es nicht zulassen. Den ersten Gendarmen hatte sie mit einem Fußtritt ... Den zweiten auch. Sie knickten zusammen, wie zwei Türme, die fachmännisch gesprengt wurden. Wie sollte es anders sein? Sie war Iasons Mutter, er war ihr Liebster und sie wusste, wie ein Tritt gegen einen Mann zu führen war.
Man hatte Iason trotzdem weggebracht. Es gab eine richterliche Anordnung und es waren einfach zu viele Gendarmen. Ihr zweiter Sohn Vincent hatte, während das alles geschah, ununterbrochen geschrien. Auch er hatte sich an seinen Bruder geklammert.

I

Mehl

Das schönste Kinderbild, auf dem sie gemeinsam zu sehen sind, zeigt die Brüder Fournier in der Küche. Die Aufnahme entstand im Sommer 1966, also einige Jahre vor Paulines und Aarons Tod. Iason und Vincent waren damals elf und zwölf Jahre alt. Konzentriert über einen Tisch gebeugt, knieten sie auf zwei Stühlen. Der eine links, der andere rechts. Die beiden wurden also im Profil aufgenommen.

Obwohl es sich um eine Amateuraufnahme handelt, denn hundertprozentig scharf ist das Bild nicht, wurde hier eine intime, fast träumerische Situation erfasst. Ein Vorteil, den Fotografen haben, die zur Familie gehören.

Die Eltern der beiden, Emely und Auguste Fournier, hatten 1954 in der frisch gekalkten Kirche von Envie geheiratet. Sie waren beide Katholiken und durchaus züchtig. Doch waren sie auch sehr verliebt gewesen, das Verlangen war geradezu brennend. Wohl deshalb hatten sie sich noch vor der Eheschließung an einem See, unweit einer Bude, in der tagsüber Muscheln und Pommes Frites verkauft wurden, in jene Situation begeben, in der Fleisch und Blut entstehen kann.

So war ihnen Iason passiert.

Der frischgebackene Vater stellte seiner Frau kaum zwanzig Minuten nach der Entbindung eine einfache Frage, und man meinte sofort den Kaufmann zu hören.

»Haben sie dir gesagt, was er wiegt?«

»4800 Gramm.«

Emely war erschöpft. Ihr Gesicht glänzte noch und war kaum weniger feucht als das des Säuglings. Gleichzeitig wirkte sie durch und durch glücklich. Auguste jedenfalls meinte sofort zu erkennen, dass sich seine Frau auf Kinder verstand. Allein wie sie das Baby hielt, ihren Kopf senkte, wenn sie mit ihm sprach und dabei mit ihrem Zeigefinger nicht anders konnte, als hin und wieder die kleine Nase ... Es war ein Moment, in dem Auguste Fournier versucht war zu glauben, alle Menschen seien gleich.

Sie sprach leise, denn sie sprach zu ihrem Kind. Murmelte sie da schon den Namen, den sie ihrem Sohn geben würde? Wie war sie überhaupt auf den Namen Iason gekommen?

Nun, es sollte kein flämischer oder französischer Name werden, da es wegen der Sprache in diesem Teil Belgiens häufig zu Streitigkeiten kam.

Gleichzeitig war es so, dass Emely in den Tagen, da die Wehen immer stärker einsetzten, ein Kissen im Rücken, auf dem bordeauxrot bezogenen Sofa gelegen und dort im gebündelten Licht einer kleinen Lampe mit braunem Schirm eine griechische Sage gelesen hatte, die ein junger Schriftsteller in eine berauschende, überaus lebhafte und auch zeitgemäße Form gebracht hatte. Sie handelte von der Jagd der Argonauten nach dem goldenen Vlies, und der Held dieses Abenteuers hieß Iason. Auch wenn es in der Geschichte für Emelys Geschmack bisweilen ein bisschen zu sehr ums rein Sexuelle ging, und an einer Stelle sogar geschildert wurde, wie eine zornige Frau zwei andere Frauen dazu anstiftete, einen Mann zu zerstückeln, blieb sie bei ihrem Entschluss, was den Namen anging. Es gab so viele schöne Schilderungen von Freundschaft und Fahrten mit einem Boot von Hafen zu Hafen und Insel zu Insel. Erlebnisse, die Emely sich für ihr Kind wünschte. Sie hatte ohnehin von Anfang an gespürt, dass es ein Junge werden würde.

Mit Iasons Geburt hatte Emely eine Liebe, man sollte vielleicht eher sagen eine Art von Aufgeregtheit, ständiger Wachheit, naturgewollter Erschöpfung und Hingabe entdeckt, die sie vorher nicht kannte. So dauerte es kaum ein Jahr, bis Vincent kam. Er erhielt seinen Namen, weil Emely eine bestimmte Art von Ölbildern mochte und Vincent, als sie ihm das erste Mal in die Augen sah, eindeutig schielte. Sie hatte daraus in einem Sekundenmoment auf eine Begabung zum Künstlerischen geschlossen. Und wer Emely kannte, der wusste, dass sie an einmal gefassten Entschlüssen festhielt.

Ihr Mann klang etwas profan und knapp, als er eine Stunde nach der Geburt seines Zweiten an ihr Bett trat.

»Und?«

»2900 Gramm.«

»Dann haben wir jetzt also schon zwei.«

»Und zwei sind genug«, sagte Emely mit der für sie charakteristischen Klarheit, die von manchen als hart empfunden wurde.

Nach Aussage ihres Mannes, der sie stets in Schutz nahm, verstand sich Emely durchaus als Mutter. Aber auch – nur Gott allein weiß, wie wir Entscheidungen treffen – als Geschäftsfrau. Sie mochte die Konditoreien auf Dauer nicht ihrer Mutter Louisa überlassen, die nun, da sie älter wurde, zu überraschenden Ausbrüchen neigte. In den zwei Jahren, in denen Emelys ruhige Vernunft nicht voll zur Verfügung stand, war im Laden und der Pralinenmanufaktur einiges nicht so gelaufen, wie es hätte laufen sollen. Angeblich hatte Louisa mehr als einmal mit Cremetorte nach Lieferanten und Kunden geworfen. Und stets getroffen. Wurde so gesagt. Alle Berichte stimmten in dem Punkt überein, dass die Ausbrüche stets ganz plötzlich kamen.

Zwei Buben also an einem Küchentisch. Auf der Tischplatte Mehl und ein guter Batzen Teig. Offenbar rollen die Brüder mit ihren Kinderhänden aus dem Teig kleine Röllchen. Jedenfalls liegt ein Berg davon auf einem Teller. Die beiden sind vollkommen auf die Herstellung dieser kleinen Röllchen konzentriert. Nur, was ist das an der Wange von dem, der links kniet? Irgendetwas Klebriges, das glänzt. Hat der Kleine kürzlich geweint?

Wem die Geschichte der Fourniers bekannt ist, der weiß natürlich, dass der auf der rechten Seite Iason ist. Größer und deutlich kräftiger gebaut als sein Bruder rollte er auch die größeren Röllchen. Bei ihm sahen sie beinahe aus wie kleine Schiffchen.

Zwei Kinder und ein Batzen Teig. Im ersten Moment möchte man ausrufen, die Aufnahme sei sicher kurz vor Weihnachten entstanden. Sie entstand aber im Juni. Das jedenfalls steht hinten drauf:

Meine beiden – 5. Juni 1966 – Die Katastrophe

Diese Katastrophe hatte zwei Tage zuvor, also am Abend des 3. Juni, ihren Anfang genommen. Da nämlich waren Vincents Hasen fortgelaufen.

Zu sagen, dass Vincent deswegen ›geweint‹ hätte, wäre eine starke Untertreibung. Sein ganzer Körper war an dem seelischen Aufruhr beteiligt. Vor allem seit dem Mittag des 4. Juni. Da nämlich hatte man seine Hasen im Pappelwald auf der anderen Seite der Rue Envie gefunden. Oder besser gesagt das, was nach dem Gemetzel, dem Schlitzen und Reißen, von ihnen übrig war. Vincent hatte sofort gewusst, dass er schuld war am Tod der Hasen, er sah den entscheidenden Moment wie eine Szene vor seinem inneren Auge.

›Ich habe sie gefüttert und Emma gestreichelt …‹

In diesem Moment hatte seine Mutter ihn zum Essen gerufen. Dann war da eine Lücke im Ablauf. Aber es war Vincent vollkommen klar, was passiert war. Er hatte sich beeilen wollen, war gleich losgelaufen und hatte die Klappen der Ställe offen gelassen.

Es hatte nicht eben zu seiner Beruhigung beigetragen, dass Noah de Clercq, ein Nachbar, der zur Hasensuchmannschaft gehörte, sehr lebendig, sehr bildhaft beschrieb, was ein Marder aus den entlaufenen Hasen gemacht hatte. »Blutig. Sehr blutig. Wie geschnitten oder zerrissen.« Mit solchen Worten hatte Noah das Verhängnis geschildert.

Vincents ganzer Körper hatte gezittert, er bekam kaum noch Luft. Vor allem an Emma hatte er gedacht, denn die war trächtig gewesen.

Immer wieder war es zu beängstigenden Ausbrüchen seines kleinen Körpers gekommen, und es ist wohl eine Frage der eigenen Persönlichkeit, ob man bei einem Elfjährigen bereits von hysterischen Anfällen sprechen möchte oder von einem Leid, das sofort gelindert werden muss. Zum Beispiel, indem man das Kind in den Arm nimmt und so stark an sich drückt, dass es allein aufgrund dieser Nähe und drohender Atemnot aus seinem Zustand herausgeholt wird.

Emely hatte es so gemacht. Sie war noch einmal ganz eins mit ihrem Sohn geworden und erzählte später, Vincents Leid hätte sich auf sie übertragen, sie hätte es ihm gewissermaßen abgenommen.

Aber dann war es doch wieder losgegangen mit dem Weinen und Zittern.

In der Nacht vom 4. auf den 5. Juni hatte die Mutter lange an Vincents Bett sitzen müssen. Eine mit einer 25-Watt-Birne bestückte Nachttischlampe mit rosa Lampenschirm hatte gebrannt, und Emely hatte sich, von diesem Licht nur schwach bestrahlt, über ihren Sohn gebeugt und mit leiser Stimme zu ihm gesprochen, Fragen gestellt. Ihren Kopf ganz nah an seinem.

Iason war zweimal in der halb geöffneten Tür erschienen und hatte die beiden betrachtet. War dann wieder gegangen. Hilflos und verlassen hatte er sich gefühlt. Was auch daran lag, dass seine Mutter und Vincent aufhörten zu sprechen, sobald sie seine Anwesenheit spürten.

Beruhigt hatte sich Vincent erst, als die Großmutter ihm am nächsten Morgen versprach, nach der Arbeit zu einem Händler zu fahren, um neue Hasen zu kaufen. Er hatte daraufhin, indem er so schnell sprach, dass man ihn kaum verstand, geschworen, dass er »nie wieder, bestimmt!« vergessen würde, die Klappen zu schließen. Klappe zu, Hase lebt. So einfach ging seine Rechnung.

Große Aufregung beim Warten auf die Großmutter.

Vincent hatte vom späten Nachmittag an bis in den Abend hinein auf einem Stuhl gekniet, den er vor eines der Fenster geschoben hatte, die nach vorne zur Rue Pensée hinausgingen.

Bei jedem Auto, das in die Rue Pensée einbog, hatte sich sein kleiner Körper ruckartig wie ein Automat aufgerichtet. Dann hatte er sich auf der Fensterbank abgestützt, Rumpf und Kopf nach vorne geschoben, so weit, bis zuletzt seine Nase und sogar sein Mund am Glas klebten. Das alles, um so früh wie nur möglich zu sehen, ob es der Renault Kombi seiner Großmutter war, den er gerade gehört hatte. Er erwartete sie so dringlich, dass er sie im Geiste schon sah, wie sie durch die Tür eintrat und sagte: ›So, Vincent, da bin ich. Ich habe dir vier junge Hasen mitgebracht.‹ Er stellte sich vor, wie er dann rauslaufen würde zu seinen neuen Hasen.

Es war Abend geworden, und Louisa kam und kam nicht. So hatte Emely zuletzt einen Trick angewendet und ihre Söhne gebeten, ihr bei der Zubereitung des Abendessens zu helfen.

»Nach dem Abendessen spielen wir dann noch eine oder zwei Runden *Weltreise*.«

Vincent liebte das Spiel mit seinen Karten, Steinchen und Würfeln, denn es gab viel zu entdecken.

»Und am Ende kennt man die ganze Welt!«

Es hatte geklappt. Vincent war, wenigstens eine Zeit lang, so auf die Produktion seiner kleinen Teigröllchen und die Vorfreude auf zwei Runden *Weltreise* konzentriert, dass er die Großmutter und seine Hasen vergaß.

Emely war erleichtert gewesen. Mehr noch, sie fand, dass sie diesen Moment festhalten sollte. Also hatte sie ihren Fotoapparat aus dem Küchenschrank geholt, sich mit ihrem Rücken gegen den Türrahmen gepresst und dann ... abgedrückt.

Meine beiden – 5. Juni 1966 – Die Katastrophe, schrieb sie später auf die Rückseite des Fotos.

Iason war, wie schon am Tag zuvor, sehr still gewesen.

Emely hatte das so gedeutet, dass ihr Ältester allmählich erwachsen wurde. Er schien zu spüren, dass es anstrengend genug war, wenn einer in der Familie weint und zittert. Eine erfreuliche Entwicklung, fand Emely, denn es hatte immer wieder Probleme mit Iason gegeben. Sein Verhalten in der Schule wich so sehr vom Üblichen ab, dass sein Klassenlehrer, Monsieur Arronde, sie zu sich gebeten und darauf hingewiesen hatte, es könnte eine psychische Störung vorliegen. Der Lehrer hatte kein spezielles Wort benutzt, aber erklärt, dass es Menschen gibt, die nicht in der Lage seien, die Gefühle anderer richtig zu deuten oder selbst welche zu entwickeln.

»Weil sie keine haben?«, hatte Emely mehr neugierig als schockiert gefragt.

»Entweder das, oder Iason ist an den Gefühlen anderer nicht interessiert«, hatte Monsieur Arronde geantwortet.

Daraufhin war Iason zwei Tage lang in Brüssel von einem Spezialisten untersucht worden. Der war zu dem Ergebnis gekommen, alles sei völlig in Ordnung.

»Nicht jeder fügt sich gleich ein in das, was wir von ihm erwarten«, hatte er ihr erklärt. »Wenn ein Kind seine Umwelt nicht zur Gänze so wahrnimmt, wie wir es uns wünschen, hat das meist ganz einfache Gründe. Ich würde sagen, Ihr Sohn ist ein Träumer.«

Emely war, auch wenn sie Iason nicht unbedingt als Träumer bezeichnet hätte, ungeheuer erleichtert gewesen nach dieser Diagnose, denn er war ihr aus Gründen, die sie gar nicht hätte benennen wollen, näher als Vincent. Nur ein wenig natürlich, denn Emely war, wie ihr Mann bei den späteren Vernehmungen mehr als einmal betonte, eine gute Mutter. Vielleicht lag es einfach daran, dass Iason ihr Erstgeborener war, und dass auch sie selbst nicht unbedingt dazu neigte, in anderen bis zum Äußersten differenziert zu lesen.

»Warum kommt denn Oma so spät?«, hatte Vincent zuletzt doch wieder gefragt. Ganz matt, beinahe resigniert hatte seine Stimme geklungen.

»Hab noch ein bisschen Geduld, Vinc. Ihr ist vermutlich etwas dazwischengekommen.«

Boff-Boff

Louisa war tatsächlich etwas dazwischengekommen. Sie war, nachdem sie ihre tägliche Arbeit beendet und die Hasen gekauft hatte, auf dem Rückweg von Brüssel nach Envie gewesen, als sie auf ein Hindernis stieß.

»Zum Teufel!«

Ein Rentner aus Holland hatte versucht, mitten auf der Rue Envie mit seinem Mercedes zu wenden. Nur hing an dem Mercedes ein langer Wohnwagen. Das Manöver war so gründlich schiefgegangen, dass das Gespann am Ende beide Spuren blockierte.

Geduld war nun aber nicht gerade Louisas Stärke, die Fehler anderer regten sie schnell auf. Also rüttelte sie, nachdem sich sechs Minuten lang nichts bewegt hatte, sechsmal mit beiden Händen am Lenkrad ihres Renault Kombi und brüllte dabei sechsmal: »Zum Teufel!«

Da griff er ihr ans Herz.

Nachdem sich der Stau aufgelöst hatte, fuhren viele Wagen um den von Louisa herum. Einige hupten, weil die Fahrer es nicht aushielten, dass jemand auf ihrer Spur stand.

Gras neigte sich am Rand der Straße, niemand nahm Rücksicht. Es war einiges los auf der langen Geraden, die Envie über zwei Kilometer Rennstrecke von Brüssel trennte. Rechts ein Wald aus Pappeln in Reihen, links offene Felder mit Gräben. Die Straße war schon 1966 stark befahren, denn sie führte von Brüssel an Envie vorbei, nach Antwerpen im Norden. Auch wer zum Flughafen wollte oder von dort kam, fuhr hier entlang.

Boff-Boff.

Plötzlich fuhr einer, der nicht aufgepasst hatte, von hinten in Louisas Wagen und...

Boff-Boff machte es im Inneren ihres Renault Kombi. Zwei Tüten platzten auf.

Der Körper der Toten wurde ein wenig gerüttelt. Axial. Von hinten nach vorne.

Nora Peers war die erste, die nicht an Louisas Wagen vorbeifuhr. Vermutlich lag es daran, dass sie beim Jugendamt arbeitete, es gewöhnt war hinzusehen und sich, wenn nötig, um Dinge zu kümmern. Sie setzte also zurück, rangierte hinter die beiden Wagen und schaltete die Warnblinkanlage ein. Dann stieg sie aus, stellte ein Warndreieck auf. Sie bewegte sich bei all dem so ruhig, handelte so routiniert, als hätte man ihr beigebracht, wie eine Unfallstelle zu sichern sei. Erst als alles seine Ordnung hatte, ging sie zu den beiden ineinander verkeilten Autos. Im hinteren saß niemand. Entweder war der Fahrer geflohen oder er war auf dem Weg, die Gendarmerie zu benachrichtigen. Als Nora an die von innen bepuderte Seitenscheibe von Louisas Renault Kombi klopfte, geschah nichts. Also zog sie die Fahrertür auf und sah eine mit weißem Pulver bestäubte Frau, die mit ihrer Stirn auf dem Lenkrad lag. Sie fühlte den Puls und stellte fest, dass die Frau tot war.

Im Wageninneren roch es nach frischem Gebäck, und als Nora in den Fond des Wagens blickte und die gestapelten Kisten voller Plätzchen, Kuchen und Pralinen sowie die geplatzten Mehlsäcke sah, war ihr klar, mit wem sie es zu tun hatte, warum es nach Plätzchen roch und warum die Tote so weiß war.

Für den Stall mit den Junghasen fand Nora Peers auf Anhieb keine Erklärung.

Abendlicher Nebel zog auf, denn die Luft, die zuletzt noch golden geleuchtet hatte, kühlte sich rasch ab und das Wasser im Kanal hinter den Feldern war noch warm. Warm war es wegen der Abwässer und Fäkalien, die eingeleitet wurden. Flüssigkeiten, die an sonnenreichen Tagen wie diesem die Algen beschleunigt wachsen, sterben und vergehen ließen, was wiederum dem Wasser den Sauerstoff entzog, was wiederum die silbrigen Bäuche und den leicht fischfauligen Geruch erklärte, der nun in Schwaden zur Unfallstelle zog. Dieser Geruch hatte also nichts mit der Leiche zu tun.

Als nächster erschien Sergeant Mertens. Er erklärte Nora, man habe bereits den Amtsarzt sowie den Bestatter benachrichtigt. Der Fahrer des zweiten Wagens hatte also die Gendarmerie informiert und von einer Toten berichtet. Es war alles korrekt abgelaufen.

Sergeant Mertens und Nora Peers kannten sich, da manche von Noras Schützlingen regelmäßig Ärger mit der Gendarmerie bekamen. Also blieb sie und unterstützte ihn, bis seine Kollegen und die Bestatter da waren.

Fast eine halbe Stunde stand Nora am Rand der Straße, hörte die vom nahen Flughafen regelmäßig startenden Flugzeuge über sich hinwegdröhnen, sah, wie ein Arzt und zwei Kollegen von Sergeant Mertens kamen. Der Arzt hatte den Tod von Louisa Fournier amtlich festgestellt.

Während alle auf den Bestatter warteten, sah Nora die Lichter von Autos, die teils langsam, teils schnell vorbeifuhren, blickte in Augen, die sich sattsahen, an dem, was dort gerade geschah. Sie wurden natürlich nicht satt, denn das Auge wird nie satt. Zwischendurch hörte Nora immer wieder das schnappende Geräusch einer Kamera, auch sie schien unersättlich.

Der Fotograf Hendrik Vanoppen stand auf der anderen Seite der Straße. Wie immer in leicht vorgebeugter Haltung, hinter einem Stativ. Er blickte von oben in seine Kamera, also so, wie es damals noch gemacht wurde von einigen Profis.

»Merde!«

Vanoppen wurde immer wütender, denn die sich nun mächtig ausbreitende Dunkelheit zwang ihn zu immer längeren Belichtungszeiten, und dann fuhren ihm ständig Autos mit hellen Scheinwerfern und grellroten Rücklichtern durchs Bild. Vanoppen wusste, was dabei herauskommen würde: weiße und rote Schlieren vor einem schattig anmutenden Renault Kombi, von hinten per Auffahrunfall unterkeilt, aus dem gerade die weiß bepuderte Leiche einer Frau herausbugsiert wurde.

Die Wohnung der Fourniers

Man weiß nie, ob die Erinnerungen, die man pflegt, am Ende den Tatsachen entsprechen. Nora Peers jedenfalls erinnerte sich, gut vier Jahre später, bei einer der Vernehmungen der Brüder Fournier, ganz plötzlich an diesen Tag. Ihr war der Gedanke gekommen, der plötzliche Tod der Großmutter könnte einen ungünstigen Einfluss auf die Entwicklung der beiden Jungen gehabt haben.

»Ich fahre zu den Fourniers«, hatte sie damals zu Sergeant Mertens gesagt. »Die haben zwei Kinder, und mit dem Älteren hatten wir schon mehrfach zu tun. Es ist vielleicht besser, wenn ich der Familie erkläre, was hier passiert ist. Dann sehe ich auch die beiden Jungen. Unser Abteilungsleiter Monsieur Fabre scheidet bald aus, und ich werde Iason ohnehin übernehmen.«

Sergeant Mertens hatte ohne allzu große innere Beteiligung genickt. Es war ihm nur recht, wenn Nora diesen Teil übernahm, da sie mit traurigen oder erschütternden Situationen sicher mehr Erfahrung hatte als er.

Nora war von der Rue Envie in die von Pappeln gesäumte Rue van de Velde abgebogen, holperte die dreihundert Meter entlang, die Envie von der Hauptstraße trennten, fuhr an der Weißen Marie mit den Milchkannen vorbei und kam zuletzt nach Envie rein, wo sich die Hunde gegen die Zäune warfen. Alles hier war noch so wie in ihrer Kindheit.

Envie war einst künstlich, ja beinahe gewaltsam entstanden. Es gab zwar noch so etwas wie einen alten Ortskern, aber im Grunde handelte es sich um kaum mehr als eine von einigen Flurstücken umgebene Siedlung aus zweigeschossigen, in Halbbögen gruppierten, aneinandergeklebten Gebäuden gleicher Form, die man in den frühen zwanziger Jahren errichtet hatte. Häuser, bei deren Anblick einem fast automatisch die alten Industriezentren in England in den Sinn kamen.

Es gab eine heruntergekommene Kirche, einen Feuerwehrteich mit rötlichem Wasser, drei alte Höfe, ein in einer leichten Senke gelegenes Gemeindezentrum mit einem überdimensionierten Parkplatz. Aber da war kein Gedanke zu erkennen, keine Form. Envie war nie ein richtiger Ort gewesen, sondern eine vollkommen künstliche Konstruktion um etwas zufälliges Altes herum. Auf die Schnelle erbaut, Hauptsache billig. Man brauchte Wohnungen für die Arbeiter der Zündholz- und der etwas später entstandenen Reifenfabrik. Envie war klein und doch war dem Ort deutlich anzusehen, dass er eigentlich hatte Stadt werden sollen. Was also war dieser Ort, der oft unter einer dicken Schicht Nebel verschwand? Eine Stadt? Ein Dorf? Eine Kleinstadt? Am ehesten war Envie so etwas wie ein Rand. Ein Vorposten der Hauptstadt Belgiens. Im Pappelwald auf der anderen Seite der Rue Envie standen die Bäume mit ihren schnurgeraden Stämmen da wie ein gigantisches Raster. Auch bei ihnen schien nicht entschieden, ob sie Natur, Struktur oder Rohstoff sein wollten. Alles hier war seit langem bereit, der Stadt zugeschlagen zu werden, doch war es dazu nie gekommen.

Die Wohnung der Fourniers lag in der Rue Pensée. Dass sie hier lebten, fand Nora höchst sonderbar. Denn sie hielt die Fourniers für wohlhabend. Erst später fand sie heraus, dass die Wohnung bis in beide Nachbarhäuser hinein erweitert worden war und dass nicht nur diese drei Häuser den Fourniers gehörten.

Emely war nicht eben erfreut, als Nora sich vorstellte.

»Schon wieder das Jugendamt?«

»Darf ich kurz reinkommen?«

»Sonst kam immer ein Mann.«

»Monsieur Fabre, ich weiß.«

»Was hat Iason denn jetzt wieder gemacht? Ich habe Monsieur Fabre letztes Mal schon erklärt, dass mein Sohn nicht dumm ist, und auch kein Verrückter, wie seine Lehrer behaupten. Wenn er sich mit Leo prügelt, dann ist nicht immer er schuld. Leo geht doch auch auf andere los. Sein Vater ... Simon Lejeune, kennen Sie den?«

»Nein.«

»Simon Lejeune, den Namen sollten Sie sich merken. Der hetzt hier alle auf. Vor allem gegen uns. Seit Jahren geht das schon so. Und sein Sohn meint offenbar, er müsse seinem Vater nacheifern. Iason verteidigt sich nur.«

»Ich bin nicht wegen Iason hier. Darf ich kurz reinkommen?«

»Natürlich. Entschuldigen Sie ... Wir haben hier gerade eine Hasenkatastrophe.«

Die Zimmerdecke der Stube hatte eine Höhe von 2,26 Metern, es roch nach angebratenem Sauerkraut. Da Emely die Tür zur Küche nicht sofort geschlossen hatte, sah Nora, dass sich auch hinter den Häusern nichts verändert hatte. Noch immer standen dort Schuppen und Ställe, in denen vermutlich Hasen gehalten wurden. Sie kannte das aus ihrer Kindheit und meinte sofort einen bestimmten Geruch wiederzuerkennen, der sich unter den des Sauerkrauts mischte. Das alles passte überhaupt nicht zu ihrer Vorstellung vom Reichtum der Fourniers.

Emely trug eine Kittelschürze mit Fingerstreifen aus Mehl, wie sie entstehen, wenn man schnell arbeitet. Sie hatte, als Nora die Wohnung betrat, etwas von einer Pfanne gesagt, die sie auf dem Herd hatte, und war kurz in der Küche verschwunden. Nachdem sie zurückgekehrt und Nora ihr erklärt hatte, was passiert war, zeigte sich Emely erschüttert.

»Und niemand hat angehalten? Meine tote Mutter hat fast zwei Stunden in ihrem Auto gesessen und keinen hat das interessiert?«

»Was soll ich sagen?«

Emelys sich sofort anschließende nächste Frage hatte Nora irritiert.

»Sind die Pralinen noch im Wagen?«

»Ja. Nahm Ihre Mutter Medikamente? Hatte sie was mit dem Herzen?«

Da hatte Emely ein stoßartiges, vermutlich dem Schock geschuldetes Lachen von sich gegeben. »Oh ja, meine Mutter hatte was mit dem Herzen, aber nicht was Sie meinen.«

»Sondern?«

»Sie war kein schlechter Mensch, nicht, dass Sie das falsch verstehen.«

Nora Peers hatte sich inzwischen an den Geruch von angebratenem Sauerkraut gewöhnt. Mehr noch. Sie meinte, bei ihnen zu Hause habe es früher ganz ähnlich gerochen. Ja, sie sah sogar für einen kurzen Moment eine Szene, in der ihre Mutter vor dem Herd stand, dabei eine Pfanne ruckartig bewegte. Und noch etwas stimmte mit der Wohnung überein, in der ihre Mutter sie großgezogen hatte: An der Wand, neben einem Bild von de Gaulle, der gerade einem jungen Soldaten einen Orden anheftete, hing ein Kreuz.

»Hatte meine Mutter einen Herzinfarkt oder ... Schlaganfall? War es das?« Dann, nach einer schreckhaften Hebung der Lider: »Sind die Hasen noch im Auto?«

»Ich habe Ihnen den Käfig mitgebracht. Er steht draußen neben der Tür. Ich glaube, die Tiere sollten bald etwas zu trinken bekommen. Im Wagen Ihrer Mutter war es sehr warm.«

»Wenn meine Mutter ... Sie ist tot, das sagten Sie doch.«

»Ja.«

»Warum kommt dann jemand vom Jugendamt?«

»Ich war zufällig vor Ort und hielt es für besser, wenn ich Ihnen die Nachricht überbringe. Wie werden die Kinder darauf reagieren?«

»Na, die werden traurig sein, was denken Sie denn?«

»Wenn Sie Hilfe brauchen, melden Sie sich?«

Die Hasen, das Kreuz, de Gaulle, der einen Orden anheftet, das angebratene Sauerkraut. Der Raum war bis zur Decke angefüllt mit Bedeutung. Die beiden Frauen standen voreinander. Unbewegt. Ganz ähnlich wird Nora in viereinhalb Jahren vor Pauline Goossens Mutter stehen. Sie wird dann sagen: »Wir haben Ihre Tochter gefunden.«

Die Mitteilung vom Tod ihrer Mutter schien erst jetzt wirklich anzukommen. Emely setzte sich auf einen Stuhl, drehte Kopf und Oberkörper ein gutes Stück nach rechts und blickte Richtung Fenster, also in die Richtung, aus der tagsüber das Licht kam.

»Iason wird das nicht groß anrühren«, erklärte sie nach einer Weile. »Iason ist ...«

Emely ließ den Satz so, wie er war, und es gab eine Weile kaum mehr Bewegung als auf einem Foto. Man hörte die Standuhr. Groß. Dunkel. Mit Pendel. Das immerhin bewegte sich. Louisa hatte die Uhr im Krieg in Zahlung genommen, als welche schnell wegziehen mussten. Sie war nie ausgelöst worden.

Nora verzichtete darauf zu sagen, es sei sicher schnell gegangen. Der Satz hatte ihr auf der Zunge gelegen. Plötzlich hörte sie hinter sich ein Geräusch, und als sie sich umdrehte, standen dort zwei Jungen. Der ältere war kräftig gebaut. Nora schätzte ihn auf dreizehn und nahm an, dass es Iason war. Der Jüngere stand dicht neben ihm. Er war sehr zierlich, beinahe dürr. Beide hatten Mehl an den Händen, der Jüngere auch im Gesicht.

»Maman ...?«, fragte der Ältere mit französischem Klang, denn bei den Fourniers wurde Französisch gesprochen. Flämisch kam nur draußen zum Einsatz.

Emelys Kopf und Oberkörper kamen langsam, beinahe träge herum. »Sei so lieb, Iason, und bring Vinc in die Küche. Ich komme dann gleich und erkläre es euch.«

»Meine Hasen?«, fragte der Kleine, seine Stimme überschlug sich dabei.

»Gleich, Vinc. Jetzt rede ich erst noch mit Madame Peers.«

»Keine Sorge, den Hasen geht's gut«, erklärte Nora. »Ich habe den Käfig vor dem Haus abgestellt.«

Der Kleine wollte sofort hinlaufen, aber sein älterer Bruder hielt ihn fest an der Hand. Es war nicht schön, was Nora sah. Der Kleine versuchte, sich der Hand seines Bruders zu entwinden, aber der hielt ihn. Eisern, ohne auch nur eine Miene zu verziehen oder sich groß anzustrengen.

»Geht sofort in die Küche«, befahl Emely mit einiger Schärfe. »Du auch, Vinc. Wenn wir hier fertig sind, holen wir deine Hasen. Ihr könnt schon mal die *Weltreise* vom Tisch räumen.«

Nora sah, wie der Ältere seinen Bruder aus dem Zimmer führte. Dabei fiel ihr Blick noch einmal durch die geöffnete Tür in die Küche. Dort stand vor dem Fenster ein Tisch, darauf ein Spielbrett, ein Würfel sowie einige Karten. Über all dem eine Lampe, die ihr Licht senkrecht auf den Tisch warf. Sie bemerkte, wie sehr der Jüngere sich nun an den Älteren klammerte. Eben hatte er doch noch versucht, sich von ihm loszumachen.

Nachdem Nora gegangen war und die Hasen in ihren Ställen saßen, hatte Emely Iason und Vincent gebeten, einen Moment ruhig zu sein und ihr zuzuhören.

»Warum?«

»Weil heute etwas sehr Trauriges passiert ist, Vinc. Eure Oma ist gestorben.«

»Aber sie war doch noch ganz gesund, heute Morgen.«

»Du hast recht, Vinc. Aber man sieht Menschen nun mal nicht immer an, wann ihre Zeit abgelaufen ist.«

Als Emely das sagte, hatte Vincent kurz zur Küchenuhr hochgesehen. Er hatte viele Fragen gestellt. Auch welche zum Tod ganz allgemein.

»Und sie steigt wirklich auf?«

»Ihre Seele steigt auf.«

Da Vincent noch immer nicht überzeugt war, hatte Emely es etwas genauer erklärt.

»Louisa ist gestorben, weil sie an einem heißen Tag zu schwer gearbeitet hat und dann auch noch einen Umweg wegen der Hasen machen musste. Es war zu viel, aber sie hat es gerne getan. Weil sie dich lieb hatte.«

Vincent hatte genickt. Liebe – Tod – Seele – Aufsteigen. Das schien ihm gerecht. Das Aufsteigen war die Belohnung für die Liebe.

Iason hatte nichts gesagt. Er hatte dagesessen wie eine Puppe.

Dieses Ereignis spielt nicht nur deshalb eine Rolle, weil es dabei um den Tod von Iasons und Vincents Großmutter ging. Es waren die sonderbaren, nie selbst gesehenen Details, die sich den Brüdern einprägten. Ihre Mutter nämlich besaß ein Talent, Geschichten zu ergänzen, teils weitgehend zu erfinden.

Aus Emelys Erzählung von Louisas Tod wurde schon bald eine familiäre Vorstellung, die sehr wahrhaftig, ja beinahe schicksalhaft wirkte. Emely trug die Geschichte vom Tod ihrer Mutter in einer Weise vor, als sei sie selbst dabei gewesen. Sogar wie es dort oben an der Rue Envie gerochen hatte schien sie zu wissen. Aber das war schon zu Zeiten der Griechen so. Die Ausschmückungen, mehr noch die Verrückungen scheinen unumgänglich. Gerade auch wenn es um Familiengeschichten geht. Nur bezeichnete man solcherlei Verfälschungen damals als Metamorphosen, nicht als Phantasterei. Und immer spielen Schicksal und Zufall mit hinein. Wäre zum Beispiel die Jagd nach dem goldenen Vlies in der gekonnten Neufassung von 1954 nicht so saftig beschrieben worden, hätte man Emely das Buch vermutlich gar nicht empfohlen. Sie hätte es nicht gelesen und Iason hätte einen anderen Namen bekommen. So kann man sagen, die Wirklichkeit der Familie Fournier verdankte sich letztlich verschiedenen erzählten, geglaubten oder erträumten Geschichten. Im Fall von Iason und Vincent irgendeine Art von Wahrheit, Erinnerung, Recherche oder einen Aufklärungsgedanken zum Ansatz zu bringen wäre falsch.

Der Parkplatz vor dem Gemeindezentrum

Die Gefühls- und Gedankenwelt der Brüder Fournier speiste sich natürlich nicht nur aus dem, was ihre Mutter ihnen erzählte. Einiges, was die beiden prägte, erfuhren sie auf dem Parkplatz vor dem Gemeindezentrum, dem allgemeinen Treffpunkt in Envie. Die Geschichten, die dort erzählt wurden, unterschieden sich nicht nur inhaltlich von Emelys Legenden. Auch die Form war eine ganz andere. Die Parkplatzgeschichten waren verstrudelt, mäanderten so schwungvoll, dass man am Ende kaum entscheiden konnte, ob es gerade um Politik ging, um Fragen der Landwirtschaft, ums Wetter oder die Art, wie sich junge Frauen neuerdings anzogen. Vor allem eine vor kurzem nach Envie gezogene Frau namens Sylvia Neersteen stand oft im Zentrum teils ungebremst auswuchernder Vorstellungen. Was vor allem an der Kürze ihrer Röcke und den sehr speziellen Stiefeln lag, die sie oft trug.

Schon Monate vor Louisas Tod hatten sich Iason, Vincent und ihr Freund Lukas einige Male hinter einer Hecke versteckt und die Männer und Frauen auf dem Parkplatz vor dem Gemeindezentrum belauscht.

Nach drei solcher Observierungen war Lukas nicht mehr dabei. Er fand, dass da nur dumm geredet wurde und das meiste nicht stimmte.

Iason sah das ganz anders. Er hatte eine Auffassung von dem, was andere sagten, die sich nicht vollständig damit erklären ließ, dass er erst zwölf Jahre alt war.

»Der Junge«, hatte sein Mathematiklehrer Dr. Brouwer ein paar Tage zuvor im Kollegium erklärt, »ist leichtgläubig und nicht eben mit großer Kombinationsgabe gesegnet. Dafür ist er ein Schläger, wie er im Buche steht. Vor allem auf Leo scheint er es abgesehen zu haben. Früher oder später wird einer von uns vor der Aufgabe stehen, ihn endlich mal zur Räson zu bringen. Die Eltern scheinen sich, was das angeht, nicht allzu sehr anzustrengen. Nun, es sind einfache Konditoren. Für sie ist ein prügelnder Junge vermutlich normal.«

Iasons Klassenlehrer, Monsieur Arronde, hatte Dr. Brouwer in einigen Punkten mit einem länger andauernden Nicken zugestimmt. Auch er war besorgt. Zwar hatte er Emely gegenüber nicht direkt von einem Mangel an Intelligenz gesprochen, sein Eindruck ging aber in diese Richtung: »Iason scheint das, was er wahrnimmt, nicht immer richtig einordnen zu können. Neulich zum Beispiel gab es einen Autounfall vor der Schule. Niemand hatte ihn gesehen, aber gehört hatten das alle. Zuerst ein Quietschen, dann der Zusammenprall. Alle in der Klasse sprachen sofort von einem Autounfall, Iason beschrieb nur die Geräusche. Und zwar mit einer Genauigkeit, als ginge es um Musik. Es war, als könnte er das nicht übersetzen, als wüsste er gar nicht, was ein Autounfall ist.«

Bei den Parkplatzgesprächen, die Iason und Vincent am meisten beeindruckt hatten, ging es um Politik, Krieg und Dinge, die sich weit entfernt von Envie abspielten. In der Schule, vor allem aber bei ihnen zu Hause, wurde nie über so etwas geredet. Die Eltern sprachen über die Zuverlässigkeit von Mitarbeitern, über Kosten, Umsätze oder die anstehende Inspektion der Auslieferungswagen.

Was die Brüder Fournier nun auf dem Parkplatz vor dem Gemeindezentrum zu hören bekamen, war so aufregend, so neu, manchmal auch lustig, dass sie oft am Abend, in der halben Stunde, die sie vor dem Schlafengehen für sich hatten, darüber sprachen.

»Soll ich dir mal sagen, wie ich es sehe, Vinc?«, hatte Iason gefragt, nachdem sein Bruder eine Tafel Schokolade gerecht geteilt hatte. »Ich finde, Simon Lejeune weiß von denen auf dem Parkplatz am meisten. Er weiß jedenfalls mehr als Papa.«

»Den Vater von Leo findest du gut? Maman sagt, er lügt, sobald er den Mund aufmacht.«

»Weil er so viel weiß.« Iason überlegte kurz. Er meinte, es würde etwas nicht ganz stimmen an seiner Erklärung. Er kam nicht drauf. »Deshalb finde ich ihn gut.«

»Ich finde, Vivienne Maes weiß noch mehr.«

Vivienne Maes und ihr ständig betrunkener Mann Ronny lebten im kleinsten der drei verbliebenen Bauernhöfe, Land besaßen sie keins mehr. Wie Simon Lejeune züchtete auch

Ronny Hunde, und viele in Envie behaupteten, das Dach ihres Hauses würde bald einstürzen.

»Vivienne weiß gar nichts, außer über jeden was Schlechtes«, sagte Iason. »Vor allem redet sie nie über Vietnam.«

Vincent verzog sein Gesicht in der Art, wie er es immer tat, wenn er nachdachte. Schließlich kam ihm eine Idee. »Gehen wir Freitag wieder hin? Freitag bringen Simon und Louis doch immer Bier mit.«

»Wird bestimmt lustig.«

Louis hatte mehrere Berufe. Er fegte hin und wieder Simons Werkstatt aus, wurde vom Gemeinderatsvorsitzenden Enno de Cock wochenweise für verschiedene Arbeiten in der Gemeinde engagiert, spielte bei den Predigten die Orgel und leitete den Kirchenchor, in dem auch Iason mitsang.

»Mit Bier reden sie noch mehr durcheinander«, sagte Vincent. »Vor allem, wenn entweder die Schwestern Le Bois oder deren Brüder oder gleich alle vier dabei sind, denn die reden fast immer gleichzeitig und sind nie einer Meinung.«

»Und es hat einen ganz komischen Klang, wenn sie mit Bier reden. Als ob sie versuchen würden zu singen.«

Auch Iason und Vincent hatten schon drei, viermal Bier getrunken. Viel Süßes dazu gegessen. Weil Iason neuerdings Geld hatte. Vor allem Münzen.

»Du musst erst mal alleine hin, Vinc. Ich komme später nach, weil … Ich muss Freitag erst noch in der Kirche die Gesangbücher abwischen.«

»Als Strafe?«

»Schon.«

»Für was?«

»Für gar nichts. Der Pfarrer mag mich nicht, er behauptet, ich hätte der heiligen Madonna mit Filzstift einen Bart angekritzelt.«

»Aber du hast nicht wieder was aus der Kollekte geklaut, oder?«

Nach und nach bekamen Iason und Vincent auf dem Parkplatz vor dem Gemeindezentrum eine Ahnung davon, wie es wirklich aussah in der Welt. Zum Beispiel in Vietnam. Noch nie hatten sie irgendwen so deutlich wie Simon Lejeune darüber reden hören, was die von den Russen vorgeschobenen Vietcong den Menschen dort unten antaten.

»Die russischen Vietcong ertränken ihre Gefangenen in Schlammlöchern und Latrinen«, hatte Simon zum Beispiel gesagt. Iason und Vincent hatten ihre Mutter erst mal fragen müssen, was die Worte Latrinen und Vietcong bedeuteten.

Iason bewunderte Simon Lejeune nicht nur, weil er so viel wusste, sondern auch, weil er genau das besaß, was er selbst sich für später erträumte. Maschinen und eine enorme Hebebühne, die selbst große Traktoren und mittlere Laster hochbekam. In seiner Werkstatt ging Simon den Dingen bis in die letzte Schraube auf den Grund, und bekam zuletzt alles wieder hin.

Es hatte da einen Moment gegeben ... Iason in der Einfahrt von Simons Werkstatt, ganz am Rand vor sehr hellem Hintergrund, halb versteckt hinter einem T-Träger. Er hatte wie so oft ein wenig geschnuppert, denn er liebte den Geruch von Schmierfett und Benzin. Ja sogar den von Hitze. Er war auch selbst sehr erhitzt gewesen, denn am Vormittag, in der Schule, hatte ihm Julie, die schon dreizehn war, aus Spaß zweimal ganz lange und zart ins Ohr gepustet. Daran und an das Gefühl, das durch seinen Körper gegangen war, musste er an diesem glühheißen Nachmittag denken, als er dicht angepresst an dem sonnenerwärmten T-Träger stand und das Schmierfett roch. Für ihn verband sich Julies Pusten auf schöne Weise mit dem Geruch von Schmierfett, Öl und Benzin. Es war ein Moment totalen Glücks und unendlicher Freiheit gewesen. Es war ihm vorgekommen, als würde sich sein Körper an etwas sättigen, von dem er gar nicht genug bekommen konnte. Er liebte diesen Mann. Er liebte ihn mehr als seinen Vater. Und er hasste Leo. Obwohl der Simons Sohn war. Oder gerade deswegen.

Am Abend nach Louisas Tod, also am 6. Juni 1966, kauerten die Brüder nicht hinter der Hecke. Sie befanden sich etwa hundert Meter entfernt zusammen mit ihren Eltern und einigen anderen Fourniers in der Kirche. Gerade war der letzte Gast der trauernden Familie im Portal verschwunden, und angesichts des Todes, der ganzen feierlichen Situation, könnte man meinen, der Platz vor dem Gemeindezentrum sei leer gewesen, würde gewissermaßen mittrauern. So war es aber nicht. Es reichte, den Blick ein wenig nach rechts zu wenden. Denn dort standen sie. Simon Lejeune und die anderen. Sie fingen allerdings nicht sofort an zu reden, die Totenglocke der Kirche war zu laut. Vielleicht war ihr Schweigen auch Ausdruck eines kleinen Rests von Anstand.

Es war ein schöner, ein durch und durch charakteristischer dörflicher Abend.

Die Vögel in den Bäumen ließen sich mitreißen und sangen so laut, als gelte es gegen die Glocken anzukommen. Unter dem Geläut und Vogelgesang verbreitete sich der typische Geruch von Envie. Ein im Sommer stets leicht fischfauliger Duft, der in dieser Ausprägung vor allem gegen Abend verstärkt vom Kanal hochzog und sich in der Senke vor dem Gemeindehaus sammelte. Zwei Katzen in geduckter Stellung wischten mit ihren Schwänzen hin und wieder flach über den Boden und beobachteten, was dort geschah, mit der für diese Tierart typischen Konzentration.

Als die Glocken fertig waren, sprachen Simon und die Seinen über den für alle so unerwarteten Tod von Louisa. Und über ihr Leben. Jeder hatte etwas beizutragen, vor allem Vivienne Maes hatte so einiges gehört und wusste noch mehr aus dritter Hand. Bei diesem ›Gedenken‹ kam nicht nur Vorteilhaftes zur Sprache. Es entstand sogar ein kleiner Streit, denn es fanden sich schon damals Ankläger und Verteidiger der Fourniers. Wie immer, wenn man über sie sprach, ging es früher oder später um Geld und Besitz, und jedem, der Simon Lejeune, Vivienne Maes, den Schwestern Le Bois, Noah de Clercq und Louis Martin an diesem Abend zugehört hätte, wäre hinterher klar gewesen, dass Louisa einigen, die schnell wegmussten, als die Deutschen kamen, mit größeren Summen ausgeholfen hatte. Meist, indem sie Land oder Häuser erwarb. Ob zu einem anständigen Preis oder nicht? Eben darüber herrschte keine Einigkeit.

Zuletzt, nach einer kleinen Pause, machte Louis Martin noch eine Bemerkung. Es klang, als wäre er gerade darauf gekommen, als spräche er mehr zu sich selbst.

»Aus Frankreich ...«

»Was ist mit Frankreich?«, fragte Noah de Clercq, der einen Kiosk am Feuerwehrteich betrieb und die anderen oft bremste, wenn es gegen die Fourniers ging.

»Wenn man sie fragen würde«, präzisierte Louis seinen Gedanken, »die Fourniers würden eher zu Frankreich stehen als zu uns, denn viele von ihnen leben da unten. Ich weiß nicht, ob ihr mal in der Wohnung wart, aber da hängt ein gerahmtes Foto, noch aus dem Krieg. Da heftet de Gaulle einem von ihnen einen Orden an.«

»Du meinst das Bild mit der schwarzen Schleife?«, fragte Noah. »Das ist nicht dein Ernst, oder?«

»Jeder in Envie weiß, wie die Fourniers zu ihrem Besitz gekommen sind, kein Grund, deshalb zu streiten«, erklärte Simon Lejeune kurz und bündig.

Keine Sekunde zu früh, denn nun dröhnte eine startende Boeing 707 in so niedriger Höhe über den Platz, dass man ohnehin nichts mehr verstanden hätte.

In der Kirche achtete niemand auf das dröhnende Flugzeug. Man kannte das seit Jahrzehnten und Pfarrer Jacobsen hatte eine kräftige Stimme.

Er fand Gehör. Vor allem bei Vincent, der mit leicht geöffnetem Mund lauschte und nach und nach begriff, dass es für jedes Elend, sogar für den Tod, einen Weg der Errettung gab.

Der Geruch von Weihrauch, der vergoldete Stuck an den Flügeln der Engel, die Worte des Pfarrers, das alles wirkte sehr unterschiedlich auf die Brüder. Während Vincent den Pfarrer mit frommem Blick ansah und in Worten Handlungsanweisungen erkannte, betrachtete Iason, was zu sehen war, vor allem die etwas wüste und unklare Malerei oben im Tonnengewölbe, über dem Pfarrer. Er dachte dabei an Julie und spürte, dass sein Herz pochte wie nach einem langen Lauf.

Wie gut die Predigt des Pfarrers war, zeigte sich, als Emely beim Verlassen der Kirche einen nicht unerheblichen Betrag in einen Kasten fallen ließ.

Vielleicht war der Anblick von Geld der Auslöser. Jedenfalls zog Pfarrer Jacobsen sie noch kurz zur Seite. »Ist denn mit der Erbschaft alles vernünftig geregelt? Weiß man schon, wem Louisa etwas vermacht hat? Das Dach unserer Kirche muss neu gedeckt werden und sie hatte mir versprochen, etwas zu diesem Vorhaben beizusteuern.«

Emely nickte, verließ zusammen mit Iason die Kirche und dachte bei sich, dass Pfarrer Jacobsen im Topf des Teufels enden würde. Ihr lebhafter Verstand produzierte ein Bild, in dem der Teufel die Menschensuppe, aus welcher der Pfarrer herausragte, mit Münzen aus der Kollekte garnierte.

Iason, der neben seiner Mutter ging, hörte sie »Suppe« sagen. Er verstand nicht, was das Wort in diesem Moment zu bedeuten hatte, aber ihm fiel auf, dass seine Mutter ihre Handtasche eng am Körper hielt, als sie etwa zwanzig Meter hinter den anderen Fourniers in Richtung der Rue Pensée gingen, wo, wie er wusste, einige Arbeiterinnen aus der Pralinenmanufaktur ein Totenmahl vorbereitet hatten.

Als sie den Platz vor dem Gemeindehaus überquerten, entdeckte er Simon Lejeune und die anderen. Iason meinte, das Wort *Franzosen* aus dem Mund von Vivienne Maes gehört zu haben. Eine Hand bewegte sich, berührte sie an der Hüfte, Köpfe wurden gedreht, das Gespräch erstarb.

Und Emely blieb stehen.

Und Iason, der neben ihr ging, ebenfalls.

Der Abstand zu den übrigen Fourniers wurde größer.

Iason verstand nicht, was hier gerade geschah. Also sah er zu seiner Mutter hoch und erkannte, dass sich in deren Gesicht etwas verändert hatte.

Iason registrierte mehrere Vorgänge, die sich teils gleichzeitig vollzogen.

Als sie sich wieder in Bewegung setzten und langsam an

der Gruppe vorbeigingen, zeigten Noah und die jüngere der Schwestern Le Bois Anteilnahme, indem sie die Köpfe ein wenig senkten und in dieser Haltung verharrten. Vivienne Maes schien nicht recht zu wissen, was sie tun sollte, Louis Martin hielt den Mund leicht geöffnet, bei Simon Lejeune rötete sich das Gesicht. Sein Blick, die Stellung seines Unterkiefers ... Iason spürte eine große Feindseligkeit. Und er wollte nicht, dass es so war, er bewunderte diese Leute für das, was sie über die Welt wussten. Also wich er ein paar Schritt von seiner Mutter zurück. Wieder spürte er, wie sein Herz Blut in den Kopf pumpte, wie sich in seinem Bauch ein flaues Gefühl breit machte.

Genau in diesem Moment drehte sich Emely so plötzlich, als hätte sie die Gedanken ihres Sohns erraten, um und ging auf ihn zu.

Drei Schritt vor ihm blieb sie stehen.

Sie tat das in einer Weise, als müsste sie für Iason oder einen unsichtbaren Fotografen stillhalten. Auch die anderen Fourniers waren mittlerweile stehengeblieben, auch ihre Körper hatten sich neu ausgerichtet. Und Emelys blaue Augen blickte genau in die von Iason. Wenigstens zehn Sekunden stand sie da, als wollte sie ihm Gelegenheit geben, sie genau zu betrachten und kennenzulernen.

Ein Arrangement hatte sich wie zufällig ergeben, Iason registrierte alles ganz genau.

Vorne im Bild seine Mutter.

Die Gruppe um Simon Lejeune in einigem Abstand dahinter. Links am Bildrand, in dreißig Metern Entfernung, die restlichen Fourniers in abwartender Haltung. Vincent, an der Hand des Vaters, blickte zu Boden, als gälte es, ausgerechnet in diesem Moment den Zustand seiner Schuhe zu überprüfen.

Iason verstand nicht, warum seine Mutter nun lächelte, wo er doch eben noch gemeint hatte, Feindseligkeit zu spüren? Oder war das vielleicht gar kein Lächeln? Ging es ihr gar nicht darum, sich ihm zu präsentieren? Wollte sie einfach dastehen, denen, die eben noch über ihre Familie gesprochen hatten, den Rücken zugewandt. Um abzuwarten, ob noch jemand wagte, etwas zu sagen?

Es traute sich niemand, die sechs standen da, als hätte man jedem einen Pfahl durch den Körper gerammt.

Ein einzelner Schlag der Glocke vom Turm. Beinahe schüchtern.

Und noch immer keine Bewegung.

Das also geschah auf einem Parkplatz mit einer Reihe Pappeln im Hintergrund. Bäume, an denen sich in der abendlichen Schwüle kein Blatt rührte. Ja selbst die beiden Katzen hatten aufgehört mit dem Schwanz zu schlagen. Dann endlich, ganz hinten etwas Bewegung. Ronny mit seinen Hunden ging dort hinter den Pappeln, er stieß von rechts ins Bild. Als er die Gruppen auf dem Parkplatz sah, blieb auch er stehen. Seine Hunde taten es ihm nach, wendeten zuletzt ihre Köpfe.

Emely hatte kein einziges Wort gesagt. Es war nicht mehr nötig gewesen, als den Männern und Frauen ihren Rücken zuzuwenden und eine Weile stehen zu bleiben. Iason dachte es nicht, er fühlte es. Der Körper seiner Mutter hatte mehr Macht als Simon Lejeunes gesamtes Wissen über Vietnam und den Vietcong.

Iason wurde an diesem Abend noch einmal auf der Rue van de Velde gesehen, denn Ronny ging um kurz nach 23 Uhr immer noch mal mit den Hunden.

Es waren schon Sterne am Himmel, und knapp über dem Horizont hing ein bleicher, von rechts unten her etwas ausradiert wirkender Mond. Iason schlenderte die dreihundert Meter zur Rue Envie hoch. Überquerte sie und verschwand im Wald.

Dort tat er nichts, außer dass er, den Kopf in den Nacken gelegt, zwischen den Pappeln stand. Es sah aus, als würde er schnuppern. Aber Iason gab ja auch in seiner Klasse damit an, dass er den Lac Virelle schon von hier aus riechen könne. Dabei lag der See jenseits vieler Pappelreihen und einem schmalen Streifen aus Buchen fast einen Kilometer von der Straße entfernt. Der Lac Virelle war zudem ein ganz klarer See. Niemand hatte je behauptet, er würde nach irgendwas riechen. Hier zwischen den Pappeln hatte man drei Tage zuvor Vincents Hasen gefunden. Oder jedenfalls das, was, wie Noah de Clercq meinte, der Marder aus ihnen gemacht hatte.

Der große Ofen

»Was passiert jetzt mit Oma?«, hatte Vincent seinen Bruder am Nachmittag des nächsten Tages gefragt.

»Aber das weißt du doch, Vinc, Maman hat es dir dreimal erklärt. Wir verabschieden uns von ihr, dann kommt sie zu den Toten.«

»Wie auf dem Bild.«

Damit meinte Vincent ein Foto von der Beerdigung ihres Großvaters. Der war gestorben, als sie noch ganz klein waren. Es hieß, der Großvater habe zu viel getrunken. Die sicher etwas aufgeplusterte Geschichte, die Emely manchmal von seinem unglücklichen Tod und der großen Rührmaschine für Nougatcreme erzählte, soll hier nicht wiedergegeben werden, denn Iason war etwas anderes wichtig. »Ich habe deine neuen Hasen gefüttert. Ich glaube, sie fangen schon an zu wachsen und...« Ihm fiel mal wieder nicht ein, wie er den Satz beenden sollte, also schwenkte er zum ursprünglichen Thema zurück. »Du musst wegen Oma keine Angst haben, sie steigt bald auf. Man wird sie nachher in den Raum bringen, wo die Baisers, die Plätzchen und die Böden für die Torten gebacken werden.«

»Der Raum mit dem großen Ofen?«

»Genau. Sie liegt dann in ihrem Sarg auf ganz weichen Kissen und ist gut angezogen. Wir fahren später noch mal zu ihr, gucken sie an und denken an sie. Wie ist es, Vinc? Möchtest du sie auch sehen?«

Vincent hatte genickt.

»Wenn es dir eklig wird oder du Angst bekommst, drück meine Hand, dann gehen wir raus, unter die Bäume.«

»Aber warum ist sie gut angezogen?«

Iason wusste nicht, wie er das seinem Bruder erklären sollte. Zum Glück kam ihm der Vater zu Hilfe, der gerade dabei war, sich seinen Schlips zu binden.

»Weil man alle, die tot sind, gut anzieht. Damit sie gleich sind, wenn sie vor Gott treten.«

»Nachdem sie aufgestiegen sind.«

»Richtig. Wir können Louisa dann nicht mehr sehen, aber wir denken weiter an sie. Du hattest deine Oma sehr lieb, nicht wahr?«

Vincent überlegte einen Moment, ehe er antwortete. »Sie hat mir Sachen von früher erzählt und wir haben den Hasen das Fell abgezogen. Sie haben darunter noch mal eine Haut.«

In diesem Moment war die Mutter zum vierten Mal zu sehen. Immer nur kurz, immer in Eile, immer durch die Tür zum Schlafzimmer, wo sie sich für die Beerdigung umzog.

Auf Iason wirkte das Bild seiner beinahe nackten Mutter, die hinter der Türöffnung hin- und herging, stärker als die Vorstellung von einem Sarg.

Trotz dieses schönen Moments war Iason ziemlich durcheinander. Immer wieder sah er Vincents Hasen vor sich. Erst saßen sie in ihren Ställen, dann waren sie tot. Und weil die Hasen tot waren, war nun auch Louisa tot, daran bestand für ihn kein Zweifel. Wie so oft verspürte er den Wunsch rauszulaufen. Er wollte rennen. Zum Beispiel über die Weiden von Krista Léger. Er tat das oft ganz ohne Grund. Er rannte dann. Und rannte. Und rannte. Und manchmal griffen seine Hände beim Rennen in die Luft, als wollte er sie einfangen. Dieses Rennen war sein Trick, wenn ihm kribbelig wurde, wenn er zum Beispiel in der Schule aufgefallen war oder wenn er sich geschämt hatte, weil die anderen sich, nachdem Monsieur Arronde der Klasse etwas aufgegeben hatte, über ihre Hefte beugten und schrieben. Etwas, das er nur ganz kurz konnte. Weil er nicht längere Zeit über das Gleiche nachdenken mochte. Weil er rauswollte.

Er und sein Vater waren schon früh am Morgen in die Confiserie gefahren. Iason kannte die Backstube. Sie wie auch der Raum mit den großen Rührmaschinen und die Kühlräume gehörten für ihn eigentlich mit zur Wohnung, auch wenn sich der Betrieb nicht in Envie befand, sondern in Foison.

Zwei Männer vom Bestattungsunternehmen hatten eine Art Tisch aufgebaut, der aus zwei Holzböcken und einem sehr breiten Brett bestand. Über diesem Unterbau hatten sie ein Tuch aus schwarzem Samt so drapiert, dass man nicht sah, wie primitiv es darunter zuging. Unten auf dem Tuch wurden nun Vasen mit Blumen und einige Kränze abgestellt.

Iason hatte zugesehen, wie das alles gemacht wurde, denn handwerkliche Tätigkeiten interessierten ihn.

Der Sarg, das wusste er, würde erst im letzten Moment kommen. Iason hatte bei seinen Diensten in der Kirche schon einige Särge gesehen. Immer lagen die Männer und Frauen darin wie in einem tiefen Bett. Als wären sie bereits halb versunken oder als wollte man sie an den Gedanken zu versinken ganz sanft gewöhnen. Ihn hatte das nie geekelt oder geängstigt, denn Pfarrer Jacobsen hatte ihm ja das gleiche erzählt, wie seine Mutter Vincent. Dass sie nach dem Absinken aufsteigen würden. Nur war diesmal alles anders. Nicht weil Louisa seine Großmutter war, sie hatte sich ja kaum mit ihm abgegeben, sondern weil sie ohne seine Schuld gar nicht tot wäre.

Und noch eine Sache beschäftigte ihn. Iason neigte für gewöhnlich nicht dazu, in Dingen oder Konstellationen etwas anderes zu sehen als das, was sie waren, aber in diesem Fall überlegte er doch, warum man den Unterbau für den Sarg ausgerechnet so aufgestellt hatte. Er stand nämlich, als wollte man seine Oma nach der Verabschiedung in den Backofen schieben, jene Röhre, die nun die Verlängerung des vorbereiteten Postaments bildete. Iason entschied, dass hier nichts Sonderbares geplant war. ›So passt eben alles am besten hier rein, es wollen ja später alle herumgehen, um sie noch einmal zu sehen.‹

Die Stimme des Vaters hatte ihn aus seinen Gedanken herausgerissen.

»Kommst du, Iason? Die anderen warten.«
»Warum kommen die nicht gleich hierher?«
»Weil wir abgemacht haben, dass wir uns zu Hause in der Rue Pensée treffen, ein bisschen was trinken und reden und dann alle gemeinsam fahren. Nun komm.«
Da war es aus Iason herausgeplatzt. »Wegen den Hasen, es tut mir leid!«
Als Iason das sagte, hatte es ganz verzweifelt geklungen, und leise hatte er auch nicht gesprochen. Doch sein Vater war schon zur Tür raus.
Im Auto sagte er noch: »Du darfst heute Sekt trinken, wenn du magst.«

Zum Glück gutes Wetter.
Man hatte vor dem Haus Sekt getrunken und Iason nahm sich zunächst eins, kurz darauf noch ein zweites der gefüllten Gläser vom Tisch. Ein paar Tabletts mit belegten Brötchen und Kuchen standen bereit und es roch an diesem Tag – Iason war der Einzige, der es wahrnahm – nur ganz schwach nach toten Fischen. Die Stimmen hatten anders geklungen als sonst. Das war Iason aufgefallen, weil er auf solche Dinge achtete, weil er doch übte, in anderen richtig zu lesen. Monsieur Arronde hatte ihm das empfohlen.
Monsieur Arronde machte sich schon seit einiger Zeit Sorgen, was Iason anging. Er war ein sehr junger Lehrer mit neuen Gedanken und Idealen. Einer, dem es nicht nur auf die Vermittlung und das Abfragen von Unterrichtsstoffen ankam. Gut ausgebildet und zur Weitsicht begabt, hatte er auch die allgemeine Entwicklung seiner Schüler im Auge. Obwohl er an der Schule als jung galt, war Monsieur Arronde kein Anhänger der gerade in Mode gekommenen pädagogischen Anthropologie, die, wie er meinte, ›die Zügel etwas arg durchhängen ließ‹. Vielmehr vertrat er die Auffassung, es sei entscheidend, bei auffälligem oder stark abweichendem Verhalten auf Korrektur zu drängen. Korrekturen waren frühzeitig durchzuführen. Korrekturen waren in jungen Jahren erfolgversprechender als später. Korrekturen stellten eine Art Schutz dar. Es

war auffällig, dass Monsieur Arronde das Wort Korrekturen recht häufig in den Mund nahm und dass seine ebenfalls noch junge Kollegin, Mademoiselle Decuyper – Englisch, Biologie und Chemie – in nahezu allen Fragen der Kindesführung mit seinen Auffassungen d'accord ging. In Iasons Fall, da herrschte zwischen ihnen Einigkeit, waren Korrekturen dringend angezeigt, galt es doch auch, die Mitschüler und Lehrer zu schützen. Weinende Mädchen, blaue Augen und blaue Flecken bei den Jungen, das war nicht in Ordnung. Also hatte Monsieur Arronde das Jugendamt eingeschaltet und Monsieur Fabre war zu den Fourniers gekommen. Er wollte wissen, wie Iason aufwuchs und warum er in der Schule so viele Probleme hatte. Nicht nur mit den Lehrern. Auch einige Eltern hatten sich bei der Schulleitung beschwert.

Iason prügelte sich tatsächlich sehr oft, er bekam schnell was in den falschen Hals und konnte seine Kraft und die Wirkung seiner Taten nicht richtig einschätzen. Im Chemieunterricht waren Chemikalien absichtlich ausgetauscht worden, Fenster waren zu Bruch gegangen und einmal hatte Iason auf der Lehrertoilette einen Wasserauslass so gelockert, dass er beim Aufdrehen des Hahns weggeplatzt war. Das aufschießende Wasser hatte Iasons Mathematiklehrer, Dr. Brouwer, von oben bis unten nass gemacht, und er war dann auch noch auf dem nassen Boden ausgerutscht, hatte sich die Hand verstaucht. Monsieur Fabre vom Jugendamt war also erneut zu den Fourniers gefahren. Es war bereits das dritte Mal und das Gespräch mit Emely endete sehr abrupt, da sie ihn zuletzt mit ihren kräftigen Händen zur Tür rausschob und erklärte, wenn Lehrer nicht mit Kindern fertig würden, läge es ja wohl an den Lehrern.

»Iason ist ein Junge! Was erwarten Sie denn? Dass er, die Hände gefaltet, am Tisch sitzt?«

»Davon ist er weit entfernt.«

»Soll ich Ihnen mal erzählen, was ich früher gemacht habe? Und nicht nur mit Mädchen!«

»Nein, erzählen Sie nicht. Ich kann es mir auch so ungefähr denken.«

Zu all diesen Querelen kam – Monsieur Arronde konnte das nicht einfach übersehen – Iasons stark begrenzte Auffassungsgabe, ein schwaches Erinnerungsvermögen sowie, daraus sich ableitend, ein teils ins Stumpfe, teils ins Aufsässige gehendes Desinteresse an allem, was im Unterricht stattfand. Monsieur Arronde war nicht der einzige, dem Iasons Verhalten missfiel. Dr. Brouwer brachte es bei Gelegenheit auf den Punkt: »Iason hat eine Art, da möchte man immerzu reinschlagen.«

»Sind wir dann alle so weit?«, fragte der Vater. »Wir fahren jetzt nach Foison, um Louisa die letzte Ehre zu erweisen. Einige von euch kennen den Weg, die anderen fahren uns einfach nach.«

Emelys Blick: suchend.

»Iason? Iason, wo bist du? Iason! Komm bitte, dein Vater möchte los!« Sie musste dreimal rufen, ehe ihr Ältester hinter einem Gebüsch hervorkam. »Jetzt komm schon! Was hast du denn da hinter den Büschen gemacht? Stell die Sektflasche weg.«

Alle waren eingestiegen und im Konvoi gefahren.

»Wie die Könige«, hatte Vincent noch beim Einsteigen gesagt. Einige hatten daraufhin gelächelt. Vincent besaß diese wunderbare Gabe, Dinge auf typisch kindliche Art auf den Punkt zu bringen.

Während der Fahrt war Iason dann schlecht geworden. Er hatte sich die Hand vor den Mund gehalten und versucht, es drinnen zu behalten. Aber es ging nicht, es kam an den Seiten und zwischen den Fingern raus. Zum Glück hatte seine Mutter genügend Taschentücher dabei. Sie hatte sich umgedreht, war halb zwischen den Vordersitzen zu ihm durch und hatte gerubbelt. Erst so, dann mit Spucke. Ihre Haare hatten ihn dabei im Gesicht gekitzelt. Iason fand, dass seine Mutter sehr gut roch an dem Tag. Sie benutzte ja auch normalerweise kein Parfüm.

Was für ein Anblick! Das Arrangement sah fast schon nach Angeberei aus.

Die Angestellten und Arbeiter der Confiserie standen aufgereiht in drei Reihen. Nur bei zwei Frauen – Iason war das sofort aufgefallen – hatte der Wind eine Schleife am Hals und eine kleine Stirnlocke bewegt.

Vor der Confiserie, einem Betrieb, in dem zweiunddreißig Leute arbeiteten, hatte es noch mal Sekt gegeben, weil man auf zwei Verwandte wartete. Auch Iason hatte sich noch mal ein Glas vom Tablett genommen. Und vielleicht zu schnell getrunken. Jedenfalls musste Emely kurz darauf mit ihm aufs Klo gehen. Dort hatte sie ihn und den Aufschlag seiner Hosenbeine wieder hinbekommen. Als Iason zurück nach draußen in die Sonne kam, wusste er, dass all seine Gedanken wegen der Hasen, und dass er Schuld hatte am Tod von Louisa, völlig unsinnig waren. Von allen Schuldgefühlen befreit, trank er ein weiteres Glas Sekt. Diesmal blieb es drinnen und schmeckte auch besser. Er kam sich stark vor, wie ein Erwachsener, hatte nicht mehr das Bedürfnis zu rennen und fand noch immer, dass seine Mutter die Schönste von allen Frauen hier war.

»Seid ihr so weit?« Die Stimme seines Vaters klang feierlich wie zu Weihnachten. »Iason, du gibst auf deinen Bruder acht!« Dann lauter an alle. »Wir wollen jetzt Abschied nehmen. Die Gläser könnt ihr da vorne auf den Tisch stellen.«

Sie betraten den großen Vorraum zur Backstube. Der Vater kontrollierte mit einem Blick, ob alle da waren, dann öffnete er ein kleines Fenster und nickte vier Männern, die neben dem Leichenwagen standen, kurz zu.

Iason wusste, dass man nun den Sarg in die Backstube bringen und den Deckel abnehmen würde. Auch das hatte er schon bei seinen Diensten in der Kirche gesehen. Die Särge kamen immer erst spät, standen nie lange rum.

Sie warteten, keiner sagte ein Wort, Iason hörte die anderen atmen. Hin und wieder sog jemand die Luft sehr tief ein.

Da noch Zeit war, warf Iason einen kurzen Blick auf seinen Bruder. Er richtete Vincents kleine Krawatte, beugte sich kurz hinab, um mit seinem frisch gebügelten Taschentuch schnell über die Schuhe des Bruders zu gehen. Seine Mutter hatte am Abend zuvor viel gebügelt. Iason sah sie einen kurzen Moment vor sich, wie sie sich konzentriert über das Brett beugte. Sie wusste immer, was zu tun war. Immer. Nach dieser kleinen Schwärmerei nahm er Vincent bei der Hand. Sie war ganz kalt, und obwohl der Kleine nicht zitterte, spürte Iason doch, dass sein Bruder sich fürchtete. Also ließ er die Hand los, legte seinen Arm um Vincents Schultern und zog ihn ein wenig zu sich heran.

»Wenn's zu schlimm wird, machst du mir ein Zeichen«, flüsterte er. »Dann gehen wir raus unter die Bäume.«

Es wurde dezent von innen an die Tür geklopft, es war so weit.

Auf alles vorbereitet führte Iason seinen Bruder, indem er ihn weiter im Arm hielt, in die Backstube.

Es roch nach Nougat, Gebäck, Butter, Sahne und verschiedenen Gewürzen, es roch so gut, dass man sofort Appetit bekam. Ein würdiger Abschied für eine Frau, der eine große Confiserie und zwei Verkaufsläden gehört hatten. Dazu sechs Lieferwagen, die die Fourniersche Pralinen an Läden in ganz Belgien verteilten und sogar bis ans Meer fuhren, wo die Schiffe lagen, die sie noch weiter transportierten. Vielleicht, überlegte Iason, war das der Gedanke seiner Mutter gewesen, als sie entschieden hatte, wo die Familie und die vielen Verwandten aus Frankreich Louisa ein letztes Mal sehen sollten.

Von einer Sekunde auf die andere. Als Iason das Gesicht seiner toten Großmutter sah, war ihm so schlecht geworden, dass er sofort rausmusste. Vincent hatte es also nicht nur alleine durchstehen müssen, er erwies sich als viel stärker, als alle gedacht hatten, und sah sich das Gesicht seiner Großmutter lange an.

Großes Geschrei

Tags darauf kamen noch mehr Menschen.

Direkt hinter dem Sarg gingen Louisas Töchter. Emely Fournier und ihre Schwester Dunja. Bei ihnen war Krista Léger, Emelys beste und älteste Freundin. Und natürlich deren Sohn Aaron. Iason fand es ungerecht, dass Aaron mit vorne gehen durfte. Er hatte Aaron noch nie gemocht, in diesem Moment hasste er ihn.

Fast dreihundert waren erschienen, um Louisa auf ihrem letzten Weg zu begleiten. Auch der Bürgermeister von Foison, der komplette Gemeindevorstand und vier höhere Beamte vom Stadt- und Verkehrsplanungsamt in Brüssel waren anwesend, denn auch die gehörten über ein oder zwei Ecken zur weit verzweigten Familie.

»Schau!«

Der Vater hatte Iason auf die Schulter getippt und mit einer kleinen Geste auf Bürgermeister Jongman gezeigt, der wie jemand aus einem anderen Jahrhundert gekleidet war. Mit vielen Ketten aus Silber.

Louisa hatte sich zwar, wie alle wussten, mit seinem Vorgänger, Marinus Groot, besser verstanden, aber auch mit Jongman erfolgreich verhandelt. Ihr war es zu verdanken, dass die Untermauerung der Sandsteinstufen vor der Kirche in Ordnung gebracht und das Dach des Gemeindezentrums neu eingedeckt war. Darüber hinaus hatte sie sich bereiterklärt, den Bau einer tief gründenden Staumauer entlang des Kanals großzügig mitzufinanzieren. Diese Mauer war, ihrer Meinung nach, der einzig sinnvolle Weg, das Einsickern von Grundwasser zu verhindern. Grundwasser, das im Herbst und Frühjahr regelmäßig aufstieg, Keller flutete und den Parkplatz vor dem Gemeindezentrum in einen See verwandelte. Die Gemeinde allerdings hatte Louisas nach einhelliger Meinung viel zu aufwändiges Projekt abgeschmettert und eine preiswertere Ringdrainage verlegen lassen. Von all

diesen teils vollendeten, teils nicht vollendeten Projekten, sowie über die Entstehungsgeschichte der Kirche, der Höfe, der Bauten aus den Jahren nach dem Krieg, hatte Louisa Vincent erzählt. Vor den Hasenställen hatten diese Gespräche stattgefunden. Louisa hatte ihrem Enkel sogar prophezeit, dass er eines Tages die Staumauer am Kanal würde bauen müssen.
»Dann bin ich schon lange tot, aber du machst das, Vinc.«
»Zusammen mit Iason.«
»Der wird dir keine große Hilfe sein.«

Die Temperatur stieg und stieg, während sich der Zug langsam auf Louisas letzte Ruhestätte zubewegte. In Iasons kindlichem Verstand gingen die Hitze des Ofens und die auf dem Friedhof eine sonderbare Verbindung ein. Das lag daran, dass Vincent ihm mal alte Bilder von der Hölle gezeigt hatte, und andere, auf denen Menschen aus Teig gemacht und in Öfen geschoben wurden. Er blickte kurz zu seinem Bruder rüber. Wie so oft wirkte Vincent, als sei er völlig in sich versunken. Also beobachtete Iason die anderen Trauergäste. Trotz der Hitze verkniffen sie es sich, die Knöpfe an ihren Hemden und Blusen zu öffnen oder gar Krawatten zu lockern.

Pfarrer Jacobsen sprach unter einer glühheißen Sonne fast vierzig Minuten am offenen Grab, und Iason staunte noch einmal über Louisas Leben und über das, was sie alles geleistet hatte. Auch der Kirche hatte sie regelmäßig gegeben, das erwähnte der Pfarrer mehrfach. Darüber, warum sie so viel gegeben hatte, war in Envie immer mal spekuliert worden und einige meinten: »Erklären kann das nur ihr Gewissen.«

Endlich machte der Pfarrer einige routinierte Bewegungen mit der rechten Hand, dann versank der Sarg in der Tiefe.

Die Seile wurden hochgezogen, alle gingen noch einmal vorbei und warfen Erde ins Grab. Dann endlich war es vorbei, die ersten wandten bereits ihre Köpfe und blickten Richtung Ausgang, wo noch mehr Menschen zu warten schienen.

Genau in diesem Moment hatte Iason so heftig angefangen zu weinen, dass er keine Luft mehr bekam. Als ihn der Vater, auf ein Zeichen der Mutter hin, wegbringen wollte, fing Iason an zu schreien und zu strampeln.

»Ich wollte das nicht!« Immer wieder dieser Satz. Niemand verstand, was er damit meinte.

Es kam dann aber alles wieder in Ordnung, denn Vincent ging zu seinem Bruder, nahm ihn fest bei der Hand und führte ihn weg.

»Unter die Bäume«, wie Iason bei solchen Gelegenheiten gerne sagte. Nur war es diesmal der Jüngere, der den Älteren führte.

Im Pappelwald

Als Louisas Grab zwei Wochen nach der Beerdigung bepflanzt wurde, geschah etwas sehr Ungerechtes, wie Iason fand. Emely hatte nur Vincent, nicht ihn, gefragt, ob er mitkommen und ihr helfen wolle. Dann, als die beiden gerade in Louisas hinten frisch lackierten Renault Kombi einsteigen wollten, um in die Gärtnerei zu fahren, war Aaron aufgekreuzt, Vincents einziger Freund. Offenbar hatte er ihn informiert und mit Emely bereits alles besprochen. Aaron durfte ohne Diskussion einsteigen.

Iason sah das Heck des Wagens, als er wegfuhr.

Frisch ausgebeult, frisch lackiert.

Das Bild bedeutete, dass man ihn nicht dabeihaben wollte.

Er ging los, überquerte die Rue Envie. Fast eine Stunde lang lief er ziellos im Pappelwald herum, war wütend und traurig zugleich, bereute es, seine Zwille nicht dabei zu haben. Denn da waren sehr viele Vögel und Enten und heute hatte er das Gefühl, dass er eine töten wollte. Er fühlte sich ganz unecht. Ja, noch schlimmer. Es kam ihm vor, als würden seine Arme und Beine gar nicht zu ihm gehören. Dieses Gefühl, keinen Körper mehr zu haben, war so beängstigend, dass er angefangen hatte zu zittern. Das Zittern immerhin spürte er.

Als er es zuletzt nicht mehr aushielt, war er zum Friedhof gelaufen. Und da sah er die drei. Sein Bruder mühte sich mit einem Spaten ab, für den er eindeutig zu schwach war. Aaron und die Mutter hielten Töpfe mit Pflanzen in ihren Händen. Iason nahm den Geruch der frisch aufgeworfenen Erde wahr sowie den äußerst vielfältigen, der aus einer großen Abfallkiste kam, in der Blumen und Kränze lagen. Wie so oft beruhigte ihn das ein wenig. Dann aber wollte er doch wegrennen.

In diesem Moment hatte die Mutter ihn entdeckt.

»Iason! Wie schön, dass du da bist. Komm zu uns. Vincent schafft das nicht allein mit dem Spaten.«

Ein so intensives Gefühl von Glück und Liebe hatte er noch nie gespürt. Nicht mal als Julie ihm ins Ohr gepustet hatte. Er lief hin, und Vincent überließ ihm natürlich den Spaten.

Sofort zeigte sich, dass er die Kraft hatte, die hier gebraucht wurde. Iason grub so entschlossen, dass seine Mutter ihn zuletzt bremsen musste.

»Nicht so tief, Iason.«

»Auf Friedhöfen gräbt man nicht tief«, ergänzte Vincent. Und spätestens da war wieder alles so, wie Iason es kannte. Er war stark und sein Bruder sagte was Witziges, auf das er selbst nie gekommen wäre.

Abends, auf dem Bett, während ihrer halben Stunde, hatte Vincent ihm dann erklärt, warum die Mutter ihn nicht mitgenommen hatte.

»Maman dachte, es würde dich traurig machen. Weil du doch bei der Beerdigung so geweint hast.«

Iason sagte nichts dazu. Es dauerte eine Weile, ehe ihm etwas einfiel.

»Ich habe deinen Hasen Wasser gegeben und sie gefüttert. Hast du das vergessen?«

»Kann sein.«

»Die sind noch klein, Vinc, die brauchen immer was, um

die muss man sich kümmern. Wenn du das nicht kannst, kommen sie weg. Du weißt, wie Maman ist. Die sind dann plötzlich weg.«

Am nächsten Tag, in der ersten großen Pause geschah etwas, das nicht schön war, und nur wer sich partout nicht darauf versteht, aus gesprochenen Sätzen das Entscheidende rauszuhören, also das, was nicht gesagt wird, nur so jemand würde meinen, der Anlass sei ein nichtiger gewesen. Leo kam zusammen mit zweien seiner Freunde zu Iason und sagte: »Ihr wart gestern auf dem Friedhof, hat Aaron mir erzählt. Blumen eingraben. Das darf man nicht, darauf steht Strafe.«

Leo wusste genau, wie Iason reagieren würde. Seine beiden Freunde wussten es auch.

Spucke und Arsch

Der Schulhof war vier Jahre zuvor mit Platten belegt worden. Auf Betonelementen saßen fünf Mädchen. Sieben Jungen bildeten einen Halbkreis. Sie bildeten ihn so, dass die Mädchen freie Sicht hatten. Aus bestimmten Gründen war das wichtig.

Und Iason boxte.

Voll mit der Faust. Gleichmäßig wie eine Maschine. Dabei hatte Leo ihn längst unten. Lag auf ihm drauf. Drückte seinen Unterarm mit vollem Gewicht auf Iasons Kehle. Leo hatte ihn, wie jeder sah, völlig im Griff. Leo war eindeutig der stärkste in der Klasse. Leo war ein Würger, Iason ein Boxer. Alle, die es anging, wussten das.

Drei eng beieinander stehende Ahornbäume hinter den Mädchen. Die Mädchen blieben still. Sie betrachteten ohne Abscheu oder Sorge, ohne übermäßige Lust, aber auch nicht bis zum letzten gelangweilt die beiden Kämpfer, die acht Meter vor ihnen auf dem Boden lagen. Nur Julie bewegte ihre ineinander verschlungenen Hände in einer Weise, als würde sie am Waschbecken stehen. Einmal kam auch kurz die Spitze ihrer Zunge raus.

Iasons Kopf war inzwischen knallrot. Er roch Leos Atem. Das machte der absichtlich. Beim letzten Kampf hätte Leo ihn fast geküsst. Leo, der schon immer der stärkste in der Klasse gewesen war, liebte es, zuletzt ganz nah an seine Opfer ranzugehen. Nicht nur mit dem Gesicht. Iason spürte Leos Körper auf seinem. Leo ruckelte hin und her mit der Hüfte, nannte ihn Mädchen.

Leos Gesicht war jetzt direkt über seinem, darauf kam es dem immer an, wenn es zu Ende ging. Iasons Blick wurde bereits trüb. Trüb von Tränen der Wut und Scham, angesichts der Erniedrigung, die ihm bevorstand. Und natürlich, weil Leos Unterarm ihm den Kehlkopf seit fast einer Minute abpresste. Aber er sah noch genug. Vor allem sah er Leos Mund. Die gespitzten Lippen, die Bewegungen seiner Backen, als Leo mit seiner Zunge den Speichel zusammenschob. Iason wusste, dass die Spucke gleich kommen würde. Entweder in einem dicken Blub, oder als sehr langer Faden. Leo würde versuchen es so hinzukriegen, dass seine Spucke in Iasons Gesicht landete. Entweder in den Augen oder auf seinen Mund. Auf den Mund, das wäre die schlimmste Demütigung überhaupt.

Und die Spucke kam. Ganz langsam zog sie sich zu ihm runter. Aber sie kam nicht mehr richtig, nicht mehr kontrolliert. Denn Iason hatte noch immer seinen rechten Arm frei. Seit einer vollen Minute schlug er unablässig mit der Faust auf Leos Seite. Also auf dessen Rippen und seine Niere. Und das machte Leo jetzt fertig. Der Druck auf Iasons Kehle ließ nach, denn Leo hielt es nicht mehr aus. Er musste etwas gegen die Faust unternehmen. Also verlagerte er bei dem Versuch, sie zu fassen, sein Gewicht. Iason hatte genau auf diese Gewichtsverlagerung gesetzt. Er drückte Leo rum und kam nach einem heftigen Schenkelklammern nach oben. Zwei Ohrfeigen, mit denen sein Gegner nicht gerechnet hatte, schon saß er auf Leos Brustkorb. Der konnte nicht mehr viel machen, weil er Iasons Knie bereits auf den Schultern hatte.

»Willst du mal meinen Arsch ins Gesicht?«, schrie Iason. »Willst du?«

Er rutschte vor, er wollte mit seinem Arsch auf Leos Gesicht. Als Rache für die Spucke, die ihm noch im rechten Auge klebte. Auge um Auge, Zahn um Zahn, hätte man früher gesagt. Hier lief es noch urtümlicher ab. Spucke fordert Arsch.

Es kam nicht dazu. Iason wurde an den Haaren und seiner linken Schulter hochgerissen und von Leo weggezogen. Im letzten Moment immerhin schaffe er noch einen guten Tritt, erwischte Leo am Brustkorb. Fast im gleichen Moment wurde er herumgewirbelt und sah das knallrote Gesicht von Dr. Brouwer.

Iason bekam es jetzt ohne Ende. Immer Hand, Handrücken – Hand, Handrücken. Links, rechts – links, rechts. Klatschen, die vor allem links so mächtig aufs Ohr gingen, dass Iason nur noch ein helles Pfeifen hörte und die drei Ahornbäume plötzlich nach unten kippten. Was dann geschah, bekam Iason nur noch halb mit. Vermutlich hatten die Mädchen und auch einige Jungen angefangen zu schreien. Starke Hände befreiten ihn aus den Klauen des Lehrers. Iasons Oberkörper sackte weg, er knallte mit seinem Hinterkopf auf die Platten. Für ein paar Minuten ging die Welt vollständig unter. Als sie wieder aufstieg, lag er neben der steinernen Tischtennisplatte. Monsieur Arronde beugte sich über ihn, rief immer wieder seinen Namen und schrie zwischendurch halb nach hinten gewendet nach einem Krankenwagen! Dann sah Iason noch kurz Leos Gesicht. Es kam von rechts rein, in sein verengtes Blickfeld.

»Ey, tut mir leid, wenn du willst, töten wir ihn.«

Jemand zog Leo weg und die Welt ging wieder unter.

Man behielt Iason drei Tage im Krankenhaus. Der zuständige Arzt war vor allem am Inneren seines linken Ohrs interessiert. Davon abgesehen, dass er auf dem offenbar weniger hörte und es sich dick anfühlte, war er, wie der Arzt meinte, nicht zu Schaden gekommen.

Einige aus seiner Klasse und sogar Leo kamen. Leo brachte ihm ein Heft mit, in dem nackte Frauen abgebildet waren. Iason langweilte sich trotzdem. Mit Mädchen und Frauen hatte er es noch nicht. Ihm gefiel nur ein Foto. Weil er fand, dass das Mädchen tolle Haare hatte und ein bisschen aussah wie Julie. Den Rest fand er eklig.

Auf der Heimfahrt erklärte ihm Emely, dass sein Trommelfell wieder heilen würde. Damit, so meinte Iason, war der Kampf beendet.

Der Kampf war aber nicht beendet, er musste zum Direktor. Der erklärte ihm, dass darüber beraten würde, ihn der Schule zu verweisen. Als erstes aber müsse er sich bei Dr. Brouwer entschuldigen. Der habe Aufsicht gehabt und verhindert, dass Leo verletzt wurde. Iason habe zum wiederholten Male alle in eine höchst gefährliche Situation gebracht.

Er musste sich dann aber doch nicht entschuldigen und wurde auch nicht der Schule verwiesen. Was daran lag, dass die Fourniers Geld hatten für einen Anwalt. Was auch daran lag, dass es 1966 nicht mehr zuging wie 1956 oder wie 1936. Ein Gespräch mit einem Psychologen allerdings schien der Schulleitung unerlässlich.

Nicht nur für Iason hatte der Zwischenfall auf dem Schulhof Folgen.

Dr. Brouwer wurde ermahnt, nicht mehr zu schlagen. Ein paar Tage später wurde, auf Anzeige von Nora Peers vom Jugendamt, eine Untersuchung gegen die Schulleitung und ein Strafverfahren gegen Dr. Brouwer eingeleitet, die aber im Sand verliefen.

Eine Woche später forderte Leo sehr förmlich, ja beinahe höflich Revanche, die Iason ihm auch gewährte. Der Kampf endete, nach viel Rollen am Boden, unentschieden in den Brennnesseln hinten auf dem Grundstück von Vivienne Maes.

Professor Saignée

Iason hatte gemeint, ein Kampf sei ein Kampf, aber so war es nicht.

Arsch im Gesicht. – Um diesen Satz ging es. Und natürlich um die auffällig häufigen Kämpfe und Zerstörungen. Erst vor ein paar Tagen hatte Iason versucht, das Holzlager des Hausmeisters seiner Schule anzuzünden.

»Iason bringt andere in Gefahr und hat einen Hang zur Grausamkeit«, hatte Monsieur Arronde bei einem Vorgespräch mit dem Psychologen Professor Saignée erklärt. »Vor ein paar Tagen hat er den Hund unseres Hausmeisters mit Ästen beworfen. Recht dicken Ästen, wie mir gesagt wurde. Er hatte eine kleine Truppe aus seiner Klasse um sich versammelt und gefiel sich darin, sich vor ihnen aufzuspielen. Für das Tier hatte er offensichtlich keinerlei Empfindung.«

»Was ist denn das für ein Hund?«, hatte Professor Saignée gefragt, wobei er ein Fachbuch akkurat kantengleich an den Rand des Tischs schob.

»Ein ganz normaler Schäferhund«, hatte der Lehrer erklärt.

»Ist mit dem Hund schon mal etwas vorgefallen?«

»Er soll Iason angeblich gebissen haben. Natürlich stimmt das nicht, der Hund wird in einem Zwinger gehalten.«

»In einem Zwinger? Wie hat der Schüler ihn dann mit Stöcken beworfen?«

»Ich war nicht dabei. Vielleicht hat er seine Stöcke nur gegen das Gitter geschleudert. Jedenfalls hat er den Hund verrückt gemacht.«

»Ist der Hund denn generell reizbar?«

»Das kann ich Ihnen nicht sagen, und der Hund ist mir auch, offen gesagt, ziemlich egal.«

»Sie haben den Hund schon einmal gesehen?«

»Ja, natürlich. Das Schlimmste, was man über ihn sagen kann, ist, dass er den ganzen Tag bellt.«

»Der Hund reizt Sie? Also sein Gebell?«

»Nein, ich lasse das Fenster schließen. Können wir jetzt bitte über Iason reden? Der Hund steht hier nicht zur Debatte.«

»Natürlich. Wann hat sich das mit dem Hund zugetragen?«

»Vor vier Tagen. Sie sehen, der Ärger mit Iason nimmt kein Ende. Es gibt da kein Reglement in seinem Kopf. Ihm reichte das dumme Gerücht, der Hund sei bissig, als Anlass für etwas, das meiner Meinung nach nicht anderes war als Tierquälerei. So wie es ihm bei seinem Kontrahenten Leo schon reicht, wenn der sagt: ›Na, Iason, hast du heute wieder deine kurze Hose an?‹ Mehr braucht es nicht, dass er zuschlägt. Wir mussten jetzt sogar einen Kollegen abmahnen. Iason hat Dr. Brouwer ständig gereizt, sich im Unterricht über ihn lustig gemacht. Er hat es geradezu darauf angelegt, dass Dr. Brouwer sich vergisst. Irgendetwas stimmt nicht mit diesem Jungen. An der Erziehung scheint es nicht zu liegen, denn sein Bruder ist ganz normal. Ich meine, es ist höchste Zeit, eine Korrektur einzuleiten. Ich möchte, und ich spreche auch im Namen der Schulleitung, dass unsere Schüler sich zu vollwertigen Menschen entwickeln, die wir mit gutem Gewissen entlassen können. Auch Iason soll ein normales Leben ermöglicht werden, so schwierig er ist. Sein wirkliches Problem liegt meiner Meinung darin, dass er im Unterricht nicht mitkommt. Er spürt einen für ihn unüberwindlichen Mangel an Intelligenz und geht mit Gewalt dagegen an.«

»Wie würden Sie seine Intelligenz insgesamt einschätzen?«

»Mit Fleiß, ausreichend Nachhilfe und ohne weitere emotionale Zwischenfälle … Nein, um ehrlich zu sein, ich bezweifele, dass er einen normalen Abschluss schafft. Was kein Problem für ihn sein dürfte, da die Eltern wohlhabend sind und er dort im Betrieb arbeiten kann.«

»Was für ein Betrieb ist das?«

»Die Eltern von Iason stellen Pralinen, Kuchen und ähnliches her.«

»Ach! Sie sagten eben, Fournier, richtig?
»Fournier.«
»Die Pralinen. Natürlich!«
»Dort im Betrieb wird man sicher eine Stelle finden, die Iasons Fähigkeiten entspricht. Mir geht es hier vor allem um seine emotionale Entwicklung. Die Noten und der Abschluss sind nicht alles.«

Das hatte Professor Saignée nicht nur verstanden, er hatte Monsieur Arronde darin bestätigt, dass Korrekturen frühzeitig in die Wege zu leiten seien, nicht erst, wenn das Kind bereits in den Brunnen, und so weiter. Sie verabschiedeten sich mit Handschlag über den Schreibtisch hinweg. Professor Saignée hatte zu diesem Zeitpunkt vier weitere Fachbücher akkurat auf der Tischplatte verteilt. Zusammen mit dem ersten ergab sich ein geometrisches Bild.

Iason absolvierte ein langes Gespräch mit Professor Saignée. Es ging dabei um die Herstellung von Pralinen, die Wahrnehmung von Tönen, Gerüchen und Farben sowie allgemeine Gedanken zur Gerechtigkeit. Erst gegen Ende kam der Arzt zum Kern und fragte Iason, warum er seinen Gegner habe demütigen wollen.

»Arsch ins Gesicht. Das sollst du gesagt haben.«
»Kann sein.«
»Hattest du vor, das mit deinem besiegten Gegner zu machen?«
»Leo hat mir schon dreimal ins Gesicht gespuckt. Und immer, wenn ich schon unten lag. Das war jetzt meine Chance.«
»Du hättest auch nachgeben können. Großzügig sein und die Feindschaft beenden.«
Iason hatte eine Weile nachgedacht, ehe er antwortete.
»Nein.«
»Es wäre doch eine Möglichkeit gewesen. Du gehst sicher sonntags in die Kirche.«
»Ich war Ministrant.«
»Hat der Pfarrer mit euch nicht über Nachsicht und Güte

gesprochen? Oder darüber, dass man eine Feindschaft auch beenden kann?«

»Leo und ich haben gekämpft. Jeder von uns wollte gewinnen und am Ende oben sein. Außerdem hat der Pfarrer mit uns nie über Nachsicht und Güte gesprochen.«

»Das kann ich mir kaum vorstellen.«

»Er sagt immer, jeder hat es selbst in der Hand. Das wünscht sich Gott. Dass man sich selbst hilft. Er mag es nicht, wenn man bettelt.«

»Das hat der Pfarrer euch beigebracht?«

»Gesungen haben wir auch.«

»Wenn du mit Leo kämpfst, was empfindest du da?«

»Wie meinen Sie das?«

»Bist du wütend auf ihn?«

»Wenn er mir wehtut.«

»Dann willst du ihm auch wehtun.«

»Muss ich ja.«

»Gibt es außer Leo noch jemanden in deiner Klasse, dem du gerne wehtun würdest?«

»Nein.«

»Nur Leo.«

»Ich will ihm nicht wehtun, ich will gewinnen. Außerdem hat er an dem Tag meine Mutter beleidigt. Weil sie Blumen gepflanzt hat. Weil meine Oma gestorben ist.«

»Das hat dich wütend gemacht.«

»Schon.«

»Du magst deine Mutter?«

Iason hatte nicht geantwortet, sondern die Kastanie vor dem weit geöffneten Fenster betrachtet. Nach einer Weile erklärte er: »Sie sägen da irgendwo Metall.«

»Ja, manchmal sind sie sehr laut.«

»Man kann es riechen.«

»Das Metall?«

»Wenn es heiß wird, riecht es. Es riecht auch nach Pizza. Gibt es da eine Pizzeria?«

»Ich habe gehört, du wurdest von einem Hund gebissen.«

»Der vom Hausmeister.«

»Könntest du mir die Wunde mal zeigen?«
»Klar.«

Iason hatte sein rechtes Hosenbein ein Stück weit hochgekrempelt und eine Bisswunde präsentiert. Es war nichts Gravierendes. Nur der blutgefüllte Abdruck einiger Zähne.

»Hast du das jemandem gezeigt?«
»Nein.«
»Hat es dir wehgetan, als der Hund dich gebissen hat?«
»Schon.«
»Du spürst Schmerzen.«
»Schon, aber ich heule nicht wegen jeder Kleinigkeit.«

Professor Saignée ließ es dabei bewenden. Veranlasste allerdings auf Wunsch von Monsieur Arronde einen Intelligenztest. Nach der Auswertung des Tests empfahl eine Mitarbeiterin seiner Einrichtung Emely Nachhilfeunterricht mit dem Ziel, einen vollwertigen Schulabschluss zu erreichen. Außerdem nahm Iason drei Wochen lang morgens und abends fünfzehn Tropfen Haloperidol ein. Daraufhin hörte er auf, sich mit Leo zu prügeln. Da ihn die Tropfen jedoch insgesamt lustlos und desinteressiert machten, er folglich in der Schule noch schlechter wurde, schmiss Emely das Fläschchen in den Müll. Niemand forderte die Familie auf, erneut zu einem Facharzt zu gehen.

Merkwürdige Mädchen

Als Vincent seinen Bruder am Abend nach dem Besuch bei Professor Saignée gefragt hatte, ob es wegen der Mädchen sei, dass er und Leo sich immer schlugen, sagte Iason: »Das bestimmt nicht.«

»Und warum hast du dann mit Leo gekämpft?«
»Weil er Maman beleidigt hat.«
»Nur deshalb?«
»Und weil ich mit Julie und Lukas um Geld gewettet hatte, dass ich es diesmal schaffe und mich mit meinem Arsch auf sein Gesicht setze.«

»Du bist eklig.«

»Extra. Damit Leo es noch mal versucht. Dann wette ich noch mal um Geld. Ich weiß ja jetzt, dass ich stärker bin und wie ich ihn unterkriege.«

1967 passierte, abgesehen davon, dass Iason wider Erwarten in allen Fächern versetzt wurde, noch einiges. Der Gemeinderat kämpfte unter der Leitung von Enno de Cock um die Errichtung einer Bushaltestelle an der Rue Envie, der Kirchenchor, in dem auch Iason mitsang, machte bei einem Wettstreit zwischen acht Gemeinden den zweiten Platz, das Schützenfest war ein voller Erfolg. Was sich auch am Umsatz und Gewinn zeigte, der zum Teil für die dringend anstehende Restaurierung von zwei Kirchenfenstern gebraucht wurde.

Ein schönes Ergebnis. Dabei hatte der Tag des Schützenfestes nicht gut angefangen. Der Schuppen, in dem das Bier aufbewahrt wurde, stand früh am Morgen in Flammen. Die Brüder Le Bois erwischten Iason. Und zwar ausgerechnet zusammen mit Lukas, einem Jungen, der in fast allem das Gegenteil von Iason war. Jedenfalls war er der Klassenbeste, quälte keine Mädchen und prügelte sich nicht. Lukas erklärte, er und Iason hätten nur helfen wollen. Am Schuppen sei viel altes Gesträuch. Das abzubrennen, damit alles beim Schützenfest schön aussähe, sei der Grund für ihr Zündeln gewesen.

Ob Iason auf die Idee gekommen war, das Gesträuch vorher großzügig mit Benzin zu übergießen, ließ sich nicht ermitteln, denn Lukas, den man für glaubwürdig hielt, blieb dabei, sie seien beide gleichzeitig auf die Idee mit dem Benzin gekommen.

Diesmal hatte Iason zu Hause eine so heftige Tracht Prügel bekommen, dass er ein paar Tage nicht beim Sport mitmachen konnte und seine Mutter mit einer bandagierten Hand herumlief.

Das Merkwürdigste an der Sache passierte erst ein paar Tage später. Ausgerechnet Aaron Léger kam zu ihnen und erklärte, dass man Iason ungerecht behandelt habe. Niemand hatte Aaron nach seiner Meinung gefragt, es war ganz allein von ihm gekommen. Vincent, der sich hin und wieder mit ihm traf, fand das sehr nett. Iason war sich da nicht so sicher.

Für ihn hatte Aaron etwas Unklares.

»Als wäre er halb durchsichtig. Verstehst du, was ich meine, Vinc.«

»Nein.«

»Du sagst, er ist dein Freund. Ich würde bei ihm mit allem rechnen.«

»Mit was denn zum Beispiel?«

Aaron war sehr hübsch, mit seinen gelockten Haaren, aber auch sehr dünn. Vincent war ebenfalls dünn. Nur wirkte der zartgliedrige Körper bei Aaron wie eine Verstellung. Er schlich Iason und seinen Freunden oft nach, und wenn sich dann einer umdrehte, verschwand er hinter einem Baum. Irgendwie wollte er immer bei allem dabei sein und gleichzeitig nicht.

»In der Schule nennen wir ihn den *Spion*.«

»Wieso das?«

»Weil Aaron schon einige bei den Lehrern verraten hat. Übel verraten, Vinc. Ich sag dir, pass auf mit dem.«

»Weil du dich auskennst.«

Aarons unerbetene Solidarität setzte bei Iason mehr Nachdenken in Gang, als die Schläge seiner Mutter.

Emely war ohnehin nicht ganz bei der Sache, was ihn und Vincent anging, denn Abend für Abend wurde bei den Fourniers über einen großen Plan gesprochen...

»Ich weiß auch schon, wie unser Restaurant heißen wird.«

»Na, sag.«

»Auguste.«

»So wie du.«

»Wir zeigen Geschmack, Emi! Wir bauen.«

Dass das möglich war, verdankte sich einem finanziellen Wunder, denn zwei Monate nach Louisas Tod fand sich in einem Bankschließfach in Brüssel Schmuck mit einem Wert von zwei Einfamilienhäusern. Dass Iason die nächste Klasse erreichte, ging darüber mehr oder weniger unter.

Nicht, dass seine Noten wirklich gut gewesen wären, aber sie waren doch besser, als man das erwarten würde, bei einem Jungen, der kaum in der Lage zu sein schien, sich länger als zwei Minuten zu konzentrieren, einem Jungen, der ständig störte, neuerdings Mädchen die Röcke hochzog und lachte, wenn sie Angst vor ihm hatten, sich schämten oder weinten, einem Jungen, der sich nichts sagen ließ und seine Lehrer, wo es nur ging, vor der gesamten Klasse lächerlich machte. Nur im Musikunterricht störte er nicht. Da war er am Ende des Jahres so gut gewesen, dass seine Lehrerin dringend Klavierunterricht empfahl. Eine Empfehlung, die wegen der Aufregung um die Planung des Restaurants vergessen wurde.

Wie auch immer sich Iasons leidlich verbesserten Noten erklärten, bei den Mädchen war er inzwischen der meistgehasste Junge der Klasse. Oft sah man sie in kleinen Gruppen zusammenstehen. Wenn Iason dann vorbeiging, ihnen ein paar Worte, teils durchaus anerkennend gemeinter Färbung, zuwarf, stellten sie sich eng zusammen und begannen intensiv miteinander zu reden. Er trieb es, wo immer es ging, auf die Spitze. Bei einer Gelegenheit hatte er sich sogar mitten auf den Schulhof gestellt und den Mädchen lauthals damit gedroht, er würde jetzt pinkeln. Zum Glück machte er seine Drohung nicht wahr.

Es war insgesamt nicht viel Gutes über Iasons Verhalten zu sagen. Die Klassenarbeiten jedoch zeigten, dass er trotz all seiner Eskapaden und seinem weiterhin eklatanten Mangel an Konzentrationsfähigkeit offenbar doch einiges mitbekam. Im Lehrerzimmer nahm man an, Lukas habe mit ihm geübt.

Zum Ende des Jahres hin geriet Iason ein wenig aus dem Blick der Lehrer, denn es gab ein weit größeres Problem. Sophie, ein Mädchen, das mit seinen Eltern in der alten Fabrikantenvilla lebte, die einst der Direktor der Zündholzfabrik errichtet hatte, ein Mädchen aus bestem Hause, ein Mädchen, das nicht wie die anderen in Foison zur Schule ging, sondern in Brüssel, dieses Mädchen war von Aaron am Rand des alten Verladebahnhofs von Foison dabei beobachtet worden, wie sie mit einem Mann Sex in dessen Auto hatte. Der Mann war siebenundzwanzig Jahre alt, Sophie vierzehn. Aaron wusste weiter davon zu berichten, dass Sophie mit Iasons Klassenkameradinnen Julie und Eveline engen Kontakt hatte und mit ihnen mehrfach nach Brüssel gefahren war. Da das auch während der Schulzeit vorgekommen war, sah sich die Schulleitung in der Verantwortung. Julie und Eveline wurden ohne Ergebnis befragt. Obwohl sie vehement abstritten, sich für erwachsene Männer zu interessieren, obwohl es keinen Beweis gegen sie gab, hing doch ein unangenehm laues Gefühl in der Luft. Das Wort *Kontakt* bekam eine sehr aufgeladene zweite Bedeutung.

II

Feuer

In Envie wurde 1968 sechs Mal geheiratet, früher hatten die Zahlen höher gelegen. Einer der Gründe für das Ausbleiben der weißen Kutschen soll gewesen sein, dass die Kirche noch immer nicht renoviert war. Es hatte deswegen einen heftigen Streit zwischen Emely und Pfarrer Jacobsen gegeben, der aber gütlich beigelegt wurde. Sie gab ihm ein Drittel von dem, was ihre Mutter angeblich zugesagt hatte.

Was war noch von Bedeutung im Jahr 1968?

Der Gemeindevorstand wurde wiedergewählt, denn er hatte gut gearbeitet. Zum Beispiel war eine Eingabe abgefasst und in Brüssel eingereicht worden, in der es um die unzumutbare Belastung durch den stark zunehmenden Fluglärm ging. Außerdem setzten sich die Bürger für die Errichtung einer den Kanal überspannenden Autobrücke nach Foison ein. Nach dem negativen Bescheid dieses Antrags kam es für mehrere Tage zu einer so beunruhigenden Zusammenrottung der Bürger von Envie, dass eine verstärkte Präsenz von Polizeikräften nötig wurde.

Man kann sich heute kaum noch vorstellen, was für Mühe es den Gemeinderatsvorsitzenden Enno de Cock damals kostete, die verschiedenen Fraktionen in politisch so aufgeworfenen Zeiten immer und immer wieder an so grundlegende Dinge wie die zu erneuernde Ringdrainage des Parkplatzes vor dem Gemeindezentrum zu erinnern. Diese Erneuerung war seiner Meinung nach nötig, da im Frühjahr und Herbst noch immer Keller vollliefen und sich der Parkplatz vor dem Gemeindezentrum regelmäßig in einen See verwandelte. Die Kosten aber waren den meisten zu hoch, Enno de Cock konnte sich nicht durchsetzen.

Schwierigkeiten also, wie überall. Manches jedoch entwickelte sich zum Guten:

Die Einrichtung einer Bushaltestelle an der Rue Envie wurde von der zuständigen Behörde in Erwägung gezogen, und in der Woche vor dem Schützenfest wurden zwölf Marder erschossen. Aufregend für die Kinder und Jugendlichen, wichtig für die Hasen und Hühner. Iason traute sich, was sich sonst keiner aus seiner Klasse getraut hätte. Er fragte den Förster, ob er die Marder nach der Zurschaustellung von dem eigens errichteten Holzgestell abhängen und mitnehmen dürfe.

»Was willst du denn mit den toten Viechern?«

»Mir aus ihren Fellen was nähen. Vielleicht eine Jacke.«

Iason durfte sich nichts nähen. Die Marder wurden so, wie sie waren, vergraben.

Eingetrocknetes Blut, ein halb weggerissener Kopf, ein sehr spezielles Todesgestell. Es gab durchaus etwas zu sehen in Envie. Die wirklich tragischen oder bedeutsamen Dinge jedoch schienen sich stets woanders abzuspielen. In der Zeitung wurde einige Tage lang über einen Siebzehnjährigen berichtet, der in Brüssel an einer Überdosis gestorben war. Man habe ihn verführt, stand in zwei Artikeln, er sei vorher ein guter, eher unauffälliger Schüler gewesen. Der Fall faszinierte die Jugendlichen von Envie. Überall wurde in Gruppen über die Sache gesprochen. Einigen tat der Junge leid. Einige, unter ihnen Aaron, erklärten, er sei selbst schuld, man zwinge ja keinen. Andere, unter ihnen Leo und Julie, meinten, er hätte die Sache besser kontrollieren müssen.

Aus der Geschichte mit der Überdosis entstand bei einigen Schülern der Wunsch, sich dem Gewöhnlichen zu entwinden und etwas zu machen, über das dann ebenfalls geredet würde. Selbst Vincent erfasste dieses Gelüst und so war er nun bei einigen Abenteuern seines Bruders mit dabei. Allerdings durfte er das nur, weil Iason von seiner Mutter den

Auftrag erhalten hatte, ihn mit »nach draußen« zu nehmen. Mehr nach draußen zu gehen war für Vincent nach Emelys Ansicht ebenso wichtig, wie für Iason die Einhaltung ihrer strikten Anweisung, sich bei seinen Exkursionen nicht zu weit von Envie zu entfernen, die Mädchen in Ruhe zu lassen und keinesfalls noch mal irgendetwas mit Feuer zu machen. Es hatten nämlich nicht nur die Holzstapel des Hausmeisters und der alte Schuppen von Vivienne Maes gebrannt. Die Feuerwehr aus Foison hatte ausrücken müssen, um einen großen Haufen Strohballen zu löschen. Iason hatte ihn angezündet, was er nach einer heftigen Züchtigung durch seine Mutter auch zugab.

»Simon hat immer gesagt, der alte Gammelhaufen von Vivienne muss weg, weil sich da Ratten vermehren.«

Mit dem Übers-Knie-Legen war es diesmal allerdings nicht getan. Das Jugendamt hielt es für angebracht zu erfahren, warum Iason so gerne Sachen anzündete. Nachdem Vivienne Maes Anzeige wegen Sachbeschädigung erstattet hatte, wurde der für Envie zuständige Staatsanwalt eingeschaltet. Monsieur Morel war alt und neigte nicht dazu, solches Fehlverhalten als Streich eines Jugendlichen abzutun. Iason musste sich ausgiebig mit ihm unterhalten und anschließend zwei Wochen lang auf Anordnung des Jugendrichters Äste am Rand des Friedhofs zurückschneiden.

Vincent litt unter dem Verfahren gegen seinen Bruder, fühlte sich zuletzt so schuldig, dass er in die Kirche lief und der Madonna alles erzählte. So erfuhr immerhin die aus Holz geschnitzte Figur, dass es seine Idee gewesen war, die Strohballen anzuzünden. Er, nicht Iason, hatte sehen wollen, wie es brennt. So war es in letzter Zeit schon einige Male gewesen. Wenn sie zusammen etwas unternahmen, dann hatte meist er die Ideen und Iason traute sich. Lukas war der erste, der begriff, was da lief: »Ihr beide zusammen, Ihr seid wie Benzin und Feuer.«

Iason und Vincent waren einigermaßen stolz gewesen, als sie das hörten, und was Iason über die Ratten gesagt hatte, stimmte natürlich. Auf dem Parkplatz vor dem Gemeindezentrum jedenfalls war man sich einig, dass die Beseitigung der seit Jahren nicht mehr angerührten Strohballen eine gute Sache war. Davon abgesehen: In Envie brannte es öfter mal. Die Vernichtung der Kornkäfer durch Abbrennen des Weizens, die brennenden Tonnen mit Altöl hinter Simon Lejeunes Werkstatt, das Verbrennen der Kadaver überzähliger Welpen, ebenfalls hinter Simons Werkstatt, die Entfernung wuchernder Haselnusssträucher. Feuer war immer eine Möglichkeit. Feuer war sozusagen in allen Köpfen. Genau wie die Verwendung von Schusswaffen. Denn es gab nicht nur Ratten, Mäuse und Marder in Envie, sondern auch verwilderte Katzen.

Von all diesen Vorgängen abgesehen schlug die Musiklehrerin der Schule Emely erneut vor, diesmal dringlich, Iason zum Klavierunterricht zu schicken, da er musikalisch begabt sei. Emely konnte sich das zwar nicht vorstellen, gab aber nach. »Vielleicht hilft es ihm, vernünftig zu werden. Und er ist ja auch der Beste im Chor, das sagen alle.«

Sex

Dass Vincent bei Iasons Exkursionen mit dabei sein, also quasi neben ihm stehen durfte, endete ziemlich abrupt. Der Grund dafür war so naheliegend wie natürlich.

Die Fremde war mit dem Zug gekommen, der trotz des im Krieg weitgehend zerstörten Bahnhofs noch immer bis nach Foison fuhr. Julie hatte sie dort am Nachmittag mit dem Fahrrad abgeholt. Die Fremde hatte auf dem Gepäckträger gesessen, als Julie mit ihr in Envie ankam, und beide hatten gelacht, weil die Rue van de Velde so holperig war.

Niemand kannte ihren Namen, niemand wusste irgendwas über sie. Außer natürlich Julie.

»Sophie hat sie mir in Brüssel auf einer Party vorgestellt.«
»Du triffst dich noch mit Sophie?«
»Warum nicht?«
»Du weißt doch, was das für eine ist!«

Julie hatte die Unbekannte, »einfach nur so, aus Spaß«, zur Party von Lukas eingeladen. Ob das stimmte? Iason fand, dass Julie und die Fremde viel zu vertraut miteinander umgingen, er glaubte nicht an die Geschichte von der Zufallsbekanntschaft.

Da ihr Name nie fiel, nannten sie alle »das Mädchen aus Brüssel«.

Lukas war an diesem 8. Juli fünfzehn geworden. Da er ein gutes Zeugnis vorweisen konnte, hatte sein Vater, Dr. Benning, ihm für die Party den Keller überlassen, der sogar einen separaten Eingang hatte. Mehr noch. Um seinem Sohn zu zeigen, wie sehr er ihm vertraute, war Dr. Benning für drei Tage zu einem alten Freund nach Oldenburg gefahren.

Auf Lukas' Party hatte das Mädchen aus Brüssel dann so auffällig getanzt, dass nicht nur die Jungen hinsahen. Zuletzt bewegte sie sich zu einem Rocksong, im dem es um ein Mädchen ging, das Suzie Q hieß, in einer Weise, dass jeder sofort sah, dass sie aus der Stadt kam und in ihrer Entwicklung viel weiter war als die gleichaltrigen Mädchen in Envie.

Zwei Jungen, die neben Iason standen, unterhielten sich, während sie ihr zusahen, so kenntnisreich über den weiblichen Körper, dass ihm ganz heiß und eng wurde, als er sie tanzen sah. Gleichzeitig ärgerte er sich, denn er wusste nur zu gut, dass, falls sie Bock auf so was hatte, bestimmt wieder Leo sie abschleppen würde.

Es gab da einen Song, der ging: Dang-da-dang, Bomm, Dang-da-dang.

Immer wieder kam diese Stelle, und sie drückte das unglaublich gut aus mit ihrem Körper.

Iason hatte gesehen, wie sie ihre Hüfte und ihre Brüste bewegte, ihren Kopf hin und her schleuderte. Immer im Rhythmus, immer bei Dang-da-dang, als wäre sie eine Schlange, eine aufschießende Fontäne, eine erblühende Blume im Zeitraffer oder … Sie hatte jedenfalls sehr lange Haare, die gut flogen.

Und dann war doch er mit ihr abgezogen, oder besser gesagt sie mit ihm, nachdem sie sich ganz dicht vor ihn gestellt und gefragt hatte: »Kommst du mit nach hinten?«

Mit »nach hinten« war der Geräteschuppen gemeint, den Lukas und Julie extra für diesen Abend gemütlich gemacht hatten. Mit einer Matratze und einem Schlüssel und so. Über diesen Raum hatte er das Mädchen aus Brüssel schon zu Beginn der Party mit Eveline und Julie reden hören. Hatten die drei nicht schon da zu ihm rübergesehen?

Als sie ihn zum Geräteschuppen zog, mit ihrem Zeigefinger, der sich an einer bestimmten Stelle bei ihm eingehakt hatte, da hatte er sich große Sorgen gemacht, weil er schon zwei, drei oder elf Mal in der Fachliteratur, die er unter seinem Bett aufbewahrte, etwas darüber gelesen hatte, dass Sex auch sehr peinlich sein kann.

Sie machte es ihm dann aber ganz leicht, weil sie Bescheid wusste, weil sie Kondome dabeihatte und er sowieso schon ganz begeistert war von ihr, weil ja noch die Bilder in seinem Kopf waren, wie sie getanzt hatte zu Dang-da-dang. Er hatte sie dabei in einem aufs Beste gemischten Licht gesehen. Ein Strahler rot, einer gelb, einer grün. Über dem Bild bisweilen tausende feinste, weiße Strahlen. Lukas' selbstgebaute Partybeleuchtung und die Überstrahlung durch Blitze. Ihre Haare waren durch dieses eingefrorene Licht geflogen als wäre sie eine wie die auf den Postern in Leos Zimmer.

Als er drin war in ihr, ging der Rest so einfach, dass er sogar noch darauf achten konnte, aus reiner Neugier, wie das bei ihr ging, mit ihrem eigenen Dang-da-dang.

Sie schien nicht besonders auf ihn zu achten, war mehr für sich, warf ihren Kopf ein paarmal hin und her, wobei ihr scharfer Atem zu hören war.

Dann hatte er plötzlich ihre langen, glatten, aber dann doch wieder ein wenig rauen Haare im Mund. Zuerst versuchte er sie rauszukriegen, indem er den Kopf seitlich nach hinten zurückzog. Als nächstes drückte er mit der Zunge, zuletzt hätte er fast gespuckt.

Was für ein Moment. Er hätte niemals gedacht, dass ihm Mädchenhaare im Mund so sehr gefallen würden.

Auch hinterher, als die Haut in ihrem Gesicht so feucht und heiß war, dass Haare an ihrer Stirn und ihrer linken Wange klebten, sagte sie nichts. Obwohl ihr Mund eine Weile offengestanden hatte, als sie sich ansahen. Was sah sie in diesem Moment? Die Ringe des Saturn? Protuberanzen der Sonne? Nun, sie schliefen ein, und als er aufwachte, war sie weg.

Wieviel Zeit vergangen war, wusste Iason nicht mehr. Irgendwann stand er, eine eben geöffnete Flasche Bier in der Hand, vor dem Haus. Von unten dröhnte noch immer Musik. Ein Gefühl großer Dankbarkeit und Erleichterung erfüllte ihn. Er hatte es geschafft.

In sehr freier Stimmung blickte Iason zur Rue Bouleau hinüber, eine, wie der Name schon sagt, von Birken gesäumte Allee. Obwohl es fast vier Uhr morgens war, schien ihm alles ganz hell. Wie ausgeleuchtet. Und so ging er, und er hätte nicht sagen können warum, so lange geradeaus, bis er sich etwa einen Meter vor dem Stamm einer Birke befand. Dort blieb er lange stehen, nahm sich Zeit, die Rinde zu betrachten. Wobei er sein Bier leerte, den Sinn der Existenz vollständig begriff und zuletzt in den hellen, leicht verschwommenen Flecken der Birkenrinde Länder erkannte. Die Flasche fiel, weil er sie losließ, er fühlte sich ebenfalls leer. Noch ehe er richtig erfasste, dass Leersein einen sehr glücklich machen kann, legte er den Kopf weit in den Nacken und sog die Luft durch die Nase ein.

Hätte er die Augen geöffnet, er hätte Äste und Blätter gesehen und, hätte es die nicht gegeben, Sterne, die ein breites Band bildeten. Hinter diesen Sternen aber, das hatten sie bereits durchgenommen, ging das Universum noch unendlich weiter. Monsieur Arronde hatte ihnen sehr anschaulich erklärt, wie unermesslich groß es war. Trotzdem hatte Iason, als er da vor der Birke stand, leicht breitbeinig wie immer, das Gefühl, es sei eher klein. Er hatte zudem das sichere Gefühl zu wissen, wo das Zentrum dieses Universums zu verorten sei.

»Bringst du mich noch zum Zug?«

Er erschrak, als er ihre Stimme hörte. Er hatte gemeint, sie sei längst weg.

Iason erinnerte sich später nicht mehr genau an den Weg nach Foison. War da ein Mond gewesen? Nur einer? – Er hätte es nicht sagen können.

Sie waren quer durch ein Feld mit Getreide gegangen. Die Fremde vor ihm, mit ihrem Flatterrock, denn da ging sein Blick wohl vor allem hin.

Und da war ihm plötzlich der Einfall gekommen, fast schon der Wunsch, sich auf sie zu werfen, sie herumzuwirbeln, runterzudrücken auf die Erde und es noch einmal zu machen. Nur diesmal so, dass er alles bestimmte. Iason stellte sich vor, wie sie, nachdem er sie geworfen hatte, ihren Mund öffnen und ihn mit großen Augen ansehen würde, weil sie ja dann seine Macht zu spüren bekäme. Andererseits konnte es natürlich auch sein, dass sie sich erschrak und so was nicht mochte. Also ließ er es lieber. Es hieß ja auch, dass man höflich sein sollte zu Mädchen. Weil sie schwach waren, angewiesen auf *Anstand*. Dieses besondere Wort benutzte seine Mutter manchmal, wenn es ihr ernst war, in dieser Sache. Und eine zu Boden werfen, sich dann draufknallen, war sicher nicht *Anstand*.

Sie waren also nur gegangen. Sie hatten gesehen, dass das Licht des Tages bald hochkommen würde, sie hatten geredet, als wären sie schon seit langer Zeit Freunde. Irgendwann war das Mädchen aus Brüssel stehengeblieben, hatte ihn eine Weile an der Hand gehalten. Wie eben Freunde das machen und sie waren ja welche jetzt, wo sie miteinander gingen.

Dann war sie in den Zug gestiegen. Der hatte am letzten Waggon zwei rote Lichter.

Er hatte ihr die Telefonnummer seiner Eltern gegeben, er war sich sicher gewesen, dass sie anrufen würde. Aber sie rief nicht an. Das machte ihn erst traurig, dann wütend. Aber nur ein paar Tage, dann war das vorbei. Vorbei war es wegen Julie. Auch deren Haare hatten ihr hinterher wie eine Schraffur diagonal im Gesicht geklebt, auch deren Haare hatte er, diesmal mit Absicht, im Mund gehabt. Doch da war alles anders. Erstens, weil er und Julie sich schon lange kannten, und zweitens, weil Leo ihm gesagt hatte, dass in der Spielhalle von Foison, hinten im Gang vor den Toiletten, ein Automat für Kondome hing. Wäre es ihm nicht so wichtig gewesen, er hätte sich niemals in die Spielhalle reingetraut. Komische Typen. Harte Drogen. Das wusste jeder.

In den Tagen, die folgten, stellte Iason sich oft vor, was Julie wohl gerade tat. Bilder entstanden, und nicht alle hatten mit Sex oder Begehren zu tun. Um immer etwas von ihr bei sich zu haben, hatte er sie gefragt, ob er eins von ihren Haargummis haben dürfe.

»Aber kein neues.«

Sie hatte in ihre Haare gegriffen und ihm eins gegeben. Dann wollte er noch eins. Zwei Tage später was anderes. »Was kleines.« Es war ein Spiel und sie machte mit. Iason hatte bald eine richtige Sammlung, die er in einer Schachtel unter dem Bett aufbewahrte. Wenn er Julie vermisste, öffnete er die Schachtel, griff hinein. Manchmal schnupperte er auch oder nahm ein paar Haargummis in den Mund. Es war wirklich Liebe. Er musste immer irgendetwas von ihr bei sich haben. Später, im Untersuchungsgefängnis, war ihm das alles wieder eingefallen und er hatte sich gefragt, wie alles damals angefangen hatte und ob es Zufall war, mehr ein Spiel oder bereits das erste Anzeichen seines krankhaften Triebs.

Zum ersten Mal machte sich Emely ernsthaft Sorgen. Iason aß kaum was beim Frühstück und verschwand häufig noch vor dem Abendessen.

Aber Julie veränderte sich. Sie hing einfach zu viel mit Sophie rum und hatte kein großes Interesse mehr an Jungen in ihrem Alter. Also verließ sie Iason nach ein paar Wochen und wechselte, wie Aaron allen erzählte, zu einem, der zehn Jahre älter war und ein Auto fuhr.

Diesmal betrachtete Iason keine Birkenrinde. Er hockte mit seiner Schachtel an der steilen Böschung des Kanals.

Immer wieder musste er weinen.

Sein Blick, zwischendurch, war ganz starr.

Mehrmals war er nachts zum Haus von Julies Eltern geschlichen, hatte dort lange gewartet und Schatten hinter Gardinen beobachtet. Er hatte gemeint, sie müsste doch jeden Moment rauskommen und nach ihm suchen. Aber Julie kam nicht raus und irgendwann ging dann das Licht aus.

Iason wurde bei diesen Observationen sowohl von Ronny als auch von Vivienne Maes beobachtet. Die beiden meldeten das dem Jugendamt, und nachdem Iason Julie schließlich zur Rede gestellt und sie dabei hart angegangen hatte, kam Nora Peers erneut zu ihnen und das Jugendamt machte einen weiteren Vermerk.

Wieder und wieder fragte sich Iason, was er falsch gemacht, warum sie sich von ihm getrennt hatte. Dabei hatte Julie es ihm doch erklärt: »Nichts, Iason. Es hat gar nichts mit dir zu tun.«

Um sich abzulenken, ging er jetzt regelmäßig zur Klavierstunde. Er verlangte sogar nach mehr Unterricht. Das Verhältnis zwischen ihm und seiner Klavierlehrerin, Madame Johnsson, war bald so vertraut, dass sie sogar dreimal nach Brüssel fuhren, um in Konzerte zu gehen. Als Schüler hielt sie ihn zweifellos für begabt, bezweifelte aber, dass er das nötige Durchhalte- und Konzentrationsvermögen hätte, es in der Konzertwelt weit zu bringen. Außerdem wurde ihr das Zusammensein aus verschiedenen Gründen immer unheimlicher. So meinte sie zum Beispiel, eine Haarbürste sei aus ihrem Bad verschwunden.

Als Iason seiner Mutter dann auch noch von der großen Zuneigung berichtete, die er für Madame Johnsson empfand, wurde der Klavierunterricht in gegenseitigem Einverständnis beider Frauen beendet.

Arbeit

Endlich das Richtige.

Ab Mitte Mai half Iason, der inzwischen fünfzehn war, der im Dezember sechzehn werden würde, jeden Abend drei Stunden im Verkaufsladen seiner Eltern. Der lag in Foison und bildete quasi den Eingang zum Betrieb, also zur Confiserie.

Meist fuhr er gleich nach der Schule mit dem Fahrrad hin. Er musste nur rüber auf die Rue van de Velde, die Hoppelstraße mit vollem Trettempo ganz bis zum Ende runter, dann scharf nach links, hinter dem Grundstück von Lukas' Vater Dr. Benning entlang, anschließend scharf nach rechts, durch den schmalen Wurzelweg zwischen Krista Légers Weiden und den ewigen Brennnesseln von Vivienne Maes' Gammelhof bis runter zum Kanal. Dort sprang Iason noch in voller Fahrt ab, um den Schwung mitzunehmen, wenn er das Fahrrad die Stufen hoch und dann im Laufschritt über die alte Holzbrücke trug. Drüben ratterte er die Stufen einfach runter, wobei er ordentlich in die Pedale trat und gut Schwung bekam. Knapp vor der alten Betonkante, auf dem flachen Findling, bolzte er das Fahrrad dann hoch und flog ein gutes Stück. Wenn er dabei nicht hinsegelte, ging es in hohem Tempo weiter.

An der Reifenfabrik vorbei.

An den Ruinen der alten Zündholzfabrik vorbei.

Am alten Verladebahnhof vorbei, der zog sich ewig hin.

Am Straßenbahndepot und den beiden Schrottplätzen auch noch vorbei und dann, beim Kreisverkehr, noch vor dem Antiquariat, die zweite rechts runter ins alte Zentrum von Foison. Im Gegensatz zu Envie war Foison ein richtiges Städtchen. Urlaubern hätte es dort gefallen, wenn nicht die niedrig fliegenden Flugzeuge, die zugeparkten Bürgersteige und die quer stehenden Lieferwagen gewesen wären.

Insgesamt ein Weg von knapp 15 Kilometern. Wenn man

mit dem Auto zur Confiserie fuhr, waren es 27, und die dauerten ewig. Wegen des Verkehrs und weil die erste Autobrücke über den Kanal schon halb im Zentrum von Brüssel lag.

Iason stand nun neben seiner Mutter hinter der Glastheke und verkaufte, als hätte er das bereits vor Jahren gelernt, Torten, Gebäck, Baisers und natürlich Pralinen. Die Fournierschen Pralinen mit dem landesweit berühmten blauen Storch auf den Transportern, Schachteln und Tüten. Emely hatte anfangs befürchtet, ihr Sohn könnte sich mit den Preisen vertun oder Schwierigkeiten beim Zusammenrechnen haben, denn es gab viele verschiedene Pralinen zu unterschiedlichen Preisen und die Kunden ließen sich gerne ihre eigene Mischung zusammenstellen. Aber er vertat sich nicht. Iason, der in Mathe immer eine Null gewesen war, hatte alle Zahlen parat und rechnete auch im Kopf blitzschnell und stets ganz korrekt. Als seine Mutter ihn nach drei Tagen lobte, erklärte er: »Es macht mir Spaß. Kann ich nicht ganz hier arbeiten?«

»Erst mal die Schule zu Ende.«

Es stand zu diesem Zeitpunkt bereits fest, dass Iason nach seinem Abschluss direkt in den Betrieb wechseln würde, während Vincent studieren sollte. Wobei dieses anvisierte Studium keinesfalls bedeutete, dass Emely ihn vorgezogen hätte. Vielmehr gab es in Belgien eine alte Sitte, die damit zusammenhing, dass Besitz nicht zu oft geteilt werden sollte. Wäre Vincent dreißig Jahre früher geboren worden, man hätte ihn ins Kloster geschickt.

Iason wusste von all dem nichts. Er erlebte hinter der Glastheke die Verwandlung der Torten, Backwaren und Pralinen in Geld wie ein Wunder. Er liebte es, die Kasse aufspringen zu lassen. Er liebte es, sich die Kunden anzusehen und zu raten, für wie viel Geld sie wohl einkaufen würden. Bald wusste er, noch bevor sie den Mund aufmachten, ob er sich eine kleine oder große Schachtel aus dem Regal nehmen musste. Und wie schnell sich die Kasse mit Geld füllte! Iasons Freude ging so weit, dass er abends darauf bestand, das

Kleingeld zu rollen. Zweimal beobachtete ihn Emely sogar dabei, wie er seine Hand in einem der Fächer mit dem Wechselgeld vergrub und dort wühlte. Was sie sah, erleichterte sie ungemein. Iason schien etwas für Geld übrig zu haben. Und darum ging es bei den Fourniers, die seit Menschengedenken Kaufleute waren. Kauffrauen, um genau zu sein, denn die Geschäfte wurden seit vier Generationen von Frauen geführt.

Iason wollte mehr wissen, mehr tun. Er half beim Be- und Entladen der Transporter, schleppte Säcke, rollte Fässer voller Sahne, schob voll bepackte Paletten die Rampe zur Confiserie hoch. Wobei sein ohnehin runder Kopf vor Anstrengung manchmal so rot wurde, dass zu befürchten stand, dort würde bald etwas platzen. Während der Ferien durfte er sogar mitfahren, wenn sein Vater oder einer der Angestellten Pralinen auslieferte. Bis nach Ostende gingen diese Reisen, denn die Fournierschen Pralinen wurden von dort aus verschifft. Hier wurde das richtige Geld gemacht. Die Verkaufsläden in Foison und Brüssel waren, wie Iason schnell begriff, im Grunde nur Zierde.

Wenn er verkaufte, schleppte, Fässer rollte, dachte Iason keine Sekunde an Mädchen, große Liebe, großes Leid, Hass und all das. Wie weggeblasen. So litt er nach dem Elend mit Julie und der Trennung von seiner Klavierlehrerin, wenigstens eine Weile, nicht mehr unter Liebeskummer.

Anfang des Jahres jedoch hatte er noch mal einige teils recht heftige Kämpfe auf dem Schulhof zu bestehen. In seiner Klasse war er der Stärkste, das hatte er längst bewiesen. Nun wollten einige Jungen aus den höheren Klassen es wissen. Einem von ihnen hätte Iason beinahe den Arm ausgekugelt, einen anderen hatte er so lange in den Schwitzkasten genommen, bis der knallrot im Gesicht war. Monsieur Arronde und Nora Peers waren diesmal gemeinsam zu den Fourniers gekommen. Nach ihrem Besuch hatte Emely Iason zu sich gerufen und lange mit ihm über seine Kraft gesprochen. Iason war unglaublich stolz gewesen, hatte seiner Mutter vorgeführt, was er schon alles heben konnte. Da hatte Emely ein bisschen geweint und zu Vincent rübergesehen, der wie immer in einem seiner Bücher las.

Es war kein Wunder, aber doch erstaunlich: Iasons Körper hatte sich in nicht mal einem Jahr total verändert. Ja selbst sein Kopf schien schmaler geworden zu sein.

»Ein halbes Kind von gerade mal fünfzehn Jahren«, hätten die Älteren früher zu einem wie ihm gesagt. Ein halbes Kind, das im Sommer noch immer mit T-Shirts rumlief und kurze Hosen trug, die seine Mutter meist zu eng kaufte. So konnte jeder in der Schule Iasons gut gewölbte Waden, Oberschenkel, Oberarme sehen. Und die Tönung seiner noch immer mädchenglatten Haut.

Die Zartheit dieser Haut und die doch schon sehr männliche Art, in der er meist dastand, breitbeinig mit guter Erdung, sein blaugrauer, stoischer Blick, vor allem aber das Blau seiner Adern, der kräftigen Adern zum Beispiel auf der Innenseite seiner Unterarme, das machte die Mädchen verrückt.

Aus einem anfänglichen Impuls war inzwischen eine regelrechte Marotte geworden, denn Iason erbat sich von den Mädchen, mit denen er schlief, weiterhin Haargummis, Haarbänder, Spangen und andere Kleinigkeiten.

Er und Lukas saßen auf dem Hochstand, hinten auf der zweiten Weide von Krista Léger, als Iason die Schachtel öffnete und Lukas seine Trophäensammlung präsentierte.

»Das ist echt schräg, Iason. So was hat nicht jeder.«

»Soll ich mal sagen, wie es ist? – Ich glaube, es gibt Jungen, die sich gar nicht richtig an jede einzelne erinnern. Ist doch komisch, oder? Man will sich doch erinnern und nicht nur so, dass man ein Gesicht vor sich sieht. Klar, was ich hier habe, sind nur Gegenstände, aber ich kann ihnen ja schlecht was abschneiden.«

»Du hast zum Beispiel keine Haare.«

»Das wäre pervers.«

»Findest du? Meine deutsche Großmutter hatte ein Medaillon, da waren die Haare meines Vaters drin. Noch aus der Zeit, als er ein Baby war.«

»Ich weiß nicht. Haare sind doch was Lebendiges, das wäre mir ... Nee.«

Auch Vincent war nicht mehr ganz derselbe, er wurde jetzt öfter mit Pauline gesehen. Nur hatte Iason das Gefühl, dass da nichts Richtiges lief.

»Mein Bruder traut sich nicht, er merkt nicht mal, dass sie an ihm klebt wie eine Klette«, hatte er Lukas erklärt, als der rätselte, warum Vincent noch nichts mit ihr angefangen hatte.

»Ich meine«, fügte Iason hinzu. »Vinc ist wirklich extrem langweilig. Deshalb hängt er ja auch ständig mit Aaron rum. Der hatte auch noch nie was mit einer, sondern geht ihnen immer nur nach und guckt zu, wenn im Auto was läuft.«

Aaron Léger ist traurig

Was die angeblich langweilige Art seines Bruders anging, irrte sich Iason. Vincent war nicht langweilig, nur still. Sein Interesse am Geistigen war von Anfang an ein Interesse am Religiösen gewesen. So war es nur logisch, dass er einem von Pfarrer Jacobsen initiierten und geleiteten Club beitrat. Wie schon zuvor bei den Predigten saß er in der ersten Reihe zwischen Pauline und Aaron. Vincent wusste, dass es in Foison einen ähnlichen Club gab, den der dortige Pfarrer leitete. Es drangen auch immer mal Gerüchte durch, worüber in Foison debattiert wurde. Zum Beispiel über die Verbrechen des amerikanischen Militärs in Vietnam und über Anzeichen dafür, dass sich der Kapitalismus in seiner Endphase befand. Das hatte zur Folge, dass gut die Hälfte der Teilnehmer von Pfarrer Jacobsens Club inzwischen nach Foison abgewandert war. Von den anderen blieben einige nur, weil der Weg zur Kirche von Envie kürzer war.

Für Vincent galt das nicht.

Der Weg nach innen, denn darum ging es dem Pfarrer,

war genau der Richtige für Vincent. Und so erfuhr er eine Menge wichtiger Dinge, die das Seelenleben des Einzelnen wie auch das von Gruppen angingen. Pfarrer Jacobsen sprach über das Leben. Das Wissen, das er dabei vermittelte, bezog er aus den Schriften eines dänischen Kirchenmanns, dessen Erkenntnisse sich, wie einige Schüler bald erkannten, in genialer Weise mit den finsteren Texten einiger amerikanischer und englischer Rockgruppen in Verbindung bringen ließen.

»Das Leben, so kann man in der Schrift lesen, ist eine Krankheit, die zum Tode führt. Hört richtig zu. Ich sage nicht, es ist eine Krankheit, die mit dem Tode endet. Das Leben führt euch nur dorthin. Ihr seid noch jung. Vermutlich beschäftigt euch die Frage nach dem Tod noch nicht. Aber der Tod wird kommen. Vielleicht trifft es zuerst jemanden aus der Familie, vielleicht auch einen Freund oder Bekannten. Denn nicht alle Wege sind gleich lang.«

Nach der Stunde, in der Pfarrer Jacobsen diese Ausschau auf ihr weiteres Leben geboten hatte, kam Aaron zu Vincent und gestand ihm, dass er sich oft ganz verlassen, fast schon wie tot vorkam. »Seit mein Vater gestorben ist, will meine Mutter immer, dass ich zu Hause bleibe. Aber ist ja egal, außer dir und Pauline will sowieso keiner mit mir reden.«

Vincent hatte es geschafft, Aaron zu trösten. Der hatte, wie sich herausstellte, die Sätze des Pfarrers missverstanden.

»Das bedeutet nicht, das du bald stirbst. Ich glaube, er meint damit, dass man das Leben genießen soll. Zum Beispiel indem man Bücher liest. Ich mache das oft und ich bin nie traurig oder allein.«

Als Vincent einige Tage später von Innerlichkeit sprach, korrigierte ihn Pfarrer Jacobsen. »Nicht nach innen, Vincent, in die Weite geht der Weg. Erst in die Weite, dann zurück. Du musst rausgehen, da hin, wo Menschen an Tischen sitzen, trinken und reden. Misch dich ein, beweg dich, dir fehlt Luft, mein Junge. Dann sehen wir weiter.«

Vielleicht war dieses Gespräch der Grund. Jedenfalls wurden Vincent und Aaron, von denen niemand so etwas erwartet hätte, Mitglieder im Schützenverein. Mit diesem Beitritt, mit dem Trinken und Schießen, entstand etwas zwischen ihnen, das Vincent für Freundschaft hielt.

Da die Eltern mit der Arbeit in der Confiserie und den nicht enden wollenden Querelen mit dem Bau- und Denkmalamt bis zum Anschlag beschäftigt waren, brach ab Mitte des Jahres eine Zeit großer Freiheit für die Brüder Fournier an. Emely hatte Iason zu sich gerufen und ihm die Aufgabe übertragen, sich um seinen Bruder zu kümmern.

»Wir gehen früh aus dem Haus und werden an den meisten Tagen erst spät heimkommen. Das heißt, du machst Vinc sein Frühstück und Abendessen. Für mittags stelle ich euch was hin, wenn ich es schaffe. Du bekommst genug Haushaltsgeld, aber teil es dir ein. Und sorg bitte dafür, dass dein Bruder zeitig im Bett liegt. Wir müssen jetzt zusammenhalten, hast du verstanden?«

»Ja.«

»Du weißt noch, was ich dir gesagt habe?«

»Auch mal für andere, nicht nur für mich.«

»Wir sind eine Familie, denk dran.«

Dass Iason sich um seinen kleinen Bruder kümmern sollte, war allerdings nicht alles, was Emely ihm mitzuteilen hatte.

»Weißt du, Iason ...« Sie hatte einen Moment nachdenken müssen, es sah beinahe aus, als würde sie sich nicht recht trauen. »Das Restaurant, das wir planen, gehört nicht deinem Vater, es gehört ihm nur eine Weile. Eigentlich baue ich es für dich. Damit du später was hast.«

Als sie das sagte, war Iason ganz komisch geworden. Dabei war es doch ein großartiger Moment. Der Beweis, dass seine Mutter ihn mehr liebte als irgendwen sonst. Aber er sah auch, was sie die Planung des Restaurants und die Kämpfe mit dem Bau- und Denkmalamt gekostet hatten. In ihrem Gesicht hatten sich scharfe Falten gebildet, auch ihre Haare, ihr Hals, ihre Hände sahen ganz verbraucht aus.

»Ihr seid sehr verschieden«, fuhr sie fort. »Vincent ist klug. Ich denke du weißt, was ich meine.«

»Dass er schlauer ist als ich.«
»Du hast dafür etwas, das Vincent niemals haben wird.«
Er war neugierig, was sie sagen würde.
»Du hast Kraft, Iason. Deine Großmutter hat immer gemeint, Vincent wäre der richtige, später mal alles weiterzuführen. Aber Louisa hat sich darin, wie mit so vielem, getäuscht. Du bist derjenige. Du hast, was deinem Vater und deinem Bruder fehlt. Du kannst dich durchsetzen, traust dich was. Wenn auch manchmal auf eine Art...«
»Ich werde nichts mehr anzünden.«
»Gut. Nun sorg dafür, dass auch dein Bruder etwas mutiger wird. Er ist zu mausig, zu sehr in sich.«
»Er hatte noch nie was mit einem Mädchen. Pauline hängt an ihm wie eine Klette und er kapiert's nicht.«
»Mädchen sind nicht so wichtig wie du meinst, davon gibt's viele. Ich meine Mut, ich meine...« Sie hatte ihre rechte Hand zur Faust geballt, sie wirkte auf Iason ungeheuer entschlossen. »Ich meine das, was andere sich nicht trauen. Weil sie Feiglinge sind. Wer es aber zu was bringen will, der kann es nicht allen recht machen, der muss auch mal...« Wieder die Faust. Davon abgesehen ließ sie den Satz stehen, wie er war. Es wäre auch überflüssig gewesen, ihn zu beenden, Iason hatte begriffen.

Als er eine halbe Stunde später nach oben in sein Zimmer ging, war Iason sich sicher: Es war das schönste und wichtigste Gespräch, dass er je mit seiner Mutter geführt hatte.

Am Bahndamm

Trotz der Bitte, sich um seinen Bruder zu kümmern, begannen die Sommerferien 1970 für Iason mit einem sehr unbeschwerten Gefühl. Er fiel auch nicht mehr unangenehm auf. Das lag, wie Monsieur Arronde bereits einen Monat zuvor diagnostiziert hatte, an seiner nun immer engeren Freundschaft mit Lukas. Als Sohn eines Arztes, da war Monsieur Arronde sich sicher, hatte Lukas einen guten, ja regelrecht heilenden Einfluss auf Iason.

Aus Iasons Sicht war Lukas zu Beginn ihrer Freundschaft ein bisschen zu artig gewesen, ein bisschen zu sehr bemüht, alles richtig zu machen. Anfangs hatte er auch kein Bier trinken wollen. Er fand den Geschmack eklig und sein Vater hatte ihn eindringlich davor gewarnt. Iason musste Lukas also erst mal zeigen, wie es wirklich stand mit dem Bier. Zunächst hatte er ihm erklärt, dass oft gerade das, was einem zuerst eklig vorkommt, den größten Genuss bedeutet. Bei Iason zu Hause jedenfalls sagte keiner was gegen Bier.

»Ich zeig's dir, du wirst sehen.«

Sie waren in den Pappelwald auf der anderen Seite der Rue Envie gegangen. Dort hatte Iason eine der Flaschen, die er im Kühlschrank gut vorbereitet hatte, auf einen Baumstumpf gestellt. Gemeinsam hatten sie beobachtet, wie sich am grün schimmernden Glas Kondenswasser bildete, wie die Tropfen, sobald sie genügend Gehalt und Schwere hatten, hinabliefen. Dann gab es noch die goldene, leicht geriffelte Glanzfolie um den Verschluss herum, das Geräusch beim Öffnen und den Moment, wenn die Flüssigkeit hinten über die Zunge in den Rachen lief. Iason hatte Lukas gedrängt, auf all diese Details zu achten.

»Die Vorfreude, verstehst du? Erst die Vorfreude, dann der Genuss.«

Er und Lukas hatten die Vorfreude und den Genuss regelrecht geübt. Danach fand Lukas Bier nicht mehr eklig, und nach dem ersten richtigen Rausch hatte er endgültig begriffen.

Es wurde immer besser. Lukas' Vater war nämlich nicht nur Arzt, sondern auch Jäger. Und Lukas wusste, wo der Schlüssel zum Gewehrschrank versteckt war.

Die drei Freunde, denn auch Vincent war jetzt dabei, hatten zwar nun Gewehre, malten sich aber gleichzeitig in schockierenden Bildern und Szenen aus, wie ein Hase oder Fasan sich quälen würde, wenn jemand von ihnen schießen und ihn nicht richtig treffen würde. Tiere, da waren sie sich einig, mussten geschützt werden. So kamen sie auf Simon Lejeune und seine Hundezucht. Dass Simon Welpen tötete und seine Tiere schlug, wenn sie nicht gehorchten, wusste jeder in Envie. Also entwickelten die drei am Ufer des Lac Virelle konkrete Pläne zu seiner Bestrafung, die aber nicht realisiert wurden.

Als sie ein paar Tage später über ihre Idee der tödlichen Bestrafung von Tierquälern sprachen, kam ihnen das nur noch idiotisch vor. Vincent hielt eine längere Rede und erklärte den beiden Älteren, dass es nicht ohne Grund strafbar sei, Menschen in Gefahr zu bringen. Es ging bei seiner Erklärung nicht nur um die Opfer, sondern auch um die Täter, die durch die Tat zuletzt selber zu Opfern wurden, weil das Gewissen keine Ruhe gab. Spätestens nach dieser Rede, in der viele besondere Worte und Gedanken vorkamen, die er von Pfarrer Jacobsen hatte, war Vincent richtig dabei. Er durfte nun sogar in die Spielhalle von Foison mitkommen. Dort ging es sehr frei zu. Man verkaufte ihnen Bier und ließ sie an allen Automaten spielen. Vincent gefiel dieses Leben vom ersten Moment an. Und das, obwohl es nun wirklich gar nichts mit Religion oder Philosophie zu tun hatte.

Bier und Automaten jedoch waren nicht umsonst zu haben. Als das Haushaltsgeld ausgegeben war, erklärte Iason seiner Mutter, er habe es beim Einkaufen verloren. Vincent fungierte als Zeuge, denn er konnte gut weinen und lügen, wenn es drauf ankam. Emely wiederum war so bei ihrem Restaurantbau, dass sie ihnen einfach neues Geld hinlegte. Und auch noch viel zu viel.

In der Spielhalle bekamen sie zum ersten Mal Haschisch. Ein Krankenpfleger aus Moolenbeek, der stets in einem gelben Ford Transit kam, brachte dem Besitzer der Spielhalle regelmäßig Nachschub. Haschisch und, wie sie hörten, auch Medikamente. Psychisch wirkende Medikamente, die zusammen mit Alkohol einen tollen Rausch erzeugen sollten. An diese ›psychischen Medikamente‹ kamen sie aber noch nicht ran.

Dort in der Spielhalle, in ihrer knallwachen Betäubung kamen ihnen immer freiere Gedanken. Sie sprachen über den Tod. Als Möglichkeit. In Foison war eine Sechzehnjährige von einer Brücke gefallen, darüber hatte tagelang was in der Zeitung gestanden. Die einen Blätter schrieben, es habe sich vermutlich um eine missglückte Mutprobe gehandelt. Andere meinten, es seien Drogen im Spiel gewesen. Zum Text wurden verschiedene Fotos abgedruckt, die sehr unheimlich wirkten. Sie zeigten nichts als eine Brücke, eine Straße und ein gut getroffenes Gebüsch. Kein totes Mädchen, keine Polizei, keine Spuren. Ganz und gar leer, wie aufgeräumt waren diese Bilder, die wie immer Hendrik Vanoppen geschossen hatte. Die spurlosen Bilder hatten, wie Vincent Pauline bei Gelegenheit erklärte, eine viel unheimlichere Wirkung, als wenn eine Leiche zu sehen gewesen wäre. Auch Pauline war voll auf die Todesgeschichte angesprungen, als Vincent ihr davon erzählte. Sie hatte ihm erklärt, es könnte Selbstmord gewesen sein und gestand, dass sie ab und zu solche Gedanken habe. Es war das erste Mal, dass Vincent sie interessant fand. Außerdem hatten ihre Körper sich bei ihrer hitzigen Todesdebatte ein paarmal berührt. Als er dann jedoch schüchtern versucht hatte, sich ihr zu nähern, machte sie einen Rückzieher.

Vincent war also der erste, der Pauline mit den leeren Bildern aus der Zeitung in Zusammenhang brachte. Und mit Selbstmord.

»Hat sie so gesagt.«

Er, Iason und Lukas stellten sich nun vor, nicht irgendein Mädchen, sondern Pauline wäre gesprungen. Die kargen Bilder, die Vincent aus der Zeitung ausgeschnitten und in eins seiner Merkhefte geklebt hatte, wurde für die drei zu so etwas wie einer Bühne, die zum Spiel einlud. Man konnte sich vorstellen, die verzweifelte Pauline zu sein, im Moment, da sie sprang. Man konnte sich vorstellen, jemand zu sein, der sie runterstieß, man konnte sich vorstellen, ein Autofahrer zu sein, dem sie vor den Wagen fiel. Es war einiges möglich. An einem Nachmittag malten sie sich so genau aus, wie Pauline von der Brücke sprang, erhitzten sich so sehr unter dem Einfluss der Substanzen, die sie sich einverleibt hatten, dass ihnen ganz komisch wurde, als Vincent irgendwann sagte: »Aber Pauline ist doch gar nichts passiert!« Was hatten sie lachen müssen. Lukas meinte, sie seien jetzt echt verrückt.

Spätestens beim Ausspinnen dieser Geschichten zeigte sich, dass die Brüder Fournier ganz gut gleichziehen konnten, wenn sie wollten. Manchmal nahmen sie einander, wenn sie sich etwas ausdachten, die Worte aus dem Mund. Auf Lukas wirkten sie dann wie ein einziger Mensch.

Bei einem dieser Treffen passierte etwas, womit keiner von ihnen gerechnet hatte. Sophie kam in die Spielhalle. Sophie Nimier, die Unberührbare, wie sie von manchen in der Schule genannt wurde. Wobei eigentlich das Gegenteil gemeint war, denn sie ging ja mit älteren Männern.

Sophie war richtig nett zu ihnen gewesen und Iason bildete sich ein, sie habe ihn in einer Weise angesehen wie vor ihr schon einige. Schmachtend. Er liebte dieses Wort, benutzte es häufig. Lukas ging das inzwischen extrem auf die Nerven. Irgendwann stand Sophie dann auf, berührte Iason beim Vorbeigehen wie zufällig am Nacken und ging mit dem Besitzer der Spielhalle nach hinten ins Büro.

»Habt ihr gemerkt, was mit der los ist?«

»Nee, was denn?«

Iason hatte es ihnen erklärt und dabei noch ein paarmal das Wort »schmachtend« benutzt. Danach hatte Vincent mit Pauline geprahlt, die, wie er behauptete, was von ihm wollte, und Lukas hatte gekichert wie ein Blöder. Was am Haschisch lag. Er zog sich immer zu viel rein. So wie er auch zu viel trank.

Da sie innerlich auf eine sehr angenehme Art mit dem Leben abgeschlossen hatten, saßen sie nun häufig zu dritt an der Bahnstrecke zwischen Foison und Brüssel. Die Strecke beschrieb dort einen für die Lokführer kaum einsehbaren Bogen. An dieser Stelle wagten sie es. Rüberlaufen in letzter Sekunde. Zunächst passierte nichts. Außer, dass die Lok einen wütenden Ton von sich gab. Und natürlich hatte Vincent mal wieder Schiss. Dass es mit seiner Angst besser werden sollte, war aber Iasons Auftrag. Also hielt er seinen Bruder eines Nachmittags an, mehr Haschisch als sonst zu rauchen.

Es gelang. Vincent schaffte es, seine Angst zu überwinden. Dabei hatte er doch immer gemeint, er könne das nicht. Das schien, wie sich nun zeigte, überhaupt nicht zu stimmen, er hatte es sich nur eingebildet. Nie zuvor war Vincent so klar gewesen, was für ein Glück es war, einen großen Bruder wie Iason zu haben.

Der Spaß mit den Zügen fand auf dramatische Weise ein Ende. Vincent, der nun übermütig wurde, hatte zu viel riskiert und war, weil er schon einiges intus hatte, an der ersten Schiene mit dem Fuß hängen geblieben. Genau zwischen die Gleise war er gefallen. Die Front der Lokomotive war ihm gigantisch vorgekommen. Und sie bewegte sich viel schneller als zuvor, wo er sie nur aus den Augenwinkeln gesehen hatte. Vincent war sofort klar gewesen, dass er nicht die Zeit haben würde aufzustehen, also kroch er wie eine Eidechse von den Schienen. Lukas und Iason hatten vor Angst die Augen zugekniffen, und so schwor Vincent auf dem Heimweg, die Lok habe ihn berührt.

Sie wurden immer selbstbewusster und mutiger. In der Nacht vor ihrem letzten Ferientag brachen sie in die Werkstatt von Simon Lejeune ein und klauten eine Kettensäge. Mit der wollten sie sich im Pappelwald einen eigenen Hochstand bauen. Die Kettensäge war schwer und entwickelte ein heftiges Eigenleben, wenn sie ans Holz kam. Das lag zum Teil an ihrer Wucht und zum Teil am Bier. Nur Iason hatte die Kraft, sie halbwegs zu halten. Kaum dass der sechste Baum gefallen war, kamen fünf Männer, darunter drei von der Gendarmerie. Nora Peers stattete den Fourniers mal wieder einen Besuch ab, danach ging es für Iason erneut zum Staatsanwalt. Das lag weniger an der Kettensäge als daran, dass er eingebrochen war. Außerdem bekam Iason von seiner Mutter erneut eine so heftige Tracht Prügel, dass er zwei Tage nicht richtig sitzen konnte.

Dass es mit den Prügeln so heftig für Iason kam, lag, wie

Vincent erklärte, nicht nur daran, dass bei der Finanzierung des Restaurants gerade irgendetwas total schief lief.

»Der Birnenschnaps, ist dir das nicht aufgefallen?«

Emely saß jetzt immer häufiger am Tisch und sah aus, als habe sie lange geweint. Ein paar Tage nach dem Zwischenfall hatte es dann eine für Iason sehr verwirrende Situation gegeben. Emely hatte schon mittags Birnenschnaps getrunken. So etwas war früher nie vorgekommen. Als er fragte, was los sei, hatte sie ihn lange angesehen und gefragt: »Was ist nur los mit dir, Iason? In deinem Kopf stimmt doch was nicht. Ständig machst du Sachen, die völlig verrückt sind. Merkst du denn gar nicht, wie anstrengend das für mich und deinen Vater ist?«

Anschließende hatte sie ihn in den Arm genommen und eine Weile so doll und mit so vielen Küsschen an sich gedrückt, dass es ihm schon unangenehm war. Zuletzt hatte sie lange über das Bauamt gesprochen.

Er war danach so durcheinander gewesen, dass er auf der Treppe nach oben eine Stufe falsch erwischte, hinfiel und mit seinem Kinn auf eine Kante schlug. Fast hätte er sich die Spitze seiner Zunge dabei abgebissen. In seinem Zimmer hatte Iason dann genau über alles, vor allem über sich selbst, nachgedacht. Er hatte, während die Spitze seiner Zunge noch immer pulsierte, aufgeschrieben, was alles vorgefallen war. Bis jetzt hatte es ihn nie sonderlich gestört, wenn Nora Peers mal wieder zu ihnen kam oder er zum Jugendrichter musste. Auch die Prügel hatte er stets nur als das genommen, was sie waren. Eine Bestrafung, weil er was Verbotenes getan hatte. Aber diesmal hatte seine Mutter etwas gesagt, das auch Dr. Brouwer und Monsieur Arronde schon ein paarmal gesagt hatten. So kam ihm zum ersten Mal der Gedanke, dass in seinem Kopf wirklich etwas nicht stimmte, dass etwas in seinen Gedanken gefährlich und krank war. Er hatte doch auch manchmal solche komischen Schwindelgefühle oder wurde plötzlich ganz müde. Da fiel ihm ein, dass er als Kind die Masern hatte, darüber hatte mal was in der Zeitung gestanden. Warum hatte seine Mutter das damals seinem Vater vorgelesen? Weil sie es da schon wusste?

Das mit den Masern erzählte er sofort Lukas, und der fragte seinen Vater. Dr. Benning hatte seinem Sohn erklärt, dass es tatsächlich so war. Manche Kinderkrankheiten konnten zu einer Schädigung des Gehirns führen. Und manche Schädigungen zeigten sich in unerklärlichem Fehlverhalten und Schwindelgefühlen. Iason war schockiert, begann sich selbst zu beobachten. Zum Glück hielt dieser Zustand nur ein paar Tage an.

Für Mädchen bezahlen

Auch wenn einiges schiefgelaufen war, letztlich hatte Iason den Auftrag seiner Mutter erfüllt. Vor allem das Abenteuer am Bahndamm hatte Vincent verändert. Er war nicht mehr so klein und ängstlich wie früher.

Dann jedoch geschah etwas, das Vincent erneut ängstigte und gleichzeitig mit Macht in eine ganz neue Richtung trieb: Er hatte von Pauline geträumt. Er verstand das nicht. Von einer kleinen Aufwallung zwei Wochen zuvor abgesehen, war Pauline für ihn doch immer nur die gewesen, die hinter ihm hertrottete und neben ihm saß, wenn sie in der Kirche vom Pfarrer unterrichtet wurden. Plötzlich schien alles in seinem Kopf wie neu verdrahtet. Die Sehnsucht kam mit Macht und traf ihn völlig unvorbereitet.

Auf einmal liebte er Pauline so sehr, dass er Lust hatte, irgendetwas Idiotisches zu machen. Nur um sich abzulenken. Am Ende hatte er zwei Bier getrunken, seinen ganzen Mut zusammengenommen und Pauline noch vor der Kirche gefragt, ob sie nicht Lust hätte, mit ihm ins Kino zu gehen.

»Ja, gut«, hatte sie gesagt. Mehr nicht. Was für eine Befreiung. Er hatte sich getraut und es war so einfach gewesen. Er verstand jetzt, was seinen Bruder umtrieb. Denn dem gelang, was Mädchen anging, wirklich alles. Also fragte er Iason, wie er es machen sollte, wenn er sich am Ende vielleicht nicht trauen würde, Pauline zu küssen.

»Am besten du trinkst was, das macht dich locker. So wie am Bahndamm. Und wenn ihr im Kino seid oder hinterher irgendwo, dann bezahlst du für sie. Das wirkt auch immer gut. Vor allem würde es mich interessieren, wie lang Paulines Haare sind.«

»Wieso?«

»Sie trägt sie immer als Kranz. Das ist ihr Geheimnis.«

»Ihre Haare?«

»Das wäre dann auch ein Beweis.«

»Wofür?«

Gleich am nächsten Tag waren Vincent und Pauline nach Foison gefahren. Eigentlich hatte er mit ihr ins Kino gewollt, wo gerade *Lovestory* lief. Davon hatte er sich einiges versprochen und gehofft, Pauline würde, wenn sie erst mal im Dunkeln saßen, schon verstehen. Aber Pauline hatte keine Lust auf *Lovestory*. Also waren sie eine Weile in der Stadt herumgelaufen und schließlich in eine italienische Eisdiele gegangen.

Als Pauline ihr Eis bezahlen wollte, sagte er: »Nein, ich lade dich ein.«

Der Satz hatte eine ganz eindeutige Wirkung, wie er meinte. Denn als sie weitergingen, hielt sich Pauline ganz dicht neben ihm. Ein paar Mal berührten sich sogar ihre Arme. Also hatte er gleich noch einen Test gemacht.

Als sie vor dem einzig guten Klamottenladen von Foison standen, einem, an dem Pauline stehenblieb, kaufte er ihr ein T-Shirt. Es hatte die gleiche Wirkung. Sie wirkte anhänglicher und auf gute Art überdreht.

Bevor sie in den Bus stiegen, besorgte Vincent in der Spielhalle noch schnell vier Bier. Eins trank Pauline sofort. Vermutlich, dachte er, wollte auch sie locker werden.

Vincent war nach dem ersten Bier noch nicht locker, als sie nebeneinander im Bus saßen. Irgendwas Elektrisches, so meinte er, ging pausenlos von ihr auf ihn über, stachelte ihn an. Also trank er ein zweites Bier. Dann ein drittes. Und da kam es dann mit Macht. Er wollte sie anfassen und küssen. Es war schlimm, er konnte kaum noch schlucken, war erregt und hatte gleichzeitig Angst.

Nachdem sie ausgestiegen waren, als sie schon zwischen den Pappeln gingen, hatte er sich endlich getraut.

»Deine Haare, warum trägst du die eigentlich immer als Kranz?«

»Weiß nicht.«

»Ich würde sie gerne mal richtig sehen. Wie lang sie sind und so.«

»Nein.«

Sie hatte das ganz kalt gesagt. Vielleicht war das der Grund gewesen. Vincent fragte sie noch mal, ob sie ihm ihre Haare nicht ganz zeigen könnte. Dann noch mal. Und noch mal. Ihm fiel gar nichts anderes mehr ein, als immer das gleiche zu sagen.

Da war sie wütend geworden, hatte gesagt, dass er abhauen soll.

»Ich hab dir alles bezahlt!«

»Na und?«

Er war betrunken, daran lag es, er war sonst doch gar nicht der Typ. Jedenfalls hatte er versucht, ihre Haare ... Sie hatte sich gewehrt und war in ein Weizenfeld gelaufen. Da hatte er dann versucht, sie runterzudrücken und zu küssen.

Dabei war er doch der, der Bücher las und nachdachte.

Sie krümmte sich, boxte, fing an zu schreien. Und die ganze Zeit hatte er immer wieder den gleichen Satz gesagt: »Ich will jetzt!«

Zum Schluss hatte sie ihn in die Eier getreten und war weggelaufen.

Abends saßen er und Iason dann vor dem Fernseher.

»Und? Wie ist es mit Pauline gelaufen?«

»Ich wollte dann doch nicht.«

»Das ist alles?«

»Mehr war nicht, sie ist dann nach Hause.«

Es lief mal wieder ein langer Bericht über Vietnam. Mit

Hubschraubern, die niedrig über Reisfeldern schwebten, Soldaten, die geduckt durch hohes, vom Wind bewegtes Gras liefen, und von toten Bauern in sonderbarer Kleidung, die man in eine Reihe nebeneinander gelegt hatte. Diesmal traute Vincent sich hinzusehen.

Am Lac Virelle

Es lag nicht daran, dass Vincent Pauline in den Weizen verfolgt hatte. Dass Nora Peers den Fourniers einen Besuch abstattete und dass diesmal Sergeant Mertens mit dabei war, lag daran, wie Iason einige Tage zuvor mit Aaron Léger umgegangen war.

Sie waren am Lac Virelle gewesen. In der Badebucht, wo sie sich öfter trafen.

Lukas war dabei. Julie, da sie erstens im Moment mit keinem zusammen war und sich zweitens mit Iason versöhnt hatte. Etwas, das unter Jugendlichen manchmal recht schnell geht. Eveline durfte natürlich nicht fehlen, weil sie Julies beste Freundin war. Und dann...

»Scheiße!«

»Oh nee!«

...dann kam der kleine Spion, denn Vincent hatte Aaron verraten müssen, wo sie hingehen würden. Was nicht gut war, weil sie Haschisch rauchen wollten und Bier trinken. Aber Pauline hatte Aaron erzählt, dass Vincent versucht hatte, sie in das Weizenfeld oben an der Rue Envie zu ziehen, und Aaron hatte ihn damit erpresst.

»Entweder du sagst mir, wo ihr hingeht und ich bin dabei, oder ich gehe zur Schulleitung.«

Es war nicht das erste Mal, dass Aaron jemanden erpresste. Alle wussten das, niemand wollte mit ihm zu tun haben, das war schon immer so gewesen. Vincent hatte sich unglaublich geschämt, als er Aaron zuletzt verraten musste, wo sie hingehen würden.

Und Aaron nervte vom ersten Moment an, war ganz eklig verklemmt. Erst als er bereits schwitzte, erst als Fliegen seinen Kopf umschwirrten, war er tief in den Pappelwald gegangen, um sich umzuziehen. Ins Wasser wollte er nicht. Ihn interessierten nur Eveline und Julie.

Zuerst hatte er eine Weile stumm zugesehen, wie Iason, Vincent und Lukas mit den Mädchen Bier tranken und erst Zigaretten, dann Hasch rauchten. Irgendwann war er hingegangen und hatte gefragt, ob er auch mal am Joint ziehen dürfe. Durfte er nicht. Aber Julie gab ihm eine Zigarette. Noch zweimal war er während der nächsten Stunde hin und hatte beim Fragen und Warten jedes Mal auf Julies Brüste gestarrt. Ganz ungeniert hatte er das getan, als könnte er sich alles erlauben.

Erst als alle im Wasser waren und Julie ihn mit ihrer schönsten Stimme rief, hatte er sich getraut. Es hatte lächerlich ausgesehen, wie Aaron schwamm. Irgendwie sackte sein winziger Körper immer weg und er hielt seinen Kopf weit nach hinten gebeugt. Davon abgesehen entfernte er sich nie weiter als ein paar Meter vom Ufer.

Als eigentlich schon alle raus wollten, hatte Julie ganz zufällig, wie sie später aussagte, herausgefunden, dass Aaron sehr leicht war. Sie hatte ihn gefragt, ob sie ihn mal richtig weit hochheben soll. Das hatte ihm gefallen. Also war sie mit ihm so weit ins Tiefe gegangen, dass sie noch gut stehen konnte und er fast kein Gewicht mehr hatte. Sie hatte ihn hochgehoben. Und wieder runter. Und wieder hoch. Und runter.

Da hatte Eveline gerufen, gib ihn mal her. Julie hatte Aaron so gut es eben ging aus dem Wasser schnellen lassen, und dabei mit aller Kraft in Evelines Richtung geschoben. Eveline hatte seinen kleinen Körper umgedreht und ihn nach einigem Hoch und Runter rüber zu Lukas geschoben. Von da ging es weiter zu Iason.

Es war ein Spiel. Einfach nur das. Kein böser Gedanke. Je doller, je besser. Alle vier waren total überdreht gewesen und hatten und hatten und hatten nicht aufgehört. Auch nicht, als Aaron rief: »Aufhören bitte.« Sie meinten, so sagten sie später aus, er hätte Spaß, als er schrie. Sein Schreien hörte dann irgendwann auf.

»Ich glaube, er kann nicht mehr«, hatte Vincent, der an Ufer saß und alles genau beobachtete, bereits zweimal gesagt. Nicht laut, mehr zu sich. Er war in ganz komischer Stimmung. Einerseits genoss er es, dass Aaron litt, andererseits war er der erste, der sah, dass es nicht mehr in Ordnung war, was da passierte. Was auch daran lag, dass Aaron nicht immer gut angenommen wurde. Er ging dann unter und musste erst wieder hochgeholt werden. Vincent fand, dass Aaron das recht geschah, weil Strafe eben immer auf Verrat folgt. Aaron hatte ihm ja ganz direkt gedroht, das mit Pauline zu verraten. Dann würde er von der Schule fliegen. Aaron war schon immer hinterhältig gewesen. Alle sprachen so, jetzt war es auch Vincent klar. Dabei sah Aaron gut aus, mit seinen blonden Haaren, seinen langen Wimpern und dem schönen Mund. Sogar die Mädchen gaben das zu. Trotzdem. Aaron hatte etwas Giftiges und irgendwie Fieses an sich, etwas, das endlich mal bestraft werden musste.

»Ich glaube, ihr müsst aufhören!«

Diesmal hatte er doch laut gerufen. Aaron knickte komisch weg, wenn er zum nächsten rübergeschoben wurde. Da endlich hatten auch die anderen begriffen, dass es genug war. Als Julie und Iason Aaron ans Ufer zogen wie einen Fisch, war sein Gesicht bereits grau.

»Atmet er?«, fragte Iason.

»Klar atmet er, so schnell stirbt man nicht«, sagte Julie, die das Ganze noch immer unglaublich witzig fand. Was an den beiden Joints lag, wie Vincent vermutete.

Sie standen um ihn herum. Aaron lag im Gras wie ein kleiner, nasser Frosch. Julie und Eveline hatten ihn ein paarmal mit ihren Zehen angestupst und gesagt, er solle aufhören, sich tot zu stellen. Er hatte nicht reagiert. Also hatte Lukas ihn auf den Rücken gedreht. Aarons Brustkorb war so mager, dass man jede einzelne Rippe sah. Sein Mund klappte ganz komisch auf, woraufhin sich Julie fast einpisste vor Lachen. Dann veränderte sich die Stimmung. Eine Weile hatten alle ganz bedrückt dagestanden und Vincent konnte, als sei er selbst Aaron, kaum noch atmen.

Aber Aaron lebte. Sein Atem kam wieder, ging allerdings unnormal, wie Vincent fand. Dann fing er an zu husten. Mit Wasser und Schleim. Zuletzt schaffte er es ganz langsam wieder hoch, versuchte, kaum dass er halbwegs klar war, vor den Mädchen eine gute Figur zu machen. Eveline stützte ihn, damit er nicht wieder hinfiel, Julie gab ihm zur Belohnung eine Zigarette. Daraufhin hatte er erneut stark gehustet.

Sie hatten ihn ein bisschen betrunken gemacht, was bei Aaron sehr lustig aussah. Sein Körper hatte ganz merkwürdig geschlackert und er hatte so viel verliebten Unsinn geredet, dass Julie wieder einen Lachkrampf bekam, in den Eveline natürlich mit einfiel. Vincent war dann, ohne noch ein Wort zu sagen, nach Hause gefahren.

Wegen dieses Zwischenfalls saß Nora Peers zwei Tage später im großen Zimmer der Fourniers, denn Aaron hatte seiner Mutter natürlich alles verraten.

Genau wie Sergeant Mertens war auch Nora ganz und gar nicht der Meinung, das in der Bucht sei ein Spiel gewesen. Auch kein Versehen. Nora nannte es brutal, und als Emely sagte, es seien doch alles noch Kinder, erklärte sie in sachlichem Tonfall, die vier hätten den Tod von Aaron in Kauf genommen, um sich zu amüsieren. Erschwerend kam hinzu, dass inzwischen feststand, dass Iason das Haschisch besorgt hatte.

»Alles Taten, die bei einem Achtzehnjährigen kriminell zu nennen wären«, erklärte der Sergeant.

»Iason ist aber erst fünfzehn, und er war schon immer etwas wild. Das wissen Sie doch!«

»Das weiß ich allerdings«, sagte Nora. »Es gibt da eine lange Liste.«

»Bestimmt haben ihn die Mädchen angestachelt. So ist es ja meistens«, erklärte Emely und schlug dabei mit der flachen Hand auf den Tisch.

»Das war eine Straftat, Madame Fournier. Ich weiß nicht,

wie lange Sie noch wegsehen wollen. Aber Ihr Sohn entwickelt Charakterzüge, die nicht mehr als Spiel oder Übermut durchgehen.«

Dabei hatten sowohl Lukas als auch Julie und Eveline unabhängig voneinander ausgesagt, sie wären davon ausgegangen, Aaron hätte Spaß. Im Wasser mit all den Platschern, dem Rufen, der Aufregung und der körperlichen Anstrengung hätten sie gar nicht bemerkt, was mit ihm los war. Niemand habe ihn quälen oder etwas Böses tun wollen.

Wer auch immer was gesagt hatte, Emely wurde irgendwann wütend, fing an, von Ämtern und Beamten zu reden, und davon, dass Arbeit Arbeit sei und Faulenzertum eben Faulenzertum. Zuletzt beförderte sie Nora recht unsanft aus dem Haus, was Sergeant Mertens nicht verhindern konnte. Emely Fournier hatte viel gearbeitet in ihrem Leben. Sie war eine kräftige Frau.

Es ging, wie sich bei einer Anhörung mit den Eltern der beteiligten Jugendlichen herausstellte, um zwei Vergehen:

1. Beschaffung und Besitz von Rauschgift – hier nahm Iason die Schuld auf sich. Angeblich hatte er sich den Stoff am Bahnhof von einem Schwarzen besorgt.

2. Körperverletzung

Lukas geschah nichts. Sein Vater war Arzt und versprach, sich um seinen Sohn zu kümmern. Julie und Eveline bekamen eine Woche Hausarrest und mussten zwei Wochen lang Wege fegen und Papierkörbe leeren. Bei Iason allerdings war es nicht das erste Mal, dass er etwas getan hatte, das jenseits von ›nicht ganz in Ordnung‹ lag. Es gab bereits eine Reihe von Vermerken beim Jugendamt, die Fachleute nun nach psychologischer Manier kombinierten, addierten und am Ende für gefährlich befanden. Es war einfach die Summe der Vorkommnisse, die da wirkte. Und vielleicht auch die Tatsache, dass Nora und Emely noch einmal heftig aneinander gerieten.

Als Iason offiziell vor den Jugendrichter gebracht und von diesem befragt wurde, als man ihm zusetzte und er nicht weiterwusste, sagte er, es sei Aaron recht geschehen, denn er sei ein Verräter und sehr gut darin, sich zu verstellen. Im Grunde sei überhaupt nichts gewesen und er habe keine Ahnung, was man überhaupt von ihm wolle, mit all dem Gerede.

»Das ist Aaron doch gar nicht wert!«

Sie fragten und fragten. Iason wurde immer zorniger und schlug einige Male mit der flachen Hand auf den Tisch. Genau wie seine Mutter das machte, wenn es galt, sich durchzusetzen. Auch das wurde vermerkt, denn er war nicht seine Mutter. Iason sprach bei dieser Vernehmung sehr viel und gegen Ende sehr laut, wobei er sogar noch einen Stuhl wegtrat. Nur über eine Sache verlor er kein einziges Wort. Vincent hatte geweint und vor Angst gezittert, als er zu ihm gekommen war. Er hatte von Aarons Erpressung gesprochen.

»Wegen etwas, das ich gar nicht gemacht habe. Aaron behauptet, ich wäre Pauline angegangen.«

»Einfach so?«

»Ja. Die beiden stecken zusammen. Und ich kann doch gar nichts machen, wenn er zur Schulleitung geht und da irgendwas sagt.«

Vincent hatte auf Iason so hilflos gewirkt wie nie zuvor. Und es war doch seine Verantwortung, ihn zu schützen.

III

In der Klinik und bei den Idioten

Emely brachte ihn hin. Iasons Vater hatte weder die Hände noch den Kopf frei, denn es ging gerade eine große Bestellung Pralinen nach London raus.

Während der Fahrt in die Anstalt hatte Emely Iason wenigstens dreimal erklärt, dass ihm dort nichts passieren würde. Zwischendurch allerdings hatte sie auch geweint und vom Bauamt gesprochen.

Als sie ihn abgab, als er allein weitermusste, einen Gang runter, der gerade von zwei Insassen gewischt wurde, hatte sie ihn in den Arm genommen und so fest an sich gedrückt, als wollte sie ihn nie mehr loslassen.

Dabei war er noch gar nicht im Heim, sondern in der angeschlossenen Klinik.

Während der Tage vor dem ersten Gespräch mit Professor Saignée hatte man Iason zunächst auf Hepatitis und Tuberkulose untersucht. Außerdem waren die Ärzte daran interessiert, herauszufinden, ob er blaue Flecke hatte. Dann ging es weiter. Alles, wirklich alles wurde durchgesehen, bis tief in die Ohren und in seinen Po hinein. Falls da Hinweise waren, dass ihn jemand ungebührlich berührt hatte. Zuletzt wurden Röntgenbilder erstellt, und die ergaben einen Befund. Als die Untersuchung fertig war, kam ein junger Arzt mit sehr langen Haaren und stellte ihm Fragen.

»Hattest du dir mal etwas gebrochen?«

»Wenn da was ist, dann war das Leo. Mit dem habe ich auf dem Schulhof gekämpft, der hat mich mal getreten, als ich schon auf dem Boden lag.«

»Was ist mit deinem Trommelfell?«

»Das war Monsieur Brouwer. Ein Mathelehrer an unserer Schule. Der hat mir Ohrfeigen gegeben.«
»Warum?«
»Weil ich mich mit auf Leos Gesicht setzen wollte.«
»Wie?«
»Weil Leo mich gedemütigt hat. Spucke ins Gesicht, einmal sogar auf meinen Mund!«
»Dein Vater oder deine Mutter, haben die dich geschlagen?«
»Verhauen.«
»Warum?«
»Weil ich zum Beispiel den Heuhaufen angesteckt habe. Obwohl vorher alle gesagt haben, das müsste mal jemand machen und ... einmal auch was geklaut.«

Iason fühlte sich eigentlich ganz gut. Endlich war da mal jemand, den interessierte, was alles passiert war. Vielleicht würden sie hier rauskriegen, ob was in seinem Kopf nicht stimmte, und vielleicht gab es ja eine Heilung. Es galt also, ehrlich zu bleiben, und ... Was er sagte, schien ja auch so wichtig zu sein, dass sogar eine Schwester mitschrieb. Er fühlte sich gut aufgehoben, es war richtig, dass er hier war, es war wohl höchste Zeit.

»Was hattest du geklaut?«
»Weiß ich nicht mehr.«
»Du hast so oft geklaut, dass du es nicht mehr weißt?«
»Ich glaube, wegen der Kettensäge und weil ich in Simons Werkstatt rein bin.«
»Wie bist du da rein?«
»Na, wie immer. Mit einem gebogenen Draht.«
»Wie wurdest du verhauen?«
»So wie alle. Übers Knie und hinten drauf. Meiner Mutter tat danach manchmal die Hand so weh, dass sie die zwei Tage nicht richtig benutzen konnte.«
»Deine Mutter hat dich verhauen, nicht dein Vater?«
»Ja.«
»Magst du deine Mutter?«
Iason zog seine Schultern hoch.

»Als das am See passiert ist, da waren auch zwei Mädchen dabei.«

»Wieso ist das wichtig?«

»Wolltest du denen imponieren?«

»Womit?«

»Dass du das mit Aaron gemacht hast. Hast du in dem Moment nicht dran gedacht, dass er Wasser schluckt? Dass er leidet. Dass du ihn vor den Mädchen lächerlich machst.«

»Wir haben gespielt, ich habe an gar nichts gedacht.«

»Aaron sagt aber, er hätte ein paarmal gerufen: ›Aufhören bitte.‹«

»Hab ich nicht gehört.«

»Das hast du nicht gehört, verstehe. Außer mit Leo hast du dich nie geschlagen?«

»Nein.«

Der Arzt hatte in Papieren geblättert und schließlich gefunden, was er suchte.

»Einmal hast du ziemlich heftig mit einem aus den höheren Klassen gekämpft. Du hast ihm den Arm ausgekugelt ...«

»Er hat sich gewehrt. Das ist immer so. Die sich wehren, kriegen am meisten ab.«

»Haben deine Mutter oder dein Vater dir geraten, dich zu wehren, wenn du dich angegriffen fühlst?«

»Das geht bei mir automatisch.«

»Wenn jemand etwas sagt, das dir nicht gefällt, etwas, das dich zum Beispiel beleidigt. Oder wenn jemand dich komisch anguckt, dann fängst du an zu kämpfen. Könnte man das so sagen?«

»Nein. Außer er beleidigt meine Mutter oder meinen Bruder. Vinc kann sich nicht wehren.«

»Warum kann er das nicht?«

»Weil er der Kleinste in seiner Klasse ist. Und manche gehen gerne auf die Kleinsten. Meine Mutter hat gesagt, dass ich auf Vincent aufpassen muss.«

»Also kommt der Auftrag, dich zu prügeln, von ihr?«

»Ich soll auf meinen kleinen Bruder achtgeben. Sonst hat sie nichts gesagt. Ich mache ihm ja auch sein Frühstück.«

»Deine Mutter macht das nicht?«

»Die ist schon im Betrieb, wenn wir aufstehen. Darf ich Sie mal was fragen?«

»Natürlich.«

»Wenn was in meinem Kopf ist, zum Beispiel, weil ich als Kind die Masern hatte, würden Sie das rauskriegen?«

»Ich denke schon.«

»Und kann man das heilen?«

»Du musst ein bisschen Geduld haben, wir fangen ja gerade erst an.«

Man hatte Iason Blut abgenommen. Der Test ergab, dass etwas nicht stimmte mit der Produktion seiner Blutkörperchen. Daraufhin wurde aus Iasons Sternum mit einer großen Hohlnadel eine Probe gezogen, was so wehtat, dass Iason schrie und sich wehrte. Da er das mit viel Kraft tat und dabei einer Schwester heftig auf die Brust schlug, musste er zuletzt fixiert werden.

Von diesem Erlebnis abgesehen ging Iason in endlosen Kreisen im Park herum, wo sich viele aufhielten, die, wie er zu erkennen glaubte, eindeutig nicht in Ordnung waren. Das war der wirkliche Schock, denn Iason wurde immer klarer, dass tatsächlich etwas mit ihm nicht stimmte. Immer wieder kam er darauf, dass er als Kind an Masern erkrankt war. Und Lukas' Vater hatte ja gesagt, so was könne aufs Gehirn schlagen.

Zwei Tage später traf Iason erneut auf Professor Saignée, der, wie sich bald herausstellte, die Anstalt leitete. Das Fenster stand offen, die Kastanie war dieselbe, es roch nach Pizza und verbranntem Eisen. Zwei Fachbücher waren akkurat an die Kante des Schreibtischs geschoben.

»Setz dich, Iason.«

Ihm war sofort klar, dass es besser war, sich gut zu verhalten und alles so zu machen wie verlangt. Vielleicht käme er dann doch noch weg von den Irren und musste nicht ins Heim. Der Professor blätterte ein paar Seiten um, blieb an einer kurz hängen.

»Na, das ist schon mal gut.«

»Was?«

»Die Sternalpunktion hat nichts ergeben. Du bist einfach zu schnell gewachsen.«

»Ich hatte als Kind die Masern.«

»Ah ja?«

Professor Saignée schlug die Mappe zu, sah ihn an. Der Blick des Psychologen hatte etwas sehr Sanftes, wie Iason meinte. Er hatte hellgraue Augen, deren untere, leicht herabhängende Lider aussahen, als würde der Körper des Spezialisten zu viel Tränenflüssigkeit produzieren.

»Wir haben uns schon mal getroffen. Weil du so viel gekämpft hast. Erinnerst du dich?«

»Sie wollten was über die Pralinen wissen, die unsere Familie herstellt. Sie haben sich gewundert, was ich alles gerochen habe. Es war genauso ein heißer Tag wie heute. Das Fenster stand offen, Sie hatten eine rote Krawatte um und haben denselben Füller benutzt. Alles wie heute.«

»Nicht ganz, Iason. Es ist inzwischen etwas passiert.«

»Wegen der Sache am See?«

»Auch. Hier steht, dass du gerne den Mädchen die Röcke hochhebst und sie anfasst. Auch wenn sie das nicht wollen und Angst haben.«

»Nicht mehr.«

»Du machst das nicht mehr?«

»Nein. Jetzt ist es umgekehrt.«

»Die Mädchen fassen dich an?«

»So könnte man sagen.«

»Hast du noch Lust, was anzuzünden?«

»Nein.«

»Wirklich nicht? Es scheint dir doch gefallen zu haben. Wenn es brennt, wenn es hochschießt.«

»Das war gegen die Ratten. Unter dem Haufen, den ich angezündet habe, lebten Ratten.«

»Es hat dir gefallen, sie zu verbrennen?«

»Ratten verbreiten Krankheiten. Fast jeder in Envie hat ein Gewehr und schießt auf die. Auch auf Vögel und manchmal auf verwilderte Katzen. Das ist ganz normal.«

»Hast du schon mal auf Vögel oder Katzen geschossen?«
»Ich habe noch nie ein Tier getötet.«
»Abgesehen von den Ratten. Was ist da am See passiert?«
»Wir haben gespielt.«
»Es ist ein bisschen aus dem Ruder gelaufen, findest du nicht?«
»Aaron hat Wasser geschluckt, aber das haben wir gar nicht gemerkt. Wir hatten vorher Bier getrunken. Deshalb.«
Die Fragen kamen zack-zack, das gefiel Iason.
»Nur Bier?«
»Ja.«
»Deine Freundinnen Julie und Eveline haben aber ausgesagt, ihr hättet vorher Haschisch geraucht.«
»Bin ich deshalb hier?«
»Du bist hier, weil wir dir helfen wollen. Du hattest schon oft Ärger, oder?«
»Ich mache immer was und nicht alles ist korrekt.«
»Warum machst du immer was?«
»Weil mir sonst langweilig ist.«
»In deiner Klasse, als du den Mädchen die Röcke hochgezogen hast, war das auch, weil dir langweilig war?«
»Ich mache das nicht mehr. Hab ich doch gesagt, verdammt!«
Iasons flache Hand knallte auf den Tisch, Professor Saignée erschrak ein wenig. Es dauerte also einen Moment, ehe die nächste Frage kam.
»Läufst du gerne? Ich meine, rennst du viel rum?«
»Ich bin gerne draußen.«
»Was ist da? Warum bist du so gerne draußen?«
Da hatte Iason angefangen zu erzählen. Er steigerte sich in seine Erinnerungen hinein, ließ sie lebendig werden. Er sprach so schnell und vielfältig über all das, was er roch, sah und dachte, wenn er draußen war, dass Professor Saignée kaum so schnell mitschreiben konnte. Der Psychologe war aufrichtig verblüfft, an wie viele Details Iason sich erinnerte. Das sagte er dann auch. Indirekt allerdings.
»Ist es nicht sehr anstrengend, wenn man die ganze

Zeit so viel sieht, riecht, denkt und das alles gleichzeitig?«
»Ich mag es so.«
»Hast du deshalb so oft gekämpft?«
»Wenn man kämpft, dann ...«
Ganz plötzlich war Iason hellwach. Alle Sinne offen. Ja, da war er wieder. Der Geruch von heißem Eisen. Ganz fein, kaum wahrnehmbar. Iason war sich anfangs nicht sicher gewesen. Jetzt war er sich sicher. Er kam von draußen. Durchs offene Fenster. Er wandte seinen Kopf nach links. So weit, bis er alles im Blick hatte. Die Kastanie. Die Farbe des Stamms, die Farben der Blätter ...
»Was passiert, wenn man kämpft?«
»Wie?«
»Wenn man kämpft, was passiert da?«
»Na, da geht es um was.«
»Erklär mir das ein bisschen genauer.«
»Wer die Macht hat. Einer will immer die Macht.«
»Man hat auch sehr engen Kontakt mit seinem Gegner. Man ist im Clinch.«
»Clinch?«
»Sehr intensiver Kontakt. Man ist gefasst, so könnte man sagen. Man spürt seinen Gegner.«
»Schon.«
»Wer hat bei euch zu Hause die Macht?«
»Meine Mutter.«
»Dein Vater nicht?«
»Der arbeitet. Er ist abends müde.«
Eine Pause entstand. Iason verstand nicht, was das sollte, sein rechter Unterschenkel begann vor und zurück zu schwingen.
»Haben Sie früher gekämpft?«
»Ja.«
»Viel? Ich meine, oft?«
»Ja.«
»Dann wissen Sie doch, wie es ist.«
Wieder entstand eine Pause. Eine längere diesmal. Es war fast wie in der Schule. Da war dann nichts. Außer, dass die

anderen sich über ihre Hefte beugten und schrieben. Und genau wie in der Schule wurde Iason zappelig, sah erneut zum Fenster raus, schien den Professor beinahe vergessen zu haben. Professor Saignée wurde nicht langweilig. Er beobachtete Iason. Ihn schien nicht mal zu stören, dass Iason mit seinem Fuß inzwischen mit schöner Regelmäßigkeit unten gegen den Schreibtisch tippte. Nicht grob, nicht brutal. Nur regelmäßig. Er schlug gewissermaßen den Takt.

»Sag, Iason, was sind die Momente, in denen du mit allem zufrieden bist?«

»Ich rede nicht über Mädchen und so was.«

»Bist du nur dann glücklich?«

»Nein.«

»Sondern?«

»Wenn ich was mache, wenn ich arbeite. Ich habe eine Weile im Betrieb meiner Mutter geholfen.«

Iason hatte aufgehört mit dem Fuß unten gegen den Schreibtisch zu tippen. Es gefiel ihm, dass die Fragen wieder schnell aufeinander folgten.

»Arbeitest du noch im Betrieb?«

»In letzter Zeit nicht mehr. Ich muss auf meinen kleinen Bruder aufpassen, weil meine Eltern gerade ein Restaurant bauen und keine Zeit haben, sich zu kümmern.«

»Aber du arbeitest gerne.«

»Ich mag, wenn alles richtig abläuft, wenn es funktioniert, im Betrieb.«

»Den Betrieb magst du. Und dass alles geregelt ist.«

»Sonst funktioniert es nicht. Dann machen wir Verlust.«

»Finanziellen Verlust.«

»Arbeiten Sie gerne?«

»Durchaus.«

»Immer?«

»Vielleicht zu viel.«

»Sie wollen, dass es läuft in Ihrer Anstalt.«

Der Arzt stellte keine Fragen mehr, ließ einfach Zeit verstreichen. Iasons Unterschenkel begann wieder vor und zurück zu schwingen. Für ihn war das Gespräch beendet, er wollte raus. Und dann war es so: Gerade als Iasons Fußspitze wieder begann, den Takt zu schlagen, fing der Professor an, fünf Fachbücher auf dem Tisch zu verschieben. Mit flinkem Geschick und hoher Präzision tat er das. Wie damals, bei ihrem ersten Gespräch, entstanden verschiedene Konstellationen, wobei sich manche wiederholten. Iason war einigermaßen fasziniert, das Antippen mit dem Fuß hörte auf.

»Bei uns wird auch gearbeitet, Iason. Wir stellen allerdings keine Pralinen her, sondern Spielzeug aus Holz.«

»Für kleine Kinder.«

»Ja.«

»Die Spielsachen werden verkauft?«

»Ja.«

»Für Geld?«

»Ja.«

»Im Betrieb habe ich was bekommen für meine Arbeit.«

Professor Saignée hatte tief durchgeatmet, als sie an diesem Punkt angekommen waren.

»Du musst eine Weile bei uns bleiben, Iason. Ich glaube, das hat man dir schon gesagt, oder?«

»Ich will aber nicht mit Idioten oder Irren zu tun haben.«

»Wir haben hier keine Irren. Nur solche, die wie du ein bisschen zu aufgeregt sind. Oder zu still. Manche sind zu still.«

»Verstehe.«

»Hättest du Lust, in der Holzwerkstatt zu arbeiten?«

»Kommt drauf an, wie es ist.«

»Hattest du irgendwann mal Lust, dir absichtlich selbst weh zu tun?«

»Ich bin doch nicht blöd.«

Professor Saignée hatte erneut in seinen Unterlagen geblättert und schließlich gefunden, was er suchte. Seine Augenbrauen waren daraufhin ein Stück weit hochgekommen.

»Was steht da? Wieder was Schlimmes?«

»Nein, nichts Schlimmes. Das ist der Intelligenztest, den du damals bei uns gemacht hast.«

»Und?«

»Du kannst anders reden, wenn du willst, oder? Du kannst dich doch sicher viel differenzierter ausdrücken, als du das gerade tust. Du verstellst dich.«

»So wie Sie?«

»Nun, es ist, wie es ist. Du hättest beinahe einen Jungen ertränkt...«

»Nicht mit Absicht.«

»Ich glaube, Iason, du neigst ein bisschen dazu, nicht ganz die Wahrheit zu sagen. Auch dir selbst nicht.«

Keine Antwort von Iason, sein Blick ging erneut zum Fenster. Zur Kastanie. Zu den Blättern. Ihren Farben. Den verschwommenen vielfarbigen Schlieren, die er sah, wenn er seine Augen so einstellte, dass die Welt unscharf wurde. Es musste irgendwo dort draußen eine Pizzeria geben und eine Metallwerkstatt. Er wäre gerne hingegangen.

»Meinst du, du könntest bei uns an der Bandsäge arbeiten, ohne dich zu verletzen?«

»Ich habe schon an der großen Rührmaschine gearbeitet und die ist ziemlich gefährlich, die zieht alles rein.«

»Gut. Dann haben wir einen Plan.«

Wieder hatte Iason mit den Schultern gezuckt. Professor Saignée und seine geometrischen Muster wurden ihm allmählich langweilig. Er wollte raus. In die Sonne. Ein bisschen rumlaufen. Irgendwas machen.

Es ging aber nicht in die Sonne, es ging in den Schlafsaal. Zwanzig Jungen waren hier untergebracht. Zwei von ihnen sahen ihn, kaum, dass er den Raum betreten hatte, in einer Weise an, dass Iason sofort wusste, dass etwas ins Haus stand. Es passierte aber nicht gleich, es dauerte noch drei Minuten.

Man hatte seine Sachen gebracht, die er sofort, nicht später, ordentlich gefaltet in seinen Spind einzuordnen hatte. Man zeigte ihm, wie gefaltet wurde, und er begriff so schnell, dass der Pfleger bald ging. Als Iason fast damit fertig war, seinen Spind einzuräumen, kam einer der beiden Jungen, einer, der ein gutes Stück größer und wohl auch zwei Jahre älter war als er, auf ihn zu und machte eine wirklich eklige Bemerkung wegen seiner kurzen Hose. Sein Kumpel und ein paar andere fingen daraufhin an zu lachen. Dann griff der Große ihm an den Arsch, bis rein in die Ritze. Drückte ordentlich zu.

Iason drehte sich um und rammte dem Langen ohne zu zögern seine Faust hart ins Gesicht. Der ging augenblicklich zu Boden, wirkte ziemlich benommen. Iason stellte sich breitbeinig über ihn. Mehr nicht. Er trat nicht nach, er hatte nicht mal Lust dazu. Da der Lange heftig aus der Nase blutete, gab Iason dem anderen, dem, der eben noch gelacht hatte, eine Anweisung.

»Er braucht ein Taschentuch.«

Es war der erste und beinahe auch schon der letzte Kampf, denn Iason war schnell klar, dass er, wenn er sich auf unnötige Prügeleien einließ, nur umso länger hierbleiben würde. Statt sich zum Anführer hochzuboxen, wie er das seinerzeit in der Schule gemacht hatte, schnitt er an der Bandsäge aus dicken Brettern Enten, Elefanten, Katzen und kleine Bären aus. So viele wie möglich, um kein Holz zu verschwenden. Was ein gutes räumliches Vorstellungsvermögen voraussetzte. Auch sonst fügte er sich bald in alles gut ein.

Hier herrschte ein strenges Reglement. Alles war aufs Straffste und bis auf die Minute organisiert. Jeder hatte zu funktionieren. Man hatte seine Freizeiten und Therapiestunden, weitere Ausnahmen gab es nicht.

In insgesamt vier kurzen Kämpfen hatte Iason den anderen schnell klargemacht, dass er nicht schwul war und auch nicht Liebling seiner Mutter genannt werden wollte. Viermal hatte er deswegen in der Arrestzelle gesessen und das war ein hoher Preis. Denn eingesperrt zu sein machte ihm Angst. Immerhin wagte nun keiner der anderen Insassen mehr, ihm dumm zu kommen. Nur einer der Pfleger hatte es eine Weile auf ihn abgesehen. Auch mit dem wäre er, zum Beispiel im Duschraum, der sich für so was anbot, sicher fertig geworden, denn der Pfleger war dick und langsam. Er hätte ihn Seife essen lassen können, so wie den ersten seiner Mitinsassen, der hier unter den Brauseköpfen sein Glück versucht hatte.

Iason hatte zu diesem Zeitpunkt längst entschieden, sich zu fügen. So schlimm war es ja nicht, wenn der Pfleger ihn zwang, den Boden noch mal zu wischen, weil die Ecken nicht ordentlich sauber waren. Auch das nochmalige und nochmalige und nochmalige Falten und Auf-Kante-Legen seiner Sachen war zu ertragen. Er fügte sich, konnte sich so gut verstellen, hatte sich so im Griff, dass dem Pfleger zuletzt langweilig wurde.

Spätestens ab der vierten Woche gefiel es Iason im Heim für schwer erziehbare Jugendliche richtig gut. Was auch daran lag, dass seine Mutter ihn oft besuchte und sie hier mehr Zeit hatten zu reden als zu Hause, wo es immer um Vincent, den Betrieb oder den Bau des Restaurants gegangen war.

Iason fühlte sich nicht nur wohl, er lernte zudem von einigen, die schon ihre Erfahrungen hatten, wie man komplizierte Schlösser knackt und Rezepte fälscht.

Da er nicht so dumm war, wie sein Klassenlehrer einst angenommen hatte, da er zudem lange genug im Betrieb seiner Eltern gearbeitet hatte, stellte er in der Holzwerkstatt einige Arbeitsabläufe um. Noch mehr hatte Professor Saignée imponiert, dass Iason in seiner Freizeit am Klavier hinten im alten Direktionszimmer saß und übte. Das Klavier stammte noch aus den dreißiger Jahren. Man hatte es also in einer Zeit angeschafft, als hier alles noch straffer organisiert war, und seither nicht mehr gestimmt.

Nun ist ein Heim für schwer erziehbare Jugendliche in der Regel kein Gefängnis. Es gibt einen therapeutischen Ansatz. Das Klavier wurde also in Ordnung gebracht und zur Therapiemaßnahme erklärt. Wenn er spielte, langweilte sich Iason nicht eine Sekunde. Er wirkte dann so konzentriert, dass Professor Saignée, der ihm hin und wieder dabei zusah, sich mehr als einmal mit der flachen Hand straff übers Gesicht rieb und dabei einen ganz sonderbaren Ausdruck hatte. Es sah beinahe aus, als wollte er aus einer Art Traum aufwachen oder sich etwas wünschen.

Hier im alten Direktionszimmer führten Iason und Professor Saignée einige längere Gespräche. Und zwar solche wie zwischen normalen Menschen. Nach und nach bekam Iason heraus, dass der Professor ihn viel besser und genauer verstand, als er anfangs gemeint hatte. Offenbar kannte der Ältere die Gefühle, die manchmal in ihm aufstiegen, nur zu gut.

»Was ist mit Musik, Iason? Willst du nicht wieder Unterricht nehmen?«

»Wenn das Restaurant fertig ist. Im Moment kann ich meiner Mutter damit nicht kommen. Sie ist knapp mit Geld, weil es teurer geworden ist, als sie dachte.«

Iason senkte den Kopf, nachdem er das gesagt hatte. Professor Saignée saß neben ihm und Iason hatte diesmal nicht das Gefühl, er müsse sich eilen etwas zu sagen. Offenbar hatte der Psychologe Nerven aus Stahl. Jedenfalls schien ihm die Stille nichts auszumachen, was Iason etwas sonderbar, aber auch gut vorkam. So konnte er seine Gedanken sortieren, denn es ging um etwas Wichtiges.

»Wegen Aaron ... Das war grausam, was wir gemacht haben. Wir wollten das wirklich nicht, aber es war grausam. Auch weil Julie und Eveline dabei waren. Ich glaube, Aaron war in Julie verliebt. Er hatte noch nie was mit einem Mädchen und hat immer auf ihren Busen geglotzt.«

Iason schwieg, und Professor Saignée drängte ihn nicht. Er wechselte, als nichts mehr kam, einfach das Thema.

»Du magst diesen Raum.«

»Das Klavier, nicht den Raum. Wenn ich spiele, fügt sich alles so gut zusammen. Ich kann mir was ausdenken und es fügt sich.«

»Du sprichst anders als an dem Tag, als du zu uns kamst, ist dir das aufgefallen?«

Viel Zeit zum Spielen, Improvisieren und Reden blieb Iason nicht.

Dass sein Aufenthalt früher endete als ursprünglich geplant, war aus seiner Sicht beinahe ärgerlich und verdankte sich nicht seinen Künsten am Piano oder seiner Leistung in der Holzwerkstatt, sondern Nora Peers vom Jugendamt Foison sowie einem neuen, noch sehr jungen, vom Zeitgeist mitgerissenen Jugendrichter, der nichts, aber auch gar nichts von Aufenthalten in Heimen für schwer erziehbare Jugendliche hielt. Nora hatte wegen Iasons vorzeitiger Entlassung eine heftige Auseinandersetzung mit Professor Saignée. Zunächst ging es um Iasons Schulabschluss.

»Was Sie hier bieten, ist kein geregelter Unterricht. Jedenfalls keiner von ausreichender Qualität. Davon abgesehen ist Iasons Aufenthalt bei Ihnen ohnehin mehr als fragwürdig.«

»Er hat beinahe einen Jungen ertränkt.«

»Weiß ich, es steht so im Protokoll. Ich war sehr wütend, als ich das verfasst habe. Aber erstens waren an dieser Tat wenigstens vier Jugendliche beteiligt, eigentlich sogar fünf, denn Iasons kleiner Bruder war ja auch dabei, hat ebenfalls zugelassen, was da mit Aaron geschah, und zweitens...«

»Sein Aufenthalt hier ist für Iason keine Strafe.«

»Darf ich ausreden? Danke. Zweitens waren die vier betrunken und zugedröhnt. Jedem Autofahrer, der in so einem Zustand einen Unfall mit Todesfolge verursacht, würde man das strafmildernd auslegen...«

»Und jedem Sittlichkeitsverbrecher auch, mir ist diese Problematik bekannt. Iason tut der Aufenthalt bei uns trotzdem gut.«

Nora hatte Professor Saignée eine Mappe überreicht, die eine psychologische Neubeurteilung der bisherigen Vorkommnisse sowie den Beschluss des Jugendrichters enthielt. Professor Saignée las sich das in Ruhe durch, zuckte mit den Schultern, nachdem er die Mappe geschlossen hatte. Nora meinte bereits, es sei alles klar. War es aber nicht.

»Sie tun dem Jungen damit keinen Gefallen.«

»Dass ich ihn hier rausholé?«

»Wissen Sie überhaupt, worunter Iason leidet?«

»Er ist lebhaft, unbedacht und schlägt über die Stränge. Deshalb gehört er aber noch lange nicht hierher.«

»Lebhaft? Er ist grenzenlos. In seinem Tun und in seiner Wahrnehmung. Er muss pausenlos irgendwelche Informationen verarbeiten, hunderte von Splittern, die ihm alle gleich wichtig vorkommen. Daraus ergibt sich, dass er sich ständig überfordert. Nur merkt er das gar nicht. Also rastet er aus, macht irgendetwas Unsinniges, schlägt über die Stränge, wie Sie das nennen. Weil er nicht gelernt hat, das zu steuern. Ich kenne seinen Vater nicht, aber wie es aussieht, hat der seinen Sohn einfach so rumflattern lassen. Geführt, angeleitet oder bestraft hat er ihn offenbar nie. Das musste die Mutter übernehmen.«

»Sie meinen, Prügel hätten Iason gut getan? Sie sind doch nicht ganz bei Trost!«

»Keine Prügel. Aber die Aufgabe des Vaters ist es nun mal, seinen Kindern, besonders den Söhnen, klar zu machen, dass er im Zweifelsfall der Stärkere ist, dass es Regeln und Grenzen gibt. So ist es eben in der Familie. Die Frau hat ihre Aufgaben und der Mann seine.«

»Es gibt andere Theorien. Etwas modernere als die Ihren. Solche der Freiheit und Gleichheit zum Beispiel.«

»Iason ist nicht frei. Das Gegenteil ist der Fall. Er ist gefangen in seiner ... beschissenen Freiheit. Schrecklich ist das. Unerträglich. Und man merkt es gar nicht. Man merkt es nicht.«

»Wer um Gottes willen hat Sie in dieses Amt gehievt?«

»Gut. Nehmen Sie ihn mit. Aber er wird wieder etwas Verrücktes machen. Er wird unglücklich sein.«

»Dann verschreiben Sie ihm was. Wozu sind Sie denn Arzt?«

Darauf lief es hinaus. Eine Flasche, aus der Iason morgens und abends je fünfzehn Tropfen zu nehmen hatte.

Kaum, dass Iason wieder zu Hause war, erzählte er Lukas von seinem Aufenthalt bei Professor Saignée. Und von den Tropfen, die er sich aus der Apotheke besorgen sollte. In der Spielhalle erfuhren sie von dem Krankenpfleger, der die Drogen brachte, dass Iasons Medikamente ihn dumm und sanft machen würden.

»Wie ein Kaninchen wirst du, wenn du die nimmst.«

Der Krankenpfleger erklärte ihnen aber auch, dass die Tropfen zusammen mit Alkohol und Haschisch einen tollen Rausch ergäben. Also fälschte Iason das Rezept und trug die doppelte Menge ein. Er musste ja jeden Morgen und jeden Abend seine Ration einnehmen, das hatte er seiner Mutter versprochen.

Der Rest war für Experimente. Iason und Lukas beschlossen, einige Tropfen bei ihrer nächsten Exkursion auszuprobieren, um herauszufinden, ob es stimmte, was der Pfleger ihnen geraten hatte.

Sturm und Drang

Er stand mitten auf Kristas Weide, man sah ihn schon aus 500 Metern Entfernung.

Zunächst wirkte er ganz normal. Gesund. Erst wenn man näher kam, erkannte man, wie es wirklich um ihn stand. Der Hochsitz hatte bereits seit Jahren kein Dach mehr, er war imposante sechs Meter hoch, wackelig wie sonst was, an einer Seite fehlten die Bretter.

Wie immer im Sommer trugen Lukas und Iason kurze Hosen und alte Sandalen, mit denen sie auch mal durch Wasser und Schlamm latschen konnten. Die grüne Fläche vor ihnen war etwas buckelig und von Entwässerungsgräben wie Linien durchzogen.

Hier am Rand der Weiden von Krista Léger, am Abgang zum ersten Graben, noch vor dem Stacheldrahtzaun, wuchsen Pflanzen verschiedenster Art. Iason blieb stehen und legte sein Gewehr am Rand des mit Basaltsplitt bestreuten Wegs auf plattblättrigem Wegerich ab. Behutsam tat er das, denn die Waffe war geladen und entsichert.

Obwohl er nicht wusste, was das sollte, legte nun auch Lukas sein Gewehr ab. Ein kühler Wind umstrich ihre Beine, die Sonne beschien die Köpfe der beiden, Augen wurden zusammengekniffen, Haare wurden heiß. Sehr heiß sogar.

Nach einer Weile begann Iason dem Freund zu beschreiben, was zu sehen war. Weißer, vereinzelt auch rosa Wiesenklee, Kamille in kleinen Pulks. Der ordinäre Klatschmohn und die zartrosa Wicken waren selbst für Laien leicht zu identifizieren. Dazwischen stand verstreut, und zudem, wie Iason erklärte, völlig unpassend, leuchtend gelber Raps.

»Den hat der Wind hergetragen«, erklärte er in einem Tonfall, als sei dieses Hertragen eine Unverschämtheit.

Weiter im Hintergrund, auf der anderen Seite des Grabens, standen fiese, krautige Kletten zwischen gemeingefährlichen Disteln und hinterhältigen Brennnesseln. Iason pflückte einen kleinen Strauß Kamille, ließ Lukas schnuppern.

»Und?«, fragte er nach einer Weile.

Der Geruch erinnerte Lukas an nichts als Erkältung, verharschten Schnee, nasse Strümpfe und Winter.

»Das ist alles?«, hakte Iason nach. »Was riechst du noch?«
»Nichts. Nur Kamille.«

Iason konnte kaum glauben, dass Lukas nicht mehr roch und offenbar auch nicht begriff, wie unpassend der Raps war, wie banal, ja aufdringlich sein, wie er sagte, grünlicher Duft.

»Komm, hör auf, Iason«, unterbrach Lukas, als der Freund gerade bei einem Geruch angekommen war, der ihn angeblich an Pfefferminz denken ließ. »Was du beschreibst, kannst du nicht riechen!«

Iason zuckte mit den Schultern, nahm sein Gewehr auf und half Lukas – nach der Durchquerung des Grabens – unter dem Stacheldraht durch.

Sie überquerten zunächst die vordere Weide. Dabei mussten sie durch sechs Gräben, in denen es ölig schillerte.

»Grundwasser«, erklärte Iason, indem er auf die faulige Brühe wies. »Meine Mutter sagt, hier ist überall welches. Deshalb säuft der Parkplatz vor dem Gemeindezentrum im Frühjahr und Herbst auch immer ab, wenn es regnet. Der Boden ist satt, sagt sie, denn unter den ganzen Weiden bis rüber nach Brüssel ist Wasser. Das kommt vom Kanal. Der drückt es hier rein.«

»Glaub ich dir alles. Können wir dann mal weiter?«

Das Durchqueren der Gräben war kein Problem, anstrengend war nur der gebückte Gang. Der war nötig, damit niemand von Envie aus die Gewehre sah. Außerdem mussten sie Kühen und einem Bullen ausweichen. Und der Bulle von Krista, das wusste jeder in Envie, war nicht ohne.

Es war nur ein Spaß, als sie mit ihren Gewehren auf ihn anlegten. Sie stellten sich vor, wie es wäre, ihn niederzuknallen. Sie waren beide ein bisschen überdreht.

Als sie endlich am Hochstand ankamen, ergriff Lukas eine der Diagonalstangen und rüttelte daran. Das ganze Gebilde begann zu schwingen.

»Lass, der ist stabil. Sonst hätten sie ihn längst abgerissen.«

»Und wenn er nun umfällt, wenn wir oben sind?«

»Der fällt nicht um, Lukas. Glaub mir. Los jetzt! Du zuerst.«

»Hältst du mein Gewehr?«

»Klar, und denk dran! Vierte, elfte, sechzehnte Stufe auslassen. Und pass auf mit den Nägeln!«

Lukas kletterte die Leiter bis fast nach oben. Iason erstieg sie dreimal zu gut zwei Dritteln und reichte seinem Freund eins nach dem anderen die Gewehre, dann den Beutel mit den Getränken.

»Rutsch mal ein Stück.«

Lukas rutschte auf dem Brett zur Seite, griff in den Beutel.

»Hier, mach auf.«

»Jetzt schon?«, fragte Iason.

»Willst du warten, bis es warm ist?«

Nach dem ersten Bier ging es ihnen richtig gut. Das lag nicht nur am Alkohol. Es war einfach ein Genuss, gleichzeitig zu trinken, es war ein Genuss zu spüren, wie der kühle Strom innen hinabrann, es war vor allem ein Genuss, sich einem Gefühl völliger Gleichgültigkeit zu überlassen, sich nur auf das Bier und die leichte Veränderung, die es bewirkte, zu konzentrieren. Iason legte den Kopf in den Nacken, schloss die Augen und beschrieb erneut vielfältige Gerüche. Diesmal die des offenen Felds.

Gerüche, wie sie über einer saftigen, ja übersaftigen, fast schon gärenden Weide entstehen, auf der oft Kühe grasen, Gerüche, wie sie entstehen, wenn eine Kuhweide den ganzen Tag in der Sonne brütet, wenn das frisch aufgeworfene Gras sich zu bewegen und aufzuwölben beginnt unter dem Fraß und Druck unsichtbarer Wesen. Gerüche auch von Gräben, in denen rötliches Wasser steht, Gerüche von Kiefernholz natürlich. Dazu ein feiner, selbst für Lukas wahrnehmbarer Duft, den Iason als Ozon identifizierte. Gerüche also – und da spielte sogar der Gesang der Vögel mit hinein, worüber Lukas nur lachen konnte –, Gerüche eines heißschwülen, verschiedentlich knisternden Nachmittags, wie ihn zwei Jungen in kurzen Hosen im Frühsommer 1970 wahrnahmen.

»Was ist eigentlich mit deinem Bruder?«, fragte Lukas, nachdem längere Zeit eine vollkommene, angenehm öde Stille geherrscht hatte und ihre Köpfe noch heißer geworden waren. »Was macht Vincent den ganzen Tag?«

»Na, er liest seine neuen Bücher«, antwortete Iason. »Und wenn er Hunger hat, schmiert er sich ein Brot.«

»Solltest du dich nicht um ihn kümmern?«

»Vinc ist gerne allein. Er liebt sein Zimmer.«

Vincent war wirklich gerne allein und er hatte mehr als genug zu lesen. Iason war dem Befehl der Mutter, sein kleiner Bruder solle sich in den Ferien nicht langweilen, gleich am ersten Tag nachgekommen. Zusammen mit Lukas war er nach Foison geradelt und hatte im Antiquariat ein sehr billiges, sehr dickes und, wie es aussah, steinaltes Buch gekauft, das von der Christenverfolgung, der späteren Ausbreitung des Christentums und den Kreuzzügen handelte. Es enthielt viele Bilder, die sicher Vincents Phantasie anregen würden. Lukas hatte ebenfalls etwas zu Vincents Bildung beigetragen, denn der hatte, obwohl er schon vierzehn war, immer noch nichts mit Mädchen gehabt. Also hatte Lukas aus der Bibliothek seines Vaters ein Aufklärungsbuch entwendet. Ein altes, mit aufklappbaren Bildern vom männlichen und weiblichen Körper. – »Kolorierte Stahlstiche«, hatte er fachmännisch erklärt.

Kein Wind, kein Hauch. Nicht die Kühe auf der vorderen Weide, ja nicht mal die Fliegen auf den Hinterteilen und an den Augen dieser Kühe hatten Lust, sich zu bewegen.

»Meinst du, die Hasen oder Fasane werden überhaupt rauskommen?«, fragte Lukas.

»Ich denke schon. Es kamen ja auch sonst welche. Zu fressen hätten sie jedenfalls mehr als genug.« Wie zum Beweis deutete er nach unten. Dort breitete sich ein sattes Grün aus, gesprenkelt mit knallgelben Blüten von Löwenzahn.

Sie stießen mit ihrem zweiten Bier an und die Wiese schien ihnen zunehmend farblich bewegt. Weil Bier und eine kräftige Sonneneinstrahlung eine Wiese bei längerem Hinsehen selbst noch in den schattigen Blau- und Grautönen höchst lebendig erscheinen lassen. Hinter ihnen türmten sich unterdessen blumenkohlförmige, an der Unterseite tiefschwarze Wolken auf.

»Ozon.« Iason hatte das Wort bereits zweimal mit einer zum Magischen verstellten Stimme gesagt und ein Gewitter angekündigt. Deshalb auch, so meinte er, der Schnellflug der Schwalben.

Lukas hatte gemahnt, sie müssten unbedingt auf das Gewitter achten, sie seien schließlich auf einem Hochstand und um sie herum gebe es keine Bäume. Iason gab ihm, was das anging, recht.

In genau diesem Bild, diesen Gerüchen eines beginnenden Sommers saßen die Freunde mit ihren Gewehren und ihrem Bier und warteten auf Fasane oder Hasen, die sie schießen würden. Lukas hatte sogar das Jagdmesser seines Vaters dabei. Falls eins der Tiere nicht gleich tot wäre, so hatte er erklärt, würde er ihm damit ins Herz stechen, die Klinge umdrehen oder ihm die Gurgel durchschneiden. Er hatte sehr genau und mit erhitzter Begeisterung beschrieben, wie er es machen würde.

Da sich noch immer kein Tier zeigte, auf das sie hätten schießen und das sie anschließend hätten abstechen können, sprach Lukas über Mädchen. Er erwähnte, dass auch Pauline sich angeblich mit älteren Männern treffen würde. Das Gespräch kam nicht in Schwung, da Iason keine Lust hatte, über Mädchen oder irgendwelche älteren Männer zu reden. Außerdem hasste er Pauline, weil die seinen Bruder auf irgendeine hinterhältige Weise reingelegt hatte. Vincent jedenfalls war nach der Rückkehr von seiner Kinofahrt mit Pauline ganz still gewesen.

»Ich wollte dann doch nicht«, hatte er gesagt. Das war sicher nicht die ganze Geschichte, aber mehr hatte er aus seinem Bruder nicht rausgekriegt. Wahrscheinlich, da war Iason sich eigentlich sicher, war es ein bisschen anders abgelaufen. Pauline hatte ihn gereizt und Vincent hatte sich nicht getraut. Sie hatte sich einladen lassen, war mitgefahren, hatte ihm Hoffnungen gemacht. Und sie wusste doch ganz genau, wie schüchtern Vincent war, sie hätte ja auch anfangen können, ihn vielleicht küssen. Stattdessen hatte sie es wahrscheinlich genossen, ihn auflaufen zu lassen. Vermutlich als Rache dafür, dass er sie so lange nicht beachtet hatte.

Ihre Köpfe wurden heißer und heißer und noch immer waren keine Tiere zu sehen. Also teilten sie sich eine weitere Flasche. Als die leer war, bat Iason den Freund, kurz sein Gewehr zu halten, stand ohne ersichtlichen Grund auf. Schrie, dass Pauline scheiße sei, ergriff einen Querbalken und warf seinen Körper vor und zurück.

»Da«, sagte Lukas. »Gerade habe ich von ihr gesprochen...«

Lukas hatte richtig gesehen. Selbst aus etwa zweihundert Metern Entfernung war der schlanke, von hier aus recht mager wirkende Körper von Pauline nicht zu verwechseln. Wie ein gleichgültiges, schlappes Tier trottete sie langsam die Rue Envie runter.

»Ich wette, die geht zum Bus und fährt nach Brüssel«, erklärte Lukas. Auch er wirkte gereizt. »Um sich mit einem zu treffen.«

»Ich hasse sie!«

»Ich auch.«

»Weißt du, mit wem sie auch immer redet? – Mit Aaron!«

»Da!«, unterbrach Lukas Iasons dunkle Gedanken.

Der Fasan war nicht weit von ihnen entfernt aus einem der Gräben gekommen.

»Willst du schießen oder soll ich?«, fragte Iason.

»Schieß du.«

Iason hatte angelegt, Lukas hatte nach seinem Jagdmesser gegriffen.

»Hast du ihn im Visier?«

»Total.«

Der Fasan schien nichts zu ahnen, er kam in aller Gemütlichkeit direkt auf sie zu.

»Jetzt schieß, mach ihn tot! Wenn du noch lange wartest, ist er unter dem Hochstand.«

Iason stand auf, zielte weiter.

»So«, sagte er schließlich.

Es war so weit. Lukas hielt sich die Ohren zu.

Aber es dauerte. Und dauerte. Und dauerte. Und irgendwann setzte Iason sich wieder hin. Sein Gesicht war knallrot und auf dem kleinen Flächen unter seinen Augen war alles feucht.

»Warum hast du nicht geschossen?«

»Weiß nicht. Besser, dass du ihn schießt.«

Da war auch Lukas rot geworden. Sie hatten sich angesehen. Lukas hielt das Messer noch eine Weile in der Hand. Drehte es ein wenig. Dann legte er es neben sich aufs Brett.

Sie schwiegen. Sie hatten es wieder nicht geschafft. Drei Hasen, vier Fasane, sogar ein Reh waren ihnen auf diese Weise während der letzten beiden Wochen entgangen.

Und genau in diesem Moment ging es los.

Blitz und Donner.

»Eine Sekunde Abstand«, erklärte Iason verschreckt. »Das ist nicht gefährlich.«

»Spinnst du?«

Sie hatten nur Pauline und den Fasan im Auge gehabt und dabei das Gewitter vollkommen vergessen. Dabei waren die schwarzen Wolken längst über ihnen. Genau genommen waren sie bereits überall um sie herum, hingen bis runter aufs Gras. Von Norden her hatte sich ein kräftiger Wind aufgemacht, der die Pappeln im Zentrum von Envie, hinter grauen Wischern aus Regen, wie eine Reihe drolliger langer Männer zur Seite drückte.

Und da platzte dann etwas in Iason.

»Komm, Lukas, wir schießen.«

Sie waren aufgestanden und hatten geschossen. Geschossen und geschossen. Erst nach unten, auf die gelben Blüten, dann auf Zaunpfähle, zuletzt ins Weite, ungefähr Richtung Rue Envie.

Heftiges Atmen. Im Wind war es nicht zu hören. Wohl aber war es zu sehen.

»Gut, oder?«

»Ja!«

Gerade das Sinnlose war das Beste gewesen daran. Ein Moment echter Freiheit.

Blitz und Donner. Diesmal fast gleichzeitig.

»Scheiße!«

Blitz und Donner.

»Wir müssen runter.«

Lukas kletterte als zweiter.

Der Wind hämmerte die Tropfen spitz auf ihre Haut, als sie die Leiter mehr runterrutschten als stiegen. Die elfte Stufe brach weg, aber Lukas konnte sich halten. Dann liefen sie. Und Lukas hielt hinten an seinen Hosentaschen etwas fest.

Über die Wiesen, über die Gräben. Zwei Jungen in kurzen Hosen hinter einem schuppig wirkenden, grauweißen Schleier. Leicht versetzt liefen sie, Iason gut eine Schrittlänge voran. Quer durchs Graue. Über Gräben, mit vorgeworfenen Beinen, und rollend, als hätten sie nie etwas anderes gemacht, unter einem Zaun hindurch...

Blitzdonner. Diesmal in einem.

»Lauf!«

Und da ging dann hundert Meter vor ihnen tatsächlich einer rein. In die alte Kastanie auf dem Hof von Vivienne Maes. Die Luft trübte sich ein. Mit Feuer hatte das, was sie zu spüren bekamen, nichts zu tun. Eher mit Druck. Einem Anprallen, dem Greifen ihrer Hände ins Leere, dem totalen Zerreißen der Welt. Weil jedes Molekül jedes einzelnen aufgesprengten Regentropfens betroffen war. So jedenfalls erklärte Iason später den Effekt, der ihnen vorgekommen war, als hätte sie ein plötzlicher Dunst hart umgriffen.

Als sie sich zuletzt an die graue Wand aus uraltem, sonnengebleichtem Holz pressten, als sie zählten, als die Abstände zwischen Blitz und Donner länger wurden, als sie stramm gepinkelt hatten und der Regen kraftvoll, nun aber senkrecht vor ihnen niederging, sagte Iason: »Irre.«

Dann eine wunderschöne Überraschung. Lukas hatte die beiden letzten Flaschen Bier nicht auf dem Hochstand vergessen. Trotz Panik. Trotz Klettern und Rennen. Sie steckten hinten in seinen Hosentaschen. Er präsentierte sie mit der Handfertigkeit eines Zauberers.

»Du bist echt einer«, sagte Iason. Nicht einfach so, sondern im Klang echter Bewunderung.

Lukas atmete tief durch und da sein Hemd ihm auf der Haut klebte, konnte Iason seine Brustwarzen sehen. Lukas mochte es selbst kaum glauben. Trotz allem waren die Flaschen da. Grün. Voll. Gerecht. Sie öffneten sie an einem Nagel, der ein kleines Stück aus einem der alten grauen Bretter herausragte. Schaum kam hoch, sie saugten und schlürften. Dann blickten Augen in Augen. Sie öffneten ihre Münder, setzten die Hälse der Flaschen gleichzeitig an, schoben sie tief rein und ließen die laue Plörre direkt in sich reinlaufen. Man hätte meinen können, sie müssten gleich kotzen deshalb.

»Das nächste Mal schießen wir was, ich schwör's dir«, sagte Iason.

Die Tropfen fielen jetzt senkrecht. Ein dichter weißgrauer Vorhang verbarg die Glücklichen vor den Blicken aller anderen.

Zwei leere Flaschen fielen schließlich zu Boden, Lider senkten sich, Körper berührten sich sachte, Lukas' Stirn spürte die raue Textur von Holz.

»Wir müssen noch die Gewehre holen«, sagte er irgendwann. Seine Stimme klang ganz erschöpft.

»Du musst zum Arzt. Du blutest. Das läuft dir total runter. Am besten du sagst, es wäre beim Aufräumen passiert.«

»Wieso beim Aufräumen?«

»Weiß nicht. Einfach so.«

Ein Grund, heftig zu lachen.

Obwohl es ein aufregender Nachmittag war, ging Iason Lukas während der nächsten Wochen aus dem Weg. Nicht, dass er plötzlich etwas gegen seinen Freund gehabt hätte, da wirkte etwas anderes. In der Anstalt von Professor Saignée hatte alles einem strikten Reglement zu folgen gehabt. Er hatte sein Bett, seinen Spind und seinen Platz in der Holzwerkstatt in Ordnung zu halten. Alles dort war das Gegenteil von Freiheit gewesen. Und doch hatte es ihm in der Anstalt am Ende so gut gefallen, dass er eigentlich nicht weggewollt hatte.

Vielleicht, so überlegte Iason, hatte es gar nichts mit Lukas direkt zu tun, sondern mit dem Bier, an das sie beide inzwischen so gewöhnt waren. In der Anstalt hatte er vier Monate lang keinen Tropfen getrunken, doch kaum dass er wieder frei war, kaum dass er wieder mit Lukas zusammen war, hatte er erneut angefangen. Sie waren völlig ausgerastet, hatten in der Gegend rumgeballert. Auch in Richtung der Rue Envie. Wäre da zufällig ein Auto gefahren, wäre Pauline noch dort gewesen, vielleicht weil sie wegen des Regens umgekehrt wäre, er oder Lukas hätten sie treffen können.

Auch nach Klavierunterricht hatte er bis jetzt nicht gefragt. Dabei hatte ihm Professor Saignée das doch in ihrem letzten Gespräch noch einmal ganz dringlich empfohlen.

Iason quälte sich, und es dauerte eine Weile, ehe er begriff, was los war mit ihm. Er sehnte sich nach der Anstalt. Er ging noch weiter in seinen Gedanken. Wäre es nicht das beste, wenn er und Lukas zusammen zu Professor Saignée zurückkehren könnten? Lukas war zwar nicht geisteskrank, aber er trank eindeutig zu viel Bier. Selbst die heldenhafte Tatsache, dass sein Freund bei ihrer überstürzten Flucht vom Hochstand noch an die letzten beiden Flaschen gedacht hatte, kam ihm nun nicht mehr so heldisch vor.

Da er selbstverständlich nicht ernsthaft darum bitten wollte, wieder eingewiesen zu werden, da er in anderthalb Jahren seinen Schulabschluss machen sollte, blieb ihm nichts anderes übrig als das zu versuchen, was möglich war. Nicht zu trinken und Lukas wenigstens eine Weile nicht mehr zu treffen.

Gleich am nächsten Tag ging Iason zu Pfarrer Jacobsen und fragte, ob der Küster ihm vielleicht noch mal etwas an der Orgel beibringen könnte.

Für die Orgel war noch immer Louis Martin zuständig, der – jeder nannte ihn so – klügste Idiot von Envie. Auf Iason hatte er früher einfach nur eklig gewirkt, und eigentlich war es noch immer so. Ständig sprach Louis über Sylvia Neersteen, eine Frau, die, wie Louis meinte, vermutlich eine versteckte Prostituierte sei.

Doch so dumm und oberflächlich Louis auch wirkte, wenn er auf dem Parkplatz vor dem Gemeindezentrum mit Simon, Vivienne, den Schwestern Le Bois und anderen sprach, von seiner Orgel und von Noten verstand er was. Sobald es darum ging, wirkte er nur noch so dumm wie damals ihr Mathelehrer, Dr. Brouwer, der außer Zahlen und Formeln nichts im Kopf hatte. Wie Zahlen und Formeln behandelte Louis auch das Gefüge der Noten, die er verwaltete. Mit Präzision. Und so, wie selbst in der Mathematik Unschärfen zulässig sind, gehörten zur musikalischen Präzision nach Louis' Auffassung auch jene Stellen, die nicht der höchsten Akkuratesse unterlagen. Das, so schien es Iason, war überhaupt das Geheimnis der Musik. Es gab akkurate Momente, inakkurate und solche, die das Ganze vorantrieben, wie einen Fluss, der mal behäbig, mal stürmisch, mal stur dahinging. Aufgeregtheit jedenfalls war nicht nötig, um etwas in Fluss oder in Schwung zu bringen.

Zweimal in der Woche ging er nun zu Louis. Immer für anderthalb Stunden. Und wenn Iason die Kirche betrat, wenn er zusammen mit Louis auf der Bank vor den Tasten und Registern saß, kam es ihm vor, als würde er in ein Gewand schlüpfen und ein anderer werden.

Er wurde von Louis sehr streng behandelt, und er wollte so behandelt werden. Denn das war ja das Neue, das, was er in der Anstalt erkannt hatte. Er musste streng behandelt werden. Weil sonst das, was krank war in seinem Kopf, wieder aufbrach. Trotz dieser lauernden inneren Bedrohung, trotz der Tropfen, die er morgens wie abends einnahm, war er im Großen und Ganzen noch immer so tollkühn wie früher.

Wäre es nicht so gewesen, er hätte sich an Sophie vermutlich niemals rangetraut.

Sophie

Er traf sie zufällig bei den Einkaufswagen, vor dem neuen Einkaufszentrum von Foison.

In der Spielhalle war sie nicht einfach nur nett gewesen, sie hatte ihn mit einem Blick angesehen ... Warum also sollte er es nicht versuchen? Er wusste ja, wie man Mädchen anspricht, an die sich sonst niemand rantraut. Es war im Grunde gar nicht so kompliziert.

»Ey! – Ey, Sophie!«

»Ja? – Ach, du bist das. Wie heißt du noch...?«

»Iason.«

Er hatte ein lockeres Gespräch mit ihr begonnen.

»Die sind echt riesig, oder?«

»Was ist riesig?«

»Na, die Einkaufswagen. Gehst du öfter hier einkaufen?«

»Manchmal.«

»Kommst du mit dem Bus oder mit dem Fahrrad?«

»Fahrrad.«
»Ich auch. Deine Stiefel, die sind neu, oder?«
Sophies Stiefel sahen wirklich toll aus. Sie hatten etwas Indianisches. Jedenfalls gab es an den Seiten zwei Reihen aus kleinen Federn. Und die waren echt, nicht aus Plastik.
»Die hast du bestimmt bei Berette gekauft.«
»Ja, warum interessiert dich das?«
»Hast sie gleich anbehalten.«
Sie reizte ihn. Jetzt noch mehr als zuvor. Denn sie hatte es wirklich drauf, ihn anzugucken, als sei er ihr scheißegal.
»Gleich anbehalten. Das mache ich auch immer, wenn ich mir neue kaufe.«
Es war kein besonders tiefgründiges Gespräch gewesen, für Iason aber doch ein besonderes. Er hatte sich noch nie mit einem Mädchen unterhalten, das so luxuriös, so kühl, so teuer wirkte. Und so gut angezogen war. Hatte er nicht eben einen leicht herben und doch künstlichen Duft wahrgenommen, den er sofort anziehend fand?
»Die riechen noch nach Leder und Imprägnierung.«
»Das riechst du?«
»Denke schon.«
»Deine Eltern machen Pralinen. Vielleicht deshalb.«
»Eine Confiserie nennt man das. Dazu haben wir zwei Verkaufsläden und sechs Transporter. Wir beliefern halb Belgien mit Pralinen, die gehen sogar rüber nach England. Außerdem backen wir die Böden für unsere Torten selbst. Der Ofen ist riesig, ich kann ihn dir mal zeigen, wenn du willst. Demnächst werden wir erweitern, mit einem noch größeren Ofen, und dann auch Brot und Brötchen backen, was früher verboten war, weil Bäcker und Konditoren etwas ganz verschiedenes ...«
Er hatte sich ein bisschen verzettelt, er schwenkte zurück aufs Eigentliche.
»Schöne Haare. Wie lang sind die, wenn du sie aufmachst?«
»Das geht dich doch wohl gar nichts an.«
»Ich frag nur.«

Wie war Iason auf das gekommen, was er dann sagte?

»Ich hab einiges an Geld dabei.«

Er hatte mit einer munteren Bewegung der Hand Münzen in seiner Hosentasche klimpern lassen.

»Wow«, sagte sie, als sie das sah.

Und Iason? Klimperte er, weil er wusste, dass Sophies Eltern reich waren? Oder war das einfach ein Fournierscher Reflex? Ihr gleich mit Geld zu kommen. Da sie etwas verdutzt guckte, ließ er es gleich noch einmal in seiner Hosentasche klimpern.

»Du willst mich hoffentlich nicht bezahlen.«

»War nur Spaß.«

»Hast du einen Platz, wo du mit deinen Freundinnen hingehst? Ich muss nicht gleich nach Hause.«

Das hatte ihn schockiert. Er kannte es anders. Eher so, dass es eine Weile dauert, bevor eine ja sagt.

Sie radelte tatsächlich mit ihm bis nach Envie. Wie mit einigen vor ihr ging er in die ›Wohnung‹. Eigentlich gehörte der Schuppen Simon Lejeune, aber der benutzte ihn schon seit Jahren nicht mehr. Iason hatte das alte Schloss geknackt und ein neues angebracht. Innen hatte er alles so hergerichtet, dass es für Mädchen annehmbar war. Dort im Schuppen hatte Sophie hell gelacht, gezeigt und gefragt: »Da auf der alten Rückbank?«

»Die ist aus einem Transporter und ganz sauber. Die Rückenlehne kann ich flach klappen, Decken hab ich auch. Und eine Kerze, die schönes Licht macht, und Kondome, also alles, was man braucht. Ich meine, in manchen Filmen machen es Verliebte doch auch im Auto, oder? Denk einfach, es wäre ein Auto. Vielleicht ein amerikanisches.«

»Verstehe. Und das Stroh da oben? Sind das die Palmen?«

»Genau.«

Auf der Rückbank allerdings war etwas extrem Peinliches passiert. Keine richtige Erektion. Dafür konnte es nach Iasons Meinung nur einen Grund geben.

Diesmal ging er selbst zu Dr. Benning, denn der war ja ohnehin informiert, was seine Behandlung anging.

»Ich nehme doch diese Tropfen.«
»Haben sie Nebenwirkungen?«
Iasons Mund war ganz trocken geworden, er konnte kaum sprechen. Dabei war er doch beinahe mit Wut zu Lukas' Vater gegangen.
»Was ist damit, Iason? Schlagen dir die Tropfen auf den Magen?«
»Nein. Aber meine Freundin...«
Lukas Vater hatte ihm geholfen. »Ich weiß, was du meinst.«
Iason erfuhr, dass er keine Angst haben musste, impotent zu sein. »Das liegt an dem Haloperidol. Das gehört zu den Nebenwirkungen. Wenn wir das Medikament irgendwann absetzen, wird alles wieder so sein wie früher.«
»Hm. Danke.«
Das war's dann mit den Tropfen.
Die Zeit mit Sophie kam Iason vor wie eine Reise »in ein Land weit hinter China«. So hatte er es seinem Bruder beschrieben, der zuerst nicht verstanden hatte, wie Iason sich mit der einlassen konnte.

Sophie zeigte ihm Stellungen, die er nicht kannte, und sie hatte beim Sex einen ganz eigenen Sinn für Humor, mochte es zum Beispiel, wenn er sie »schleuderte«. Damit war der schnelle, beinahe schon akrobatische Wechsel der Stellungen gemeint. Überhaupt war sie mit allem sehr schnell. Vor allem mit Worten. Da Sophie zudem deutlich besser als er war, was psychologische Erklärungen anging, da sie alles und jeden bis ins Innerste zu durchschauen schien, kam er selten gegen sie an und meinte schließlich, sie würde ihn beherrschen. Darüber konnte er leichter hinwegsehen als über ihre Stimmungsschwankungen. Iason wusste nie, wann und warum bei Sophie etwas umschlug. Überhaupt hatte er in manchen Augenblicken das Gefühl, er existiere gar nicht für sie.
Insgesamt war Sophie in seinen Augen ganz und gar einzigartig, ziemlich unberechenbar und ein bisschen verrückt.

So bestand sie zum Beispiel darauf, dass die Kerze beim Sex immer ganz nah neben dem Kopfende stehen musste. Manchmal glotzte sie, während sie noch mitten dabei waren, direkt in die Flamme. Wenn das passierte, kam nicht mehr viel von ihr. Das war dann, als ob er mit einer Toten schlafen würde. Irgendwann waren sie dann nur noch so halb zusammen. – Es war zum Zerreißen.

Lukas wäre natürlich derjenige gewesen, mit dem er über all das hätte reden können, aber besser nicht, denn Lukas wollte immer gleich mit ihm trinken.

Also freundete er sich für eine Weile mit seinem ehemaligen Schulhoffeind Leo an. Gemeinsam fielen sie für zwei Wochen noch einmal ein Stück zurück. In eine Art Kinderzeit, die doch eigentlich längst vorbei war. Sie hatten sich in einem der Gräben auf Krista Légers Wiesen eine Höhle gebaut, einen Unterstand, überdacht mit einigen Balken und einer Plane.

Aber die Kinderzeit war wohl doch vorbei. Und Leo hatte sich in den beiden Jahren, seit sie sich noch regelmäßig geprügelt hatten, stark verändert. Er war weich geworden, wirkte auf Iason zerbrochen. Von der Sorte hatte es in der Anstalt einige gegeben. Und genau wie einer von diesen Gebrochenen begann nun auch Leo Stellen aus der Bibel zu zitieren, die von Liebe und Zuneigung handelten. Manchmal fing er dann an zu weinen.

Iason machten dieses Weinen und Zitieren von Bibelstellen verrückt, ja beinahe wütend. Gleichzeitig wollte er Leo helfen, ihn wieder zu dem machen, der er gewesen war. Es war zum Zerreißen.

Dann geschah noch etwas. Vielleicht das Zerreißendste von allem.

Es fing an, als er und sein Bruder wie an so vielen Abenden nebeneinander auf dem Bett saßen. Erst war es ein kleines Schluchzen gewesen, dann ein größeres, schließlich gestand Vincent ihm, was passiert war.

»Es ist wegen Pauline. Weil ich sie angeblich in den Weizen verfolgt habe.«

»Wie, in den Weizen?«

»Aaron will Geld. Er hat gesagt, wenn ich ihm keins gebe, verrät er mich und sagt der Schulleitung, ich hätte sie unsittlich angegangen.«

»Hat der noch immer nicht genug abbekommen?«

»Du darfst ihm nicht noch mal was tun.«

»Wie?«

»Sagt Aaron.«

»Der kleine Spion droht mir?«

»Er meint, sonst kommst du wieder in die Anstalt.«

»Und was soll jetzt passieren?«

»Ich glaube, dass Pauline dahintersteckt«, erklärte Vincent, nachdem er eine Weile nachgedacht hatte. »Die stachelt Aaron an. Sie wäre sowieso die einzige, die gegen mich aussagen kann. Aaron war ja gar nicht dabei.«

»Was will sie denn aussagen? Du hast mir gesagt, du wolltest nicht.«

»Na ja ...«

»Du hast dich nicht getraut. Deshalb macht sie das. Weil sie beleidigt ist.«

»Sie sagt, ich hätte versucht sie zu begrapschen und in den Weizen zu ziehen. Ich meine, du verstehst das doch, oder? Ich musste ihr ja irgendwie zeigen ... Ich wollte doch so gerne, dass es was wird mit uns.«

»Du hast sie angegrabbelt, obwohl sie nicht wollte?«

»Ich hatte drei Bier getrunken. Und ich hab mich doch auch später bei ihr entschuldigt.«

»Du bis zu Pauline hin ...«

»... hab mich entschuldigt und gesagt, dass es mir leid tut.«

»Was sagt sie?«

»Nichts. Sie redet nicht mehr mit mir. Ich hab Angst, Iason. Wenn Aaron was sagt, und das macht er ...«

»Wenn, dann kann nur Pauline was sagen. Ich kümmer mich drum.«

»Aber du tust ihr nichts, bitte. Ich will nicht, dass du nur wegen mir wieder in die Anstalt musst. Aaron sagt, so

was passiert ganz schnell, wenn man rückfällig wird. Und beim zweiten Mal sind sie nicht so nett.«
»Ich tue ihr nichts, keine Angst.«

Pauline

Schon als er die Erpresserin von Weitem sah, war Wut in ihm hochgekocht. Iason schaffte es aber, sich zu beherrschen.
»Pauline!«
»Was?«
»Ich will mit dir reden.«
»Wegen deines Bruders?«
»Er wollte dich doch nur küssen!«
»Sagt er das? – Dann lügt er. Erst wollte er mich küssen, stimmt. Ich wollte aber nicht. Da hat er versucht, mich in das Weizenfeld zu ziehen. Du kannst dir ja denken warum.«
»So einer ist Vincent nicht.«
»Vielleicht nicht, wenn du dabei bist.« Sie sah ihm direkt in die Augen. »Was willst du jetzt machen? Mir was tun?«

Er hatte sie bis jetzt nie richtig beachtet. Weil sie nicht in seine Klasse ging und weil sie wirklich schlimm angezogen war. Pauline wirkte schmuddelig und ihre Haare, die sie immer geflochten als Kranz trug, ließen sie aussehen wie eine Bescheuerte aus dem letzten Jahrhundert. Erst jetzt, als er direkt vor ihr stand, sah er, dass sie eigentlich ein schönes Mädchen war. Schön und bestimmt nicht abgeneigt. Das war ja in letzter Zeit keine gewesen bei ihm, nicht mal Sophie.

Pauline Goossens hieß sie, viel mehr wusste er nicht. Außer, dass Pauline, abgesehen von Aaron, dem kleinen Wichser, keine Freunde hatte. Sie lebte mit ihrer Mutter in einer alten Bruchbude, die Vivienne Maes gehörte, und ihre Mutter war oft über einige Tage nicht da. Angeblich arbeitete sie in einer Stadt, die zu weit entfernt lag, als dass sich eine Rückfahrt nach Envie gelohnt hätte. Pauline und ihre

Mutter waren erst vor gut einem Jahr nach Envie gezogen, und was den Beruf von Paulines Mutter anging, da behaupteten Schüler aus den höheren Klassen, sie würde ihr Geld als Prostituierte verdienen. Was einigermaßen logisch klang und gut erklärte, warum sie manchmal tagelang wegblieb. Einen Vater gab es nicht, was keinen wunderte.

»Kommen deine Eltern aus Russland?«, hatte Iason sie gefragt, denn das hätte, wie er meinte, ihren Haarkranz, die Form ihres Gesichts sowie ihre etwas verwahrloste Aufmachung ganz gut erklärt.

»Pauline Goossens ist nicht unbedingt ein russischer Name, oder?«, fragte sie zurück, und er musste zugeben, dass sie da recht hatte.

»Wir kommen aus Brüssel, meine Mutter und ich.«

»Die ist oft weg.«

»Meine Mutter?«

»Ja. Wegen ihrem Beruf? Was macht sie eigentlich?«

»Sie ist Kellnerin.«

»In Brüssel?«

»Hm.«

Iason war sich nicht sicher, ob das stimmte, aber Pauline war schön, keine Frage, sie wurde sogar, je länger er mit ihr sprach, immer schöner. So gut jedoch, dass er darüber vergessen hätte, was sie und Aaron seinem Bruder antaten, konnte sie gar nicht sein.

»Vinc hat sich bei dir entschuldigt. Warum lasst ihr ihn nicht in Ruhe?«

»Wir? Wer tut ihm denn was?«

»Du und Aaron. Ihr erpresst ihn, ihr wollt, dass er bezahlt.«

Da hatte Pauline gelacht. »Ich habe niemandem außer Aaron was gesagt. Erstens bin ich nicht so, und zweitens würde mir sowieso keiner glauben. Ich will nur nichts mehr mit deinem Bruder zu tun haben. Sag ihm das. Was Aaron macht oder sagt, dafür kann ich nichts, und er hatte mir auch geschworen, dass das unter uns bleibt.«

Das nächste, was Iason gesagt hatte, war mehr aus seinem

Bauch gekommen. »Okay, meinen Bruder willst du nicht, das kann ich verstehen. Aber wir könnten ja mal ... spazierengehen oder so.«
»Spazierengehen.«
»Ja. Oder Kino.«

Die Verwandlung vollzog sich schnell und sie wirkte bis in tiefere Schichten. Nur ein paar Tage, nachdem Iason angefangen hatte, sich regelmäßig mit Pauline zu treffen, war sein Denken wie auf den Kopf gestellt. Was ihn anzog, war ihre Schwäche, nicht ihre Stärke. Eine Schwäche, die in vollkommenem Widerspruch zu ihrem Körper stand. Denn Pauline sah nicht nur gut aus, sie roch auch gut. Nach Lehm mit einer Beimischung von Öl und Benzin. Paulines Brüste waren zudem größer und fester als die von irgendeiner anderen, mit der er was gehabt hatte, und sie hatte ihr tieftrauriges Schicksal.

»Mein Vater hat meiner Mutter den Unterkiefer aus den Gelenken geschlagen. Deshalb sind wir hergezogen.«

Nach und nach hatte Pauline ihm ihre ganze Geschichte anvertraut.

»Meine Eltern waren eigentlich ganz normal. Aber weißt du, was ich glaube? Es gibt so was wie Schicksal, da können die Menschen sich noch so viel Mühe geben.«

Vierzehn Jahre lang war offenbar alles so gewesen, wie es sein sollte. Die Familie hatte eine Dreizimmerwohnung in einem Neubau am Stadtrand von Brüssel bezogen, Pauline bekam schon mit vier ihr eigenes Zimmer. Die Wohnung damals sah immer tipptopp aus, das betonte sie mehrfach.

Offenbar war Pauline trotz allem, was ihre Mutter durch die Hand des Vaters erlitten hatte, noch immer stolz auf diese Wohnung. Iason verstand zwar nicht, was der herausgeschlagene Kiefer mit einem großen Balkon, einer zum Wohnzimmer hin offenen Küche und tabakfarbenen Tapeten zu tun haben sollte, aber er akzeptierte, dass Pauline das alles sehr wichtig war.

»Mein Vater wurde plötzlich ein anderer, hat so stark zugeschlagen...« Der Satz klang wie eingeübt, »... dass der Kiefer meiner Mutter...« er kam immer gleich, Wort für Wort »... aus den Gelenken...«.

Aber war ihr Vater überhaupt schuld daran gewesen, wie er war?

Pauline meinte, nein. Es war doch kein böser Gedanke gewesen, dass er so viele Überstunden machte. Er war doch nicht mit Absicht bei der Arbeit müde geworden. Und war es seine Schuld, dass ein Stück Blech mit 200 km/h hochsprang und mitten in seiner Stirn steckenblieb, weil er die Stanze nicht hundertprozentig richtig bediente?

»Hätte die Werksleitung da nicht ein Sicherheitsgitter anbringen müssen?«

Bis dahin, bis zu diesem idiotischen Stück Blech, schien alles bis ins Kleinste gut und richtig gewesen zu sein. Es hatte zum Beispiel eine Situation gegeben, als Pauline sechs Jahre alt war...

»Meine Mutter hatte mich gebadet und mir die Haare gewaschen, weil Freitag war...«

Da hatte Pauline Schaum in die Augen gekriegt. Also hob die Mutter sie aus der Wanne, nahm ein großes, weißes Frotteehandtuch und tupfte ihr mit einer kuschelweichen Ecke den Schaum aus dem Gesicht. Pauline hatte vor Vergnügen mit ihren dünnen Beinen auf dem hellblauen Badewannenvorleger herumgetrampelt. »Kalt«, hatte sie gesagt, und dass es kitzelt und bitzelt, und sich ganz doll an ihre Mutter geklammert. Ein Spiel war daraus geworden, und so ergab sich einen Moment lang das Bild, dass Mutter und Tochter sich im Spaß gemeinsam in das Frotteehandtuch eingewickelt hatten. Lachend. Dieses Bild hatte der Vater gesehen, als er plötzlich im Türrahmen stand, und sein Blick war so voller Liebe gewesen, dass man hätte meinen können, er würde gleich platzen vor Glück.

Iason konnte sich die Situation zwar vorstellen, verstand aber trotzdem nicht, warum Pauline noch immer versuchte, ihren Vater in ein gutes Licht zu stellen.

Das mit Paulines Vater und dem herausgeschlagenen Unterkiefer war noch nicht alles. Auch mit ihrem Großvater schien es Probleme zu geben. Es kam raus, nachdem Iason noch mal genauer nachgefragt hatte, warum Paulines Mutter oft tagelang nicht zu Hause war.

»Wenn sie Kellnerin ist ... Von Brüssel nach Envie, da kann sie doch den Bus nehmen.«

»Ja, aber sie muss sich um meinen Großvater kümmern, weil er immer mehr vergisst, manchmal falsche Worte benutzt und auch schon ein paar Mal die Herdplatte angelassen hat. Die Ärzte sagen, er muss ins Heim, aber das will meine Mutter noch nicht.«

So viel Schreckliches, sie tat ihm leid. Iason war fest entschlossen, Pauline zu retten oder ihr wenigstens zu helfen, so gut er konnte. Es war ein neues, aber auch ein gutes Gefühl. Und seine Mutter hatte ja oft gesagt: »Nicht nur für dich, auch mal für andere.«

Da er noch immer halb mit Sophie zusammen war, da er keine Lust hatte, den beiden zu erklären, dass es aus seiner Sicht durchaus nicht verwerflich sei ... Um diesen Ärger zu vermeiden, traf er sich mit Pauline heimlich in dem Unterstand, den er inzwischen ein bisschen bequemer ausgestattet hatte. Mit Sophie ging er weiterhin in den alten Schuppen von Simon Lejeune.

Mit beinahe akademischem Interesse registrierte Iason, wie verschieden die beiden waren. Pauline war längst nicht so kompliziert wie Sophie, sie versuchte ihn auch nicht zu beherrschen. Bei ihr reichte es, sie ein bisschen zu küssen und dann sanft nach hinten zu drücken, wenn er Lust hatte. Sophie dagegen sammelte Pluspunkte mit ihrer Wildheit und ihrem, wenn es ihr gerade mal passte, total verrückten Humor.

So lief es während der nächsten beiden Monate eigentlich ganz gut. Er übte mit Louis an der Orgel, er übte mit seinem Bruder für die Schule, er trank nicht, kiffte nur wenig und hatte zwei Freundinnen zur gleichen Zeit. Iason war ruhig geworden darüber. Professor Saignée hatte so was ja angedeutet. Er brauchte eine geregelte Form.

Antwerpen

Mitten in dieser aufregenden, aber nicht mehr ganz so durchgedrehten Zeit erfuhr Iason, wie es wirklich um Leo stand. Sie hatten mit einigen Flaschen Bier und Cola in ihrem Unterstand gesessen, als Leo sich erst den Pullover und dann sein Unterhemd auszog.

Da sah Iason die Flecken. Einige blau, einige waren schon dabei, lila, grün und gelb zu werden. Leos gesamter Körper war damit bedeckt. Iason kannte Schläge, sehr heftige sogar. Aber seine Mutter schlug ihn immer nur auf den Po, also so, wie es normal war. Und sie hatte nie ein Holz oder so was benutzt.

»Simon?«, fragte er.

Leo nickte, fing wieder an zu weinen.

»Macht dein Vater das oft?«

Es dauerte eine Weile, ehe Leo sich so weit im Griff hatte, dass er antworten konnte. Als er sprach, war seine Stimme kaum zu verstehen.

»Ich gehe nach Antwerpen. Ich suche mir Arbeit im Hafen, irgendwann werde ich dann Matrose.«

»Und wie kommst du hin? Mit dem Bus?«

»Ich habe jemanden, der mich abholt, bei dem kann ich auch erst mal wohnen.«

Iason hatte gespürt, wie Leos Leid mit Macht auf ihn überging. Sein Mitleid schlug um, in Hass. Hass auf Simon Lejeune.

Leo ging dann aber doch nicht nach Antwerpen, er besorgte sich eine Zwille und Stahlkugeln.

Iason verstand das und traf eine Entscheidung. In der Nacht bevor sie loszogen, lief eine Art Film in ihm ab. Der Film zeigte, wie seine Mutter ihn in die Anstalt gebracht hatte, er zeigte Details der Gebäude, den Raum, in dem das Klavier stand, zum Beispiel. Das Entscheidende hatte sich hier zugetragen. Er hatte, als er gerade improvisierte, ein Geräusch gehört und über seine Schulter gesehen. In der Tür stand Professor Saignée. Der hatte ihm ein Zeichen gemacht, dass er sich nicht stören lassen sollte. Also hatte er weitergespielt. Iason wusste nicht, was ihm an dieser Erinnerung wichtig war, aber er wusste, dass er Leo zwar begleiten, selbst aber nicht mit der Zwille schießen würde. Er hatte sich im Griff. Und das ganz ohne Tropfen.

Zuerst zerschoss Leo die bauchigen Glaskörper einiger Straßenlaternen, dann zerklirrten die Glasscheiben von Simons Werkstatt und schließlich eine Fensterscheibe am Haus, wo Simon gerade im Zimmer saß.

Die Polizei wurde eingeschaltet, denn am nächsten Abend wurden Autos auf der Rue Envie angegriffen. Eins schlitterte von der Straße runter und knallte gegen eine Pappel. Richtig verletzt wurde zum Glück niemand, denn es war ein Volvo, der schon Sicherheitsgurte hatte.

Simon wusste sofort, wer ihm die Scheiben zerschossen hatte. Die Folgen für seinen Sohn waren entsetzlich. Leo lief für zwei Tage weg und wurde wieder zurückgebracht. Nora kam im Auftrag des Jugendamts. Und ging wieder, nachdem sie lange mit Simon gesprochen hatte.

Iason sprach mit Lukas, Eveline und Julie. Keiner hatte auch nur die geringste Lust, sich für Leo einzusetzen. Also versuchte er, seine Eltern davon zu überzeugen, dass sie Leo bei sich aufnehmen müssten. Sein Vater sagte nicht viel, sah jedoch keinen vernünftigen Grund, sich jemanden ins Haus zu holen, der kriminell war. Emely gefiel vor allem nicht, dass Iason, der doch bereits mehrfach mit dem Jugendamt und der Gendarmerie zu tun gehabt hatte, sich nachts mit Leo herumtrieb.

Nach dieser Unterredung sprach Iason zwei Wochen lang nicht mehr mit seinen Eltern und verbrachte die Nächte mit Leo in ihrer Höhle. Sie tranken viel. Leo Bier. Iason Cola. Und sie lagen sehr eng zusammen.

In ihrer letzten Nacht klammerte Leo sich sehr eng von hinten an ihn. Für Iason war das diesmal zu viel. Hier passierte etwas Krankes, etwas, das nicht gut war für das, was in seinem Kopf doch noch immer da war. Ein Schock fuhr ihm bis in jedes Härchen seines Körpers, eine unbezähmbare Panik stieg auf, es war zum Zerreißen. Er machte sich frei, sprang auf und fing an, Leo zu treten. Heftig zu treten. Er trat ihn so lange, bis Leo aus der Höhle raus war und floh.

Klar, er hatte Leo, wenn der weinte, manchmal in den Arm genommen und gestreichelt. Aber er war doch nicht schwul. Im Gegenteil, er hatte zwei Freundinnen zur gleichen Zeit. Iason fand Leo und das, was der versucht hatte, einfach nur eklig. Abartig eklig. Er musste sich sofort etwas beweisen. Mit Pauline wäre es einfach gewesen, aber die war mit ihrer Mutter beim Großvater. Also lief er zu Sophie. Um das mit Leo wieder in Ordnung zu bringen, gewissermaßen. Um sich zu reinigen.

Er hatte kleine Steine gegen ihr Fenster geworfen, und als sie es geöffnet und runtergesehen hatte...

»Ich brauch dich. Bitte, Sophie. Du musst mir helfen.«

Und sie war runtergekommen.

Sie hatte mit ihm geschlafen, obwohl er sie mitten in der Nacht aus dem Bett geholt hatte. Sie war eben doch nicht so kalt, wie manche meinten.

Während er den Schuppen abschloss, hatte er Sophie etwas gefragt. Auf dem Rückweg vom Schuppen band sie sich nämlich immer noch ein zweites Mal die Haare zusammen. Obwohl sie das auch schon im Schuppen machte.

»Warum ich mir die Haare zweimal zusammenbinde? Ich könnte dich auch fragen, warum du sie immer in den Mund nimmst und warum du meine Haargummis so magst. Du bist ein bisschen pervers, oder?«

»Ich frag nur.«

Sie hatte gelacht. Das war ein wirklich guter Moment gewesen. Dieser Blick von ihr und ihre Hände hinten in ihren Haaren, weil sie noch mit ihrem Haargummi beschäftigt war. Wusste sie, wie das auf ihn wirkte? Er hatte doch nie etwas gesagt. Was sie mit ihren Haaren machte, war bei Sophie jedenfalls eindeutig besser als bei Pauline. Als er einmal, vielleicht ein bisschen zu doll und hastig, versucht hatte, Paulines Haarkranz aufzumachen, hatte sie ihm eine geknallt.

Fast hätte er über dieser ganzen Haargummigeschichte vergessen, dass er Sophie noch um etwas anderes bitten wollte.

»Wegen dem Abend, als Leo mit seiner Zwille auf das Auto geschossen hat ... Die Polizei war bei uns, weil mal wieder jemand behauptet hat, ich wäre dabei gewesen.«

»Hast du mit der Zwille geschossen?«

»Nein, das war Leo ganz allein.«

Sie nickte. Iason schloss daraus, sie hätte alles geschluckt.

»Wenn mich wer fragt, sage ich, wir waren zusammen. – Leo war mal dein Freund, stimmt's? Ein merkwürdiger Freund, wenn du mich fragst.«

»Ja, er ist schwul und auch sonst ziemlich kaputt.«

»Fast jeder hat einen merkwürdigen Freund. Ich habe auch eine merkwürdige Freundin.«

»Ah ja? Wen?«

»Pauline. Wir gehen manchmal zusammen auf Partys. Sie hat mir viel von euch erzählt. Bei ihr bist du wohl ganz anders als bei mir. Aber mit ihr schläfst du ja auch in einer Höhle.«

Das hatte sie erst mal so stehen lassen, und Iasons Mund war zu trocken gewesen, um etwas zu sagen. So gingen sie eine Weile schweigend nebeneinander durch eine ziemlich eisige Kälte.

»Du glaubst wahrscheinlich, ich wäre sauer«, sagte sie schließlich. »Ich bin aber nicht so verklemmt wie die anderen Mädchen. Ich möchte nur wissen, warum du mit ihr in einer Höhle schläfst und mit mir in einem Schuppen.«

»Was sind das für Partys, auf die ihr da geht?«

»Andere als die, die du kennst. Also, was ist mit der Höhle? Keine Angst, ich bin nicht sauer. Männer hatten schon immer den Drang, mehrere zu haben, es gibt Länder, da ist es noch heute so.«

Sie war großartig, fand er, sie nahm es total offen. Und so war Iason nach dem ersten Schock schnell erleichtert. Die ganze Zeit über hatte er verhindern wollen, dass sie etwas merkte. Und jetzt redete sie so. Nahm es locker. Er war ihr unglaublich dankbar. Es war nun an ihm, ehrlich zu sein, sich nicht länger zu verstellen.

»Pauline ist anders als du. Mit Pauline zum Beispiel rede ich viel. Wegen ihrem Vater, weil sie den so vermisst und ihr was ganz Wichtiges fehlt.«

»Hat sie dir die Geschichte von ihrem Vater erzählt?«

»Ja.«

»Die mit dem Zoo und dem runtergefallenen Ast oder die mit dem Unterkiefer und dem Frotteehandtuch?«

»Die mit dem Frotteehandtuch.«

»Die erzählt sie jedem zweiten. Egal. Wie bin ich denn für dich? Warum gehst du mit mir in einen Schuppen und nicht in deine Höhle?«

»Weil ... Du bist für mich so was wie eine Lady.«

»Was heißt das?«

»Na, du bist mehr was für drinnen.«

Hatte sich ihr Gesicht da gerötet?

»Du bist feiner mit allem. Du willst zum Beispiel, dass ich für dich bezahle. Du hörst klassische Musik. Du isst andere und viel teurere Sachen als Pauline.«

Sie wurde nicht wütend. Im Gegenteil. Sie legte den Arm um ihn und zog ihn zu sich heran. Wie einen Freund. Das hatte sie vorher noch nie so gemacht. Es war eine irre Nacht. Erst die eklige Geschichte mit Leo und jetzt das.

So gingen sie eng umschlungen. Dabei kamen sie an der Allee mit den Birken vorbei und Iason musste an das Mädchen aus Brüssel denken. Er wünschte sich, er hätte ihre Adresse. Es war einfach ein ganz und gar großartiger Moment. Er spürte, dass er Macht über Frauen besaß. Oder doch wenigstens über die Mädchen in seinem Alter. Eine solche Macht, dass sie ihm alles verziehen.

»Was sind das für Partys, auf die ihr geht?«

»Da kommt nicht jeder rein.«

»Und was macht ihr da?«

»Reden vor allem. Und natürlich auch tanzen, uns küssen, schwimmen. Es gibt ein Klavier und im Keller ein Schwimmbad und eine Sauna.«

»Und warum hab ich noch nie was davon gehört?«

»Weil du das nicht solltest. Wenn ich dich irgendwann mal mitnehme, dann bedeutet das, dass du für immer dabei bist. Und es bedeutet, dass du niemandem davon erzählst. Wenn du das tust, gibt es richtig Ärger.«

Als sie beim Haus ihrer Eltern ankamen, küssten sie sich noch einmal, und Iason meinte, der Kuss sei ein ganz anderer gewesen als die, die er bis jetzt von ihr kannte.

Die Suche

Die Suchmannschaften hatten sich bereits früh am Morgen auf dem Parkplatz vor dem Gemeindezentrum versammelt. Anweisungen wurden ausgegeben. Der Nebel, der jetzt, im Dezember, verstärkt aus dem Kanal aufstieg, sich über alles ergoss, lag so flach und dicht, dass alle fast bis zu den Knien in dieser Suppe versanken.

Obwohl fast jeder Fragen oder wenigstens Vermutungen hatte, war es eigentümlich still. Alle hatten ihren Platz, ihre Funktion, alle hatten sich den Anweisungen der Gendarmerie ohne auch nur einen Anflug von Widerspruch gefügt.

Der Fotograf Hendrik Vanoppen schoss damals Bilder, denen man den Ernst der Lage noch heute ansieht. Männer und Frauen mit langen Stöcken. Hunde. Von denen sieht man auf den Schwarzweiß-Aufnahmen nur die Köpfe. Viele Taschenlampen, zwei altertümliche Laternen. Für den Fall, dass sie bis in die Nacht hinein suchen würden.

Frauen ... Pfarrer Jacobsen unter ihnen, er stand neben Pauline ... Frauen hatten an improvisierten Tischen Brote geschmiert, in Fettpapier eingewickelt und ausgeteilt. Heiße Getränke wurden in Thermoskannen gefüllt und anschließend zusammen mit den Brotpaketen mit bedächtigen Bewegungen in Rucksäcken verstaut. Dass Pauline sich an etwas Offiziellem beteiligte war neu, es wurde positiv aufgenommen. Vor allem von Pfarrer Jacobsen. Erst nachdem ihm Pauline auch noch beim Aufräumen geholfen hatte und er mehr und mehr den Eindruck bekam, dass sie sich unbedingt in seiner Nähe aufhalten wollte, wurde ihm die Sache unangenehm und er schickte sie, vielleicht ein bisschen harsch, nach Hause.

Sie suchten bis in die Nacht hinein, der Blick aller ging gen Boden, sie fragten sich, wann sie etwas finden würden.

Rufe.

Lichter wie Reihen aus Punkten.

Sie suchten im Wald, sie suchten auf den Feldern. In Gräben. Am Kanal natürlich, bis fast rein nach Brüssel. Sie suchten an den Ufern des Lac Virelle.

Immer wieder riefen sie seinen Namen, bogen Büschel aus Schilf auseinander.

Von Leo keine Spur, kein Ton.

Alle, die sich auch sonst engagierten, machten mit. Und einige mehr. Man hatte den älteren Schülern schulfrei gegeben. Die beiden ersten Tage vergingen in einer höchst angespannten Stimmung, die bald die ganze Siedlung erfasste. Am zweiten Tag hatte es eine kleine Verwirrung beim Schmieren der Brote gegeben, weil Pauline nicht kam. Es fand sich dann aber schnell eine Frau, die ihren Platz einnahm.

Kaum einer hatte Leo besonders gemocht, und doch war das Gefühl der Zusammengehörigkeit während dieser Tage stärker als selbst auf den Schützenfesten der vergangenen Jahre.

Auch von der Gendarmerie her war längst unternommen worden, was möglich war. Die Suche nach Leo Lejeune lief landesweit, wobei man besonders den Hafen von Antwerpen im Auge hatte, da mehrere seiner Klassenkameraden aussagten, er habe davon gesprochen, abzuhauen, um in Antwerpen im Hafen zu arbeiten und später Matrose zu werden.

Iason war die ganze Zeit dabei. Er schien endlos durchhalten zu wollen. Es war seine Pflicht, wie er meinte.

Am dritten Tag der Fund.

»Leiche!«, hatte jemand gerufen.

Aber es war nicht der Körper von Leo, es war der von Pauline. Sie lag im Schnee, am Rand eines Grabens, weit jenseits des Lac Virelle. Weiß überhaucht. Hart wie ein Brett.

Das Gelände flach, allgemein, nichtssagend wie eine unvollkommene Bühne.

»Die liegt doch nicht erst seit ein paar Stunden da. Warum hat ihre Mutter sie nicht als vermisst gemeldet?«, fragte Sergeant Mertens, kaum, dass er vor Ort war.

Ein Commissaire aus Brüssel wurde hinzugezogen. Als er und Mertens am Haus von Paulines Mutter klingelten, war niemand zu Hause. Commissaire Frank gab Mertens den Befehl, ihn zu informieren, sobald sie wieder da war. Dann kehrte er nach Brüssel zurück. Drei Stunden später rief Paulines Mutter auf der Gendarmerie an und meldete ihre Tochter als vermisst.

Sergeant Mertens versuchte Commissaire Frank zu benachrichtigen, der aber saß in einer Sitzung. Also bat er Nora, ihn zu Paulines Mutter zu begleiten. Nora fiel keine sanfte Methode ein. So ließ sie nach ihrer Ankunft nur etwas Stille einkehren und sagte dann: »Wir haben ihre Tochter gefunden.« Paulines Mutter hatte zuerst gar nicht verstanden, was gemeint war.

Commissaire Frank fühlte sich übergangen von dieser übereilten Aktion. Als er dann Paulines Mutter aufsuchte, hatte er zwei Kollegen dabei, für den Fall, dass einer von ihnen den Vorgang würde weiterbearbeiten müssen. Warum hatte das Mädchen dort gelegen, woran genau war sie gestorben? Obwohl seine Zeit stets knapp bemessen war, schaffte es Commissaire Frank, einen gesammelten Eindruck zu vermitteln, als er die Befragung begann.

»Madame Goossens, ich weiß, wie schwer das jetzt für Sie ist. Aber vielleicht fühlen Sie sich doch in der Lage…«

»Wenn es nicht zu lange dauert«, unterbrach sie ihn. Sie wirkte hellwach.

»Wann haben Sie Ihre Tochter das letzte Mal gesehen?«

»Donnerstag Abend...« Sie brauchte einen Moment, ihre Augen gingen zuerst scharf nach links, dann nach rechts. Es sah aus, als würde sie einen Angriff von hinten befürchten. Zuletzt sah sie Commissaire Frank direkt in die Augen und ihre Stimme klang beherrscht, als sie ihren Satz beendete. »Bevor ich zu meinem Vater gefahren bin.«

»Sie waren fast vier Tage weg?« fragte Commissaire Frank.

Sie saß da, die Knie zusammengedrückt, mit einem Blick, einer Haltung, als würde sie pausenlos über etwas nachdenken.

»Ja, vier Tage«, sagte sie schließlich.

»Sie haben Ihre Tochter vier Tage lang allein gelassen?«

Da hatte ihr Unterkiefer einige seitliche Bewegungen gemacht. Commissaire Frank erschrak über die Kraft und Wut, die nun aus der doch eher zierlichen Frau herausbrachen.

»Sie wissen gar nichts!«

Sie beruhigte sich nicht, wollte auch nicht beruhigt werden. Stattdessen wiederholte sie den Satz noch dreimal, schrie den Commissaire zuletzt regelrecht an, ohne ihn wirklich zu meinen. Dann krümmte sich ihr Körper zusammen und sie schien zu versinken. Allerdings auf recht kräftige Art. Ihre Atmung erinnerte den Commissaire an Presswehen. Es war außer Kontrolle. Dr. Benning wurde gerufen, er gab ihr eine Beruhigungsspritze.

Draußen schlug Sergeant Mertens dem Commissaire vor, mit Nora zu sprechen.

»Die ist vom Jugendamt und weiß, was im Haus los war. Wir könnten das bei uns auf der Gendarmerie machen.«

Es widerstrebte Commissaire Frank zwar, sich auf indirekte Auskünfte verlassen zu müssen, aber im Moment war das besser als nichts.

Als Nora auf die Gendarmerie Foison kam, als beide saßen und Sergeant Mertens den Raum verlassen hatte, ließ der Commissaire erst mal ein bisschen Dampf ab. »Machen Sie so etwas öfter? Die Arbeit der Polizei übernehmen?«

»Ich wurde von Sergeant Mertens dazu aufgefordert, Sie

waren nicht erreichbar. Davon abgesehen, wenn es meine Zöglinge betrifft ...«
»Sie arbeiten auf dem Jugendamt, Madame Goossens wird nicht ihr Zögling sein.«
»Nein, aber Pauline blieb manchmal weg und die Mutter war bei all dem Chaos in ihrem Leben etwas nervös. Also habe ich ihr geholfen, einen Antrag auf Unterstützung zu stellen. Der ist aber noch nicht durch. Ich hielt es für richtig, wenn jemand, den sie kennt, ihr die traurige Nachricht überbringt. Was wollen Sie denn überhaupt wissen?«
»Warum das Kind über Tage allein gelassen wurde zum Beispiel.«
»Pauline war sechzehn, sie war kein Kind. Sie und ihre Mutter machen das schon seit einiger Zeit so. Der Vater von Madame Goossens ist dement und kommt nicht mehr alleine zurecht. Im Moment geht es darum, ihn in einem Heim unterzubringen. Die Situation ist im Grunde schon seit längerem nicht mehr haltbar, aber Madame Goossens wollte ihren Vater unbedingt in seiner Wohnung belassen. Pauline wusste von all dem. Sie kam damit klar, fuhr auch manchmal mit zu ihrem kranken Großvater. Paulines Noten in der Schule haben darunter bis jetzt nicht gelitten, sie wurde nicht auffällig.«
»Außer, dass sie nachts wegblieb.«
Nora drehte ihren Kopf ein Stück nach links, sie schien dort einen Aktenschrank in Augenschein zu nehmen. »Offenbar habe ich das alles falsch eingeschätzt.«
»Was ist mit Paulines Vater?«
»Der ist vor zwei Jahren ums Leben gekommen, wurde von einem Auto überfahren, worunter Madame Goossens sehr gelitten hat. Und nicht nur finanziell.«
»Sie haben über ihre Ehe gesprochen?«
»Wenn es Probleme mit Kindern oder Heranwachsenden gibt, spreche ich natürlich mit den Eltern. Die Ehe zwischen Monsieur und Madame Goossens, war, nun ja, schwierig. Madame Goossens ist hierhergezogen, um Abstand von ihrem Mann zu gewinnen, dann ist er gestorben, und sie

stand mit ihrer Tochter allein da. Sie hat eine Stelle als Kellnerin angenommen und ist nach Envie gezogen, was finanzielle Gründe hatte. Pauline musste sich darauf einstellen, dass ihre Mutter wegen des dementen Großvaters oft weg war. Das hatte sie, wie ich meinte, gut hinbekommen.«

»Bis auf die Tatsache, dass sie die Nächte offenbar gerne woanders verbrachte. Deshalb hatten Sie doch Kontakt zur Familie, wie Sie eben sagten. Mein Problem ist, dass wir bis jetzt nicht mal wissen, wann und von wem das Mädchen das letzte Mal lebend gesehen wurde.«

»Freitagmorgen hat sie uns noch geholfen, Brote zu schmieren. Für die Suchmannschaften. Leo Lejeune wird doch seit einigen Tagen vermisst.«

»Ich weiß. Zwei Jugendliche in kaum einer Woche.«

»Ich glaube, Pauline war mit Iason befreundet, vielleicht weiß der etwas. Er wohnt mit seinen Eltern in der Rue Pensée.«

»Kannte er Pauline gut? Ich meine, war er mit ihr zusammen?«

Nora überlegte, zog schließlich die Schultern hoch.

»Das weiß ich nicht. Wollen Sie ihn befragen?«

»Selbstverständlich.«

»Dann wäre ich gerne dabei.«

»Unbedingt! Ich möchte weder Ärger mit dem Jugendamt bekommen, noch mit Staatsanwalt Vernier.«

»Liegt denn eine Straftat vor?«

»Es ist zu früh, da etwas zu sagen. Äußere Verletzungen scheint sie nicht zu haben, Spuren einer zweiten Person gab es am Fundort nicht. Und dort lag Schnee, da hatten wir Glück. Am wahrscheinlichsten scheint mir, dass Pauline sich verlaufen hat. Vielleicht spielten Alkohol oder Drogen eine Rolle. Wir werden sehen.«

Iason war dem Commissaire keine große Hilfe.

»Als wir uns Freitagmorgen getroffen haben, um Leo zu suchen, stand Pauline zusammen mit dem Pfarrer und einigen Frauen am Tisch und hat Brote geschmiert. Wir sind dann aber gleich los, Leo suchen. Danach habe ich sie nicht mehr gesehen. Ich habe nur an die Suche gedacht. Ich hätte mich eigentlich wundern müssen.«

»Du hast Leo gesucht, das war völlig in Ordnung«, mischte sich Nora kurz ein.

»Warst du eng mit Pauline befreundet?«

»Wir waren zusammen.«

»Habt ihr manchmal die Nacht irgendwo gemeinsam verbracht?«

»Klar.«

»Hat Pauline dir vielleicht mal davon erzählt, dass sie vor irgendwem Angst hat?«

»Nein.«

»Hast du eine Idee, warum Pauline da hingegangen ist, wo wir sie gefunden haben? Auf der anderen Seite vom Lac Virelle ist doch nichts.«

»Nein, weiß ich nicht. Ich weiß nur, dass sie traurig war. Wegen ihrem Vater. Sie hat sich mal mit meinem Bruder über Selbstmord unterhalten.«

Vincent wurde reingerufen.

»Warst du auch mit Pauline befreundet?«

»Nicht richtig, wir waren aber zusammen in den Stunden von Pfarrer Jacobsen.«

»Dein Bruder sagte eben, Pauline hätte mir dir über Selbstmord gesprochen.«

»Ja, das war, als wir uns einmal nach der Stunde beim Pfarrer über Leid unterhalten haben, und über das Mädchen, das in Foison von einer Brücke gefallen war. Da hat sie so was gesagt. Selbstmord, und dass sie an so was manchmal denkt.«

»Da bist du dir sicher.«

»Ganz sicher. Pauline war oft traurig und ich glaube, deswegen war sie auch im Debattierclub von Pfarrer Jacobsen. Weil es da immer um so was geht. Also um den Tod, die Unsterblichkeit der Seele und wie schwer es ist, ein Mensch zu sein. Pfarrer Jacobsen ist jemand, der einem sehr gut erklären kann, dass es Menschen schon vor Jahrhunderten so gegangen ist, dass sie schon immer gelitten haben und vor dem

Sterben Angst hatten. Er ist dabei aber nicht der Meinung, dass es die Aufgabe Gottes oder der Religion ist, das in Ordnung zu bringen, sondern dass der Mensch selbst kämpfen muss, dass er Tag für Tag in der Revolte lebt, gegen den Irrsinn des Lebens. Nur die Unsterblichkeit der Seele, die ist ihm gewiss.«

»Wie alt bist du?«

»Bald fünfzehn.«

»Und der Pfarrer redet so mit euch?«

»In Foison reden sie über Vietnam. Es ist nicht mehr wie früher.«

Bei der genauen Untersuchung von Paulines Körper zeigte sich, dass niemand ihr auch nur ein Härchen gekrümmt hatte. Kampfspuren oder Fußabdrücke, abgesehen von ihren eigenen, waren auch nach gründlichster Inspektion des Leichenfundorts nicht entdeckt worden. Sie schien sich einfach dort an der Böschung des Grabens in den Schnee gelegt zu haben und dann eingeschlafen zu sein.

»Sehr hoher Alkoholpegel, größere Mengen eines Sedativums, vermutlich Valium«, hatte der Gerichtsmediziner im Protokoll vermerkt.

Nachdem Paulines Mutter einen Brief gefunden hatte, in dem viel von Leid, Tod und einem Weggehen auf immer die Rede war, deutete tatsächlich alles auf Selbstmord.

Auf dem Parkplatz vor dem Gemeindezentrum gab es erste Gerüchte und Spekulationen, außerdem ging die Suche nach Leo weiter. Auch dabei wurde viel spekuliert und es bildeten sich zwei Lager. Die einen meinten, Leo sei zu bedauern, da sein Vater Simon ihn viel zu hart behandelt habe, andere waren der Ansicht, er hätte ihn noch viel härter rannehmen müssen.

Kamille und Lavendel

Iason beteiligte sich nicht mehr an der Suche nach Leo. Er lag die meiste Zeit im Bett, wies bei einer Gelegenheit sogar die Hühnerbrühe seiner Mutter zurück und wollte mit niemandem reden.

Fünf Tage später wurde Paulines Leiche freigegeben. Zwei weitere Tage später wurde die Suche nach Leo eingestellt. Man hatte ihn in Antwerpen aufgespürt, wo er seit Tagen wegen Einbruchs und Körperverletzung einsaß. Er hatte einen falschen Namen angegeben und blieb vorerst in Untersuchungshaft.

Auf dem Parkplatz vor dem Gemeindezentrum entlud sich bei Einbruch der Nacht eine lange gezähmte Spannung. Fackeln brannten, jemand kam darauf, dass Ronny nicht bei der Suche mitgeholfen hatte und angeblich FKK-Zeitschriften las, in denen auch nackte Kinder und Jugendliche abgebildet waren. Es war abzusehen, dass es zu Ausschreitungen und Übergriffen kommen würde. Pfarrer Jacobsen verhinderte das, indem er eine improvisierte Predigt zwischen den Fackeln hielt. Hinterher sagten viele, es sei die beste Ansprache gewesen, die sie je gehört hätten.

Paulines Mutter verließ Envie, nachdem sie ein Armenbegräbnis in Auftrag gegeben hatte. Sie musste sich um ihren Vater kümmern, der einen Briefträger geohrfeigt hatte. Bei Iason schlug etwas um, nachdem Vincent ihm von dem Armenbegräbnis erzählt hatte.

»Was bedeutet Armenbegräbnis?«, fragte er seine Mutter.

»Es bedeutet, dass Pauline ein sehr einfaches Begräbnis bekommt. Ohne viel Drumherum mit einem kleinen hölzernen Kreuz. Jetzt sei mir nicht böse, Iason, aber ich habe einen wichtigen Termin. Wir reden heute Abend.«

Vincent brachte für Iason Näheres beim Pfarrer in Erfahrung.

»Er sagt, eine richtige Trauerfeier und Beerdigung müsste

eigentlich ihre Mutter bezahlen. Aber die hat nichts, also bekommt Pauline eine Beerdigung für Arme. Sie kann froh sein, hat er noch gesagt, dass sie überhaupt beerdigt wird. Wo es doch wohl Selbstmord war.«

Iason machte diese Auskunft völlig verrückt. Er wollte unbedingt, dass es ein richtiges Begräbnis gab. Vincent war zuerst beinahe ein bisschen erleichtert gewesen, weil ja nun die Geschichte mit seinem Überfall im Weizenfeld aus der Welt war. Dann jedoch stellte er sich auf die Seite seines Bruders. Auch er fand, es sei wichtig, dass Pauline so bald wie möglich aus dem Leichenschauhaus herauskam und anständig beerdigt wurde. Gemeinsam baten sie ihre Mutter noch am selben Abend, für ein würdiges Begräbnis zu sorgen. Emely verstand zunächst gar nicht, was der Unsinn sollte.

»Die Beerdigung ist Aufgabe ihrer Verwandten. Was ist denn mit der Mutter?«

»Die hat nichts...«

»...und der Pfarrer hat mir gesagt, es eilt, Pauline kann nicht ewig im Leichenschauhaus liegen.«

Iason hatte bereits einen leicht erhitzten Kopf, und das war nicht gut, wie Emely wusste. Mehr noch, er schien sich sehr genau ausgemalt zu haben, wie Paulines Beerdigung auszusehen hatte. Welche Blumen, was für Kränze, welche Kerzen, sogar klassische Musik mit Geigen wünschte er sich.

»Und ein Totenlicht!«

Da es ihm ungeheuer ernst mit all dem zu sein schien und er immer wieder sagte, Pauline sei doch ein Mensch gewesen, da Vincent in, wie Emely meinte, ungewohnt männlicher Manier zu seinem Bruder stand, hatte sie sich, obwohl sie wahrlich Besseres zu tun hatte, die Zeit genommen, es ihren Söhnen zu erklären.

»Man kann nicht alle beschützen und retten. Wenn wir damit anfangen, was meint ihr, würde passieren? – Es käme schon bald der nächste. Dann noch einer. Alle in Envie denken, wir hätten Geld ohne Ende. Und es gibt viele, die wenig haben. Wenn wir einmal bei so etwas einspringen, fordern andere das gleiche Recht. Hast du dir mal überlegt,

Iason, was am Ende dabei rauskommt? Man wird uns hassen, wenn wir nicht immer zahlen. Glaub mir, die Leute hassen gerne, wenn sie meinen, ihnen stünde etwas zu, das sie nicht bekommen.« Sie machte eine kleine Pause, damit Iason das Gesagte verarbeiten konnte. Dann wurde ihre Stimme sanfter. »Es tut mir natürlich leid, wenn Pauline nicht so beerdigt wird, wie du es dir vorgestellt hast, aber so ist es nun mal. Es gibt Länder, in denen geht es viel schlimmer zu. Da kommen die Menschen einfach in eine Grube.«

»Pauline war meine Freundin!«

»Ich habe dir eben erklärt, wie es ist.«

»Du hast immer gesagt, man muss für andere einstehen!«

Er war laut geworden, zeigte sich von seiner unschönen Seite. So entschlossen, wie er früher gewesen war, Leo zu besiegen, so entschlossen war er jetzt, seinen Willen durchzusetzen. Professor Saignée mit seiner Geduld und den Gesprächen am Klavier hatte es geschafft, dass er etwas ruhiger geworden war, aber er hatte ihn nicht wirklich ruhig gemacht. Es war einfach nicht totzukriegen bei Iason.

Emelys Stimme wurde noch sanfter. Sie nahm sogar Iasons Hand in ihre Hände.

»Besser, du siehst es ein. Es ist nicht alles so schön und freundlich, wie man sich das vorstellt oder wünscht. Mir wäre es auch lieber, alle hätten es gut. Glaub mir.«

Vincent hatte es zuerst eingesehen, dann auch Iason. Es war nicht alles so schön, und irgendwie wollte seine Mutter nicht. Da er vor ihr noch immer großen Respekt hatte, da sie bis jetzt stets gewusst hatte, wie es laufen musste, nickte schließlich auch er.

»Schön, dass du es verstehst, Iason. Wir sind Geschäftsleute und du weißt, was das heißt.«

»Drauf achten. Auf unser Geld. Und darauf, dass man uns am Ende nicht hasst.«

»Richtig.«

Emely war ungeheuer erleichtert gewesen, dass Iason es so vernünftig nahm. Ihre Erleichterung allerdings kam zu früh.

Iason schlug mit der flachen Hand auf den Tisch. »Ich

gehe zum Pfarrer«, erklärte er mit einer Entschlossenheit, die Emely nur zu gut bei ihm kannte. »Der muss sie beerdigen. Mit allem, was sich gehört, und einem richtigen Stein mit Buchstaben aus Gold. Pauline war mit Vincent in seinen komischen religiösen Lehrstunden. Er ist verpflichtet, sonst taugt er nichts und das werde ich allen sagen, wenn er sich nicht drum kümmert. Wozu sonst brauchen wir ihn?«

Ebenso heftig wie Iasons Entschlossenheit war die Solidarität seines Bruders. Nur zeigte sie sich ohne Worte. Vincent hatte seine Unterlippe mit derartiger Kraft in die Mangel genommen, dass schon Blut kam.

Kein weiteres Wort, die Brüder zogen zusammen ab.

Als sie bei Pfarrer Jacobsen vorstellig wurden, legte Iason sofort mit Wucht und einigen Drohungen los. Was völlig überflüssig war, wie sich schnell zeigte, denn der Geistliche hatte längst alles geregelt.

So bekam Pauline Goossens eine Nachtwache mit Sträußen aus Kamille und Lavendel sowie eine würdige Beerdigung auf dem Friedhof von Envie. Mit einem soliden Sarg, Blumen, Kränzen, Gebeten, Geleitsätzen, einem Übergabesegen, sie ins Jenseits zu geleiten, einem Streichquartett sowie einem Totenmahl, an dem fünfundzwanzig Personen teilnahmen.

Paulines Mutter war zurückgekehrt, sie wirkte verstört und etwas sediert, Lukas war da, er trank zu viel, die Brüder Fournier waren da, was sich versteht, Emely und Auguste Fournier waren da, der Pfarrer, Louis Martin mit dem Streichquartett, Monsieur Arronde, Mademoiselle Decuyper, Nora Peers sowie zehn Mitarbeiter der Confiserie, die Emely dazu verdonnert hatte teilzunehmen. Julie und Eveline hatten gesagt, sie würden kommen, kamen aber nicht.

Zwei Wochen später wurde ein Stein aufgestellt. Die Bepflanzung ihres Grabs übernahm Iason zusammen mit Vincent, der sich dabei so heftig an der Hand verletzte, dass die Wunde von Dr. Benning genäht werden musste.

Tatsächlich hatte Emely, sobald ihre Söhne aus dem Haus

waren, den Pfarrer angerufen und erklärt, sie habe die Beerdigung gerade bei einem Bestattungsunternehmen in Auftrag gegeben. Davon abgesehen hatte sie ihm damit gedroht, seiner Kirche nie wieder etwas zu spenden, falls je herauskäme, wer die Kosten getragen hatte.

Ein paar Tage nach Paulines Beerdigung traf sich die Clique in der Spielhalle von Foison. Iason war da, Lukas, Julie, Eveline und Sophie.

Iason hatte anfangs gemeint, er wäre derjenige, dem Pauline am meisten anvertraut hatte. Er berichtete von ihrem traurigen Schicksal und der Sehnsucht nach ihrem Vater. Als Krönung erzählte er die Geschichte im Badezimmer. Den Moment mit dem weißen Frotteehandtuch.

Es stellte sich heraus, dass auch Julie und Eveline sich hin und wieder mit Pauline getroffen hatten. Auch da hatte sie von ihrem Vater gesprochen. Allerdings ohne den herausgeschlagenen Unterkiefer und das Stück Blech in der Stirn. »Uns hat sie immer von drei wunderschönen Tagen erzählt. Als er ihr Schwimmen beigebracht hat.«

»Ich dachte, das Schönste waren die Tage mit ihrem Vater in Paris, und der Moment, wo er sie festgehalten hat, als sie sich zu weit vorbeugte auf dem Eiffelturm«, sagte zuletzt Lukas.

Offenbar hatte keiner Pauline wirklich gekannt. Allen hatte sie etwas vorgespielt. Sie wurden ärgerlich. Lukas machte den Anfang, und meinte, dass Pauline ihren Vater vielleicht nie kennengelernt habe.

Sophie gab ihm halb recht, bezeichnete sie aber vor allem als notorische Lügnerin. Julie und Eveline meinten, sie habe offenbar keinen anderen Weg gefunden, sich interessant zu machen, als sich einen Vater auszudenken, der sehr liebevoll war.

Am Ende einigten sie sich darauf, dass es einer Lügnerin wie Pauline durchaus passieren konnte, dass sie anfing, ihre eigenen Geschichten zu glauben.

Aber etwas an Paulines Traurigkeit war wohl doch echt gewesen, so viel sie auch gelogen hatte. Und etwas von dieser Traurigkeit war nun in Iason. Eine Weile jedenfalls. Doch so sehr er sich auch bemühte, die Traurigkeit blieb nicht. Sie ging einfach, wenn auch ganz langsam, wieder vorbei. Als hätte sie sich verbraucht. So wie Autos ihr Benzin verbrauchen, bis sie zuletzt stehenbleiben.

Das Team um Commissaire Frank kam offiziell zu dem Schluss, dass Pauline sich mit verschiedenen Substanzen betäubt hatte, verwirrt die Orientierung verlor und sich schließlich zum Schlafen an den Rand des Grabens gelegt hatte. Dort war sie erfroren. Ob das mehr versehentlich geschehen oder ob es eine Art Selbstmord gewesen war, schien ebenfalls geklärt. Erstens wussten einige ihrer Mitschüler zu berichten, wie sehr Pauline unter dem Verlust ihres Vaters gelitten hatte, und zweitens gab es so etwas wie einen Abschiedsbrief, auch wenn er nur aus einigen etwas zweideutigen Zeilen bestand.

Hätte man Vincent diesen Abschiedsbrief vorgelegt, er hätte vermutlich erkannt, dass es sich bei den etwas wirr klingenden Zeilen, in denen von Leid und Tod die Rede war, um die Mitschrift einer der Lehrstunden des Pfarrers handelte.

Nicht nur die Gendarmerie schloss den Fall schnell ab, auch die Einwohner von Envie schienen kein übermäßiges Interesse daran zu haben, mehr zum Tod von Pauline Goossens herauszukriegen. Es war, als hätte sie nie wirklich existiert. Dazu kam noch der Nebel, der sich einige Tage lang so dick über den Ort legte, als wäre auch er an diesem Komplott gegen die Menschlichkeit beteiligt.

Eins allerdings passte nicht ganz in dieses Bild vom Vergessen. Staatsanwalt Vernier war, wie Sergeant Mertens Nora berichtete, noch immer mit Paulines Tod befasst und ließ sich alle Protokolle zu dem Fall schicken. Offenbar suchte man im Zusammenhang mit einigen Todesfällen in Brüssel nach einem gelben Ford Transit. Nach dem wurde dann auch bald in der Zeitung gefragt und es versteht sich, dass Vivienne Maes der Gendarmerie bereits tags darauf berichtete, sie habe so einen mehrfach die Rue Envie entlangfahren sehen. Und zwar so langsam, als würde er nach etwas Ausschau halten.

Paulines Tod wirkte noch eine Weile nach in Iason. So erkundigte er sich auch kein einziges Mal bei Sophie, was denn nun aus ihren geheimnisvollen Partys geworden war. Vincent schien den Verlust schneller verkraftet zu haben. Dabei war Pauline doch doch immer mit ihm in die Stunden von Pfarrer Jacobsen gegangen. Nun, es hatte sich schon bei einigen Gelegenheiten gezeigt, dass er bedeutend robuster war, als es, von außen betrachtet, den Anschein hatte.

Ab März ging es dann aufwärts mit Iason. Es lag daran – das jedenfalls vermutete Emely –, dass man ihm Arbeit zugewiesen hatte. Iason half auf der Baustelle, schleppte Schieferplatten, kletterte sogar aufs Dach. Das Restaurant, das bald den stolzen Namen *Auguste* tragen würde, war fast fertig.

»Wie ein Großer«, hatte sein Vater gesagt.

Emely hatte genickt. »Er ist stark, und ich glaube, das ist das Wichtigste für einen wie ihn. Der wird seinen Weg schon machen.«

Partytime

Auguste Fourniers Traum vom eigenen Restaurant ging im Mai 1970 endlich in Erfüllung. Unter der Leitung des Architekten Pierre Nespère war, im Zentrum von Envie, ein beinahe futuristisch zu nennendes Gebäude mit einem Wahnsinnsdach in Leimbinderbauweise entstanden. Ein schiefergedecktes Gebilde, welches weit überragte und von außen an eine sanft geschwungene Hügellandschaft erinnerte.

Man hatte das Restaurant raffiniert mit einer Schicht aus dunkel-, mittel- und hellblau glasierten, sehr schmalen Kacheln verkleidet. Eine geradezu irisierende Fassade war entstanden, in die hier und da ganz frech, als hätte man Fehler gemacht, große Kalkplatten eingegipst wurden, Platten, die aus der Fläche herausragten und voller Versteinerungen waren.

Was für ein Fest, was für eine Eröffnung!

»So war es immer bei uns Fourniers«, erklärte Emely bei der Einweihung. Sie zeigte dabei zwar nur beiläufig auf das Restaurant, aber ihre Stimme vibrierte vor Stolz, als sie fortfuhr. »Seit fast zweihundert Jahren legen wir Fourniers einen Stein auf den anderen. Jetzt seht ihr, dass es sich gelohnt hat.«

Iason arbeitete in seiner schulfreien Zeit nun nicht mehr in der Konditorei, sondern in der Küche des *Auguste*. Man bereitete ihn auf seine Zukunft vor, denn er würde ja die Schule in gut einem Jahr abschließen.

In der Restaurantküche lernte er einen jungen Syrer kennen, der Assad hieß, von Iasons Vater aber stets Assam genannt wurde.

Assad wollte Medizin studieren, sollte aber, auf Wunsch seines Vaters, eines Juristen aus Brüssel-Moolenbeek, vorher etwas Bodenständiges erlernen. Das wiederum hing damit zusammen, dass der Bruder von Assads Vater in Moolenbeek ein Restaurant besaß.

Iason und Assad verband schon bald eine starke gegenseitige Zuneigung. Mehr noch: Assad klärte Iason über religiöse, geschichtliche und politische Zusammenhänge auf, die weit über das ewig gleiche Gerede wegen Vietnam hinausgingen. Auf Basis dieser Unterrichtung wurde Iasons Weltbild erheblich erweitert, denn er erfuhr, dass es zwischen Europa und Vietnam einige Länder gab, von denen er nie gehört hatte.

Assad war auch der erste, der erkannte, dass Iason ein Talent besaß, das herausragend war. In der Gemüsekammer hatte sich das gezeigt.

»Du hast einen sehr feinen Geruchs- und Geschmackssinn.«

»Nur, wozu braucht man das? In der Schule lachen sie, wenn ich was rieche, was sonst niemand riecht.«

»Wozu man das braucht? Wenn man Koch wird zum Beispiel. Oder Sommelier.«
»Was ist das?«
»Sommelier? Jemand, der die Gäste beim Wein berät.«
»Mir hat Bier immer besser geschmeckt. Und jetzt trinke ich sowieso nichts mehr.«
»Vielleicht kommt das mit dem Wein noch.«
Unter Assads Einfluss normalisierte sich Iason noch weiter als bisher, und er hatte tatsächlich seit Monaten keinen Alkohol angerührt. Nicht mal, als er so traurig gewesen war, wegen Paulines Selbstmord.

In Envie geriet Iason nun mehr und mehr aus dem Fokus des Interesses. Es fanden keine Prügeleien statt, er zündete nichts an und bleib Sophie treu. Aus Sicht der Erwachsenen wurde er zu einer Gestalt wie viele andere. Man kannte seinen Namen, man wusste, zu welcher Familie er gehörte, man wusste, dass er früher ein bisschen wild gewesen war – aber sonst? Selbst Monsieur Arronde sah ein, dass er sich wohl in Iason getäuscht hatte.

Das alles hing auch damit zusammen, dass Envie nicht mehr das Envie von früher war.

Das *Auguste* jedenfalls hatte genau zum richtigen Zeitpunkt eröffnet, denn ab 1970/71 zogen immer mehr Menschen nach Envie, die anders waren als die Alteingesessenen. Bürger mit einer guten Ausbildung, ordentlichen Bankkonten und Anlageverträgen. Menschen, die auf den zahlreichen neu eingerichteten Behörden in Brüssel arbeiteten. Denn dort bemühte man sich seit einigen Jahren darum, einen gemeinsamen Markt zu schaffen, auf dem sich Waren, Kapital und Arbeitskräfte frei bewegen konnten. Die Europäer hatten Lehren aus dem Krieg gezogen. Florierender Handel, Wohlstand und verschiedene Formen wirtschaftlichen, später vielleicht sogar kulturellen Austauschs spielten dabei eine immer größere Rolle. Die Veränderung betraf nicht nur Envie. Überall in Europa begann ein neues Denken. Sozialistische und sozialdemokratische Parteien gewannen eine Wahl nach der anderen, die Zeiten einer kleinlich nationalistischen Einstellung waren endgültig vorbei.

»Nicht jeder sein eigenes Süppchen«, so hatte es das *Dagblad Foison* in einer der letzten Ausgaben seinen Lesern erklärt.

Viele der Neubürger hatten Kinder oder es waren welche in Planung. Sie wollten nicht in der Stadt leben. Aber auch nicht zu weit entfernt.

Nun zeigte sich, wie vorausschauend der Gemeinderat unter der Leitung von Enno de Cock gehandelt hatte, als er bereits 1968 eine direkte Busverbindung nach Brüssel durchgesetzt und in Kooperation mit dem Stadtbaurat Foison einen regionalen Raumordnungsplan vorangetrieben hatte.

Raumordnung ist nur ein anderes Wort für die Gestaltung von Zukunft. Raumordnung ist für den durchschnittlichen Bürger wichtiger als großes Palaver in Fragen politischer Überzeugung. Raumordnung gewährleistet Planungssicherheit für Gemeinden. In dem 1968/69 erstellten Plan war zum Beispiel ein zweiter Strang Schienen vorgesehen, der bis nach Foison verlegt werden sollte. Dieser Strang war nicht nur für die Pendler wichtig, auch das auf dem Gebiet der im Sterben liegenden Reifenfabrik geplante Gewerbegebiet Foison-Süd würde davon profitieren. Und natürlich Envie. Denn die Rue Envie war inzwischen morgens wie abends total verstopft.

Dass die alles vergiftenden Schornsteine der Reifenfabrik bald nicht mehr qualmen würden, stand, trotz einiger Protestaktionen, bereits fest. Zudem hatte es konkrete Mitteilungen gegeben, dass die Start- und Landebahn, die Envie so zu schaffen machte, demnächst verlegt würde.

Die Preise für Häuser und Grundstücke stiegen zuerst recht moderat. Viele Altbürger ergriffen die Chance, den Ort, in dem schon ihre Eltern und Großeltern gelitten hatten, zu verlassen. Häuser und Grundstücke wurden verkauft. Meist an die Fourniers, die ihr Geld wiederum von anderen Fourniers – meist aus Frankreich – erhielten. Auch das war neu: Es wurden Geld- und Verleihgeschäfte ohne Banken und Verleihinstitute getätigt. Familie eben, einst von Napoleon aus

Polen verschleppt. Drei komplette Straßenzüge, die von Norden her auf das alte, noch dörfliche Zentrum zu führten, gerieten vollständig in die Hände von Iasons Familie.

Alles wurde nun unter Aufsicht einer gut organisierten und zudem engagiert agierenden Denkmalpflege renoviert. Alte Vorgärten wurden reorganisiert, die Mitte der fünfziger Jahre verbreiterten Straßen verschmälert und mit einem dekorativen Belag versehen, der es dem Boden darunter gestattete zu atmen. Auch die Grünanlagen und den Feuerwehrteich ließ man wieder in die Form bringen, die sie ursprünglich gehabt hatten.

Es war verblüffend, was da, abgesehen von vielen Flaschen und Kanistern, so alles aus dem Wasser gezogen wurde. Zwei Waschmaschinen, drei Wäscheschleudern, ein Kühlschrank, ein Maschinengewehr, zwei Fahrräder, reichlich Knochen, und – quasi als Krönung – der Motor eines Renault Dauphine.

Es war immer behauptet worden, beim Landeanflug abgelassenes Kerosin sei dafür verantwortlich, dass das Wasser des Feuerwehrteichs stets rötlich, zudem ölig und in jedem Fall vollkommen ohne Leben war. Nun erklärte sich das Phänomen noch mal anders, und die älteren Einwohner erinnerten sich an eine deutsche Nachschubeinheit, die hier im Krieg stationiert gewesen war.

Eine ähnlich ordnende Behandlung wie der Feuerwehrteich, der von nun an Lac de Rondelle hieß, erhielt das enorm ausgreifende, gut traufhohe Holundergestrüpp, das sich um die Apsis sowie entlang des gesamten Seitenschiffs der Kirche erstreckte. Pfarrer Jacobsen sprach nach der Entfernung von einer geradezu obszönen Helligkeit im Inneren seiner Kirche.

Bereits nach Abschluss dieser ersten Arbeiten zeigte sich, dass Envie doch nicht so billig und formlos war, wie man stets gesagt hatte. Die Neusiedler fanden bald heraus, dass der Architekt, der 1921 die städtebauliche Anlage entwarf, mit einiger Sicherheit ein Schüler von Henry van de Velde war. Und dieser Name hatte etwas mit dem deutschen Bauhaus zu tun. Die Stadtanlage war also alles andere als minderwertig. Was all die Jahre gefehlt hatte, war nur Geld.

In Konsequenz der weiter steigenden Grundstückspreise und der neuen Umstände zogen immer mehr Altbürger weg aus Envie. Manche hatten selbst verkauft, andere mussten gehen, weil andere verkauft hatten.

Aber vom Alten und Hässlichen blieb vorerst noch genügend erhalten. Envie teilte sich in dieser Übergangsphase in einen Nord- und einen Südteil. Dort im Süden wurde erbittert für den Erhalt des wirklich abstoßend hässlichen, aber stets gut angenommenen Gemeindezentrums gestritten. Zuletzt gewannen die Ureinwohner den Streit. Sie hatten zahlenmäßig noch immer die Oberhand und sie versammelten sich noch immer – im Herbst manchmal in Stiefeln – auf dem Parkplatz vor dem Gemeindezentrum, um darüber zu reden, wie es so steht.

Es war allerdings nur eine Frage der Zeit, des Geldes und der politischen Kräfte, bis sich das ändern würde. Daran jedenfalls glaubten die Neubürger so fest wie an die Schließung der Reifenfabrik und die Verlegung der Startbahn. Es dauerte dann aber doch alles erheblich länger als gedacht, und längst nicht alle verkauften. Die Fourniers zum Beispiel, die schon seit dem Krieg viele Häuser in der Nordstadt besaßen, ließen sich auf nichts anderes als Mietverträge ein. Und die Mieten waren jetzt natürlich andere als zuvor. Es würde sich auch später als klug erweisen, dass Emely stur dabei blieb, einmal erworbenen Besitz an Immobilien und Boden nicht zu veräußern.

Am 3. Juli 1970 war es endlich so weit. Man hatte beschlossen, Iason bei den Geheimpartys zuzulassen. Er versprach sich viel davon, denn Sophie hatte Andeutungen gemacht, dass durchschnittliche Idioten da niemals reinkommen würden.

Das große Geheimnis blieb bis zum letzten Moment ein großes Geheimnis. Erst als er und Sophie die Auffahrt hochgingen, wurde ihm klar, wo es sich verbarg.

»Bei der Neersteen?«

»Hättest du dir das nicht denken können?«, fragte Sophie.

Es hatte immer Gerüchte gegeben, was die Neersteen anging, ihn hatte das nie interessiert. Männer waren dabei beobachtet worden, wie sie nachts das Grundstück betraten, auf dem Sylvia Neersteens orangefarbener Bungalow stand. Die Zufahrt. Zwei Reihen Platten für die Räder der Autos. Schlecht verlegt, nie in Ordnung gebracht, die Sonne trieb im Sommer Gras, erst grün, dann gelb, dann braun, kniehoch aus den Ritzen.

Als die Tür geöffnet wurde, sah Iason sie zum ersten Mal aus der Nähe. Er fand zwar, dass Sylvia Neersteen ziemlich alt war, und sie war tatsächlich fast 30, er fand aber auch, dass sie gut roch. Jedenfalls nahm er sofort den Duft von Leder wahr, blickte reflexartig nach unten und erkannte, dass sie ganz ähnliche Stiefel trug wie die, die Sophie sich damals bei Berette gekauft hatte.

»Kommt rein.«

Sie wurden in einen Raum geführt, der völlig anders aussah als alles, was Iason kannte. An den Wänden hingen abstrakte Bilder und die Gäste saßen in hochmodernen Möbeln. Auch die Beleuchtung war sehr speziell. Ein bisschen wie in der Disco, fand er. Jedenfalls hingen winzige Strahler an der Decke, die sehr geschickt eingestellt waren.

Lukas, Julie und Eveline hingen entspannt in drei Sesseln, was Iason im ersten Moment schockierte. Wenigstens mit Lukas war er doch seit Jahren befreundet. Kein Wort hatte der gesagt. Nicht mal, wenn er betrunken war.

Dann gab es noch einen weiteren Jungen und zwei Mädchen in seinem Alter, Mädchen, die Iason noch nie gesehen hatte. Auch der Junge machte auf ihn einen mädchenhaften Eindruck, jedenfalls waren seine Haare gelockt und gingen ihm wenigstens zwanzig Zentimeter über die Schultern. Er wirkte genauso arrogant wie das Mädchen, das neben ihm saß. Die andere schien ganz okay zu sein und sah gut aus. Obwohl sie auf Iason etwas gläsern wirkte. Peinlich war auch die Art, wie sie ihm zur Begrüßung zugewinkt hatte. Offenbar meinte sie, er sei etwa hundert Meter entfernt.

Wirklich übel war etwas anderes.

Da saßen vier Männer, die noch mal ein gutes Stück älter waren als die Neersteen, sehr aufrecht auf einer Couch. In ihrer formalen Haltung kamen sie Iason vor wie Hühner auf einer Stange. Sie hatten sich schick zurechtgemacht, jedenfalls sah keiner von ihnen aus wie irgendwer sonst in Envie. Auf Iason wirkten sie wie vier von diesen Homos, über die hin und wieder was in der Zeitung stand. Und der ganz hinten war Sophies Vater. Zu dem ging sie dann auch gleich hin und kuschelte sich bei ihm an.

»Bist du jetzt also auch dabei«, erklärte Lukas mit der Stimme von jemandem, der über Kenntnisse verfügt. Auch Eveline nickte ihm aufmunternd zu. Julie füllte ihr Glas nach, wobei ein bisschen daneben ging, weil ihre Hand zitterte.

Iason hatte nach Sophies ganzer Geheimniskrämerei fest damit gerechnet, dass man ihm Fragen stellen oder ihn einer Prüfung unterziehen würde. Nichts dergleichen geschah. Er setzte sich – hatte er geglaubt, das Arrangement würde ihm das gebieten? – ganz allein auf ein zweites, ebenfalls lederbezogenes Sofa, das genau wie das mit den vier Männern ihm gegenüber in einem Gestell aus dünnen, verchromten Rohren zu hängen schien.

Was würde nun geschehen?

Als erstes bekam er von Sylvia ein Glas, in dem zwei Eiswürfel schwammen, und als Iason einen großen Schluck nahm, brannte es wie Feuer. Er hatte seit längerem keinen Alkohol mehr getrunken, und der hier war ohnehin stärker als Bier.

»An Whiskey muss man sich erst mal gewöhnen«, sagte Lukas.

Nach dieser Bemerkung trat eine unangenehme Stille ein, alle schienen ihn zu beobachten. Also überwand Iason seinen Widerwillen und nahm noch mal drei große Schlucke aus seinem Glas, das nun leer war. Sylvia schenkte ihm nach, indem sie sich von hinten über ihn beugte.

Iason fand auch diesmal, dass sie gut roch, und so alt, wie er zunächst gemeint hatte, schien sie gar nicht zu sein. Ihr Parfüm war sicher nicht billig, und es passte gut zu der Ausdünstung des Leders der Couch.

Er nahm einen weiteren Schluck und kapierte, was es mit seinem Getränk auf sich hatte. Im ersten Moment schmeckte die Flüssigkeit ätzend scharf, doch sobald das vorbeiging, entwickelte sich eine sehr angenehme Wärme und ein vielfältiger Geschmack. Keine Frage, das war etwas ganz anderes als Bier.

Iason fing an, sich wohler und sicherer zu fühlen. Auch kamen ihm die Vier auf dem Sofa jetzt nicht mehr ganz so bescheuert vor. Irgendwie hatten sie für ihn etwas mit den abstrakten Bildern an den Wänden zu tun. Also mit teuren Bildern. Da wirkte sofort der Fourniersche Reflex. Etwas musste an denen dran sein. Etwas, das nichts mit den Partys zu tun hatte, die er gewohnt war.

Als die Stille lange genug gedauert hatte, stellte Sylvia ihm, indem sie wie eine Lehrerin zwischen die beiden Sofas trat, die vier Männer vor.

»Das, gleich hier vorne, ist Monsieur Nespère…«

»Pierre«, sagte der Mann, ohne zu lächeln oder sich auf andere Weise zu bemühen.

»Ja, weiß ich«, sagte Iason. »Sie haben unser Restaurant gebaut.«

»Entworfen. Ich bin Architekt.«

»Macht doch nichts.«

Die schnodderige Art, in der Iason das gesagt hatte, schien Monsieur Nespère zu gefallen, jedenfalls lächelte er.

»Hier, neben ihm, das ist Professor Langmann.«

Langmann sah für Iason eher aus wie: Langweilig.

»Er lehrt am Institut für Philologie in Düsseldorf.«

»Dazu kommen noch Gastvorträge über griechische Mythologie in Bonn«, ergänzte Langmann, dessen Stimme wacher klang, als sein Aussehen hätte vermuten lassen.

»Bonn. Klasse«, entgegnete Iason. Er hatte sich unter den

Partys, über die Sophie so magisch gesprochen hatte, wahrlich etwas anderes vorgestellt als vier Männer Mitte vierzig.

Sylvia dagegen schien über alle Maßen stolz zu sein, ihm die Männer vorstellen zu dürfen. Auch auf den Nächsten wies sie mit offener Hand. Allerdings tat sie das auf eine andere Art als zuvor. Offenbar lag ihr der Mann, der jüngste der vier, besonders am Herzen.

»Philippe Jougeau ist Leiter der Personalabteilung einer großen Versicherung. Er fliegt oft nach Amerika und bringt mir von dort manchmal Drucke und Bilder mit.«

»Okay. Fehlt noch einer.«

Alle lachten.

»Natürlich. Claude Nimier wirst du kennen.«

»Sophies Vater.«

Claude Nimier nickte auf eine Art, wie Väter es manchmal tun. Iason irritierte, wie Sophie sich an ihn schmiegte. Ihm hatte sie immer erzählt, ihr Vater sei ein Idiot. Überhaupt war hier alles ziemlich verwirrend. Iason hatte zwar mitbekommen, dass seit einiger Zeit andere Leute in Envie lebten. Aber solche?

»Nun bist du dran, Iason. Vielleicht möchtest du etwas sagen?«

Jetzt wurde er also doch einer Prüfung unterzogen. Er wollte schnell einen Schluck nehmen, um sich zu fassen, stellte aber fest, dass sein Glas schon wieder leer war. Sylvia erkannte seine Not und schenkte ihm noch mal aus ihrer Flasche nach, die, das erkannte Iason erst jetzt, wie ein großer, geschliffener Diamant aussah.

Was sollte er denn nun sagen?

Sylvia half ihm, indem sie auf eins der Bilder deutete. »Was fällt dir hier auf?«

Also sprach Iason völlig unbekümmert darüber, was er roch. Er identifizierte die Bestandteile von Sylvias Parfüm, sprach über Leder und gewachstes Leder und auch über die Bilder. Ein Geruch von Öl und verschiedenen anderen Substanzen.

Keiner der vier Alten schien mit so etwas gerechnet zu haben, nur Professor Langmann applaudierte sofort kräftig und erklärte: »Ein Ästhet, der vielleicht noch nicht mal weiß, dass er einer ist.« Iason hatte die Prüfung bestanden.

Daraufhin fragte er, was denn nun mit der Party sei. Sylvia erklärte es ihm.

»Getanzt wird unten. Da ist auch das Schwimmbad, und wenn du gerne in die Sauna gehst...«

Das würde er ganz bestimmt nicht tun. Allein der Gedanke, mit diesen vier Alten nackt irgendwo rumzusitzen, kam ihm eklig vor.

Es ging aber auch gar nicht nach unten, es geschah etwas ganz anderes.

Philippe Jougeau, den Sylvia ihm als Leiter einer Personalabteilung vorgestellt hatte, stand auf und trat neben eins der Bilder. Wie sich herausstellte, hatte er es Sylvia aus Amerika mitgebracht, und der Künstler hieß Frank Stella.

»Hast du von dem schon mal gehört?«, fragte Sophies Vater.

»Nein. Bei uns hängt nur ein Bild von Jesus und ein Foto, auf dem de Gaulle einem Bruder meines Vaters einen Orden anhängt.«

»War dein Onkel in der Résistance?«, fragte Langmann, der ihn bereits in sein Herz geschlossen hatte.

»Weiß nicht...«

Offenbar war der Maler, der Stella hieß, bereits ziemlich berühmt. Aber noch nicht so berühmt, dass seine Drucke unbezahlbar gewesen wären.

›Bunt und nichts drauf‹, dachte Iason.

Wo hatte Sophie ihn nur hingeschleppt? Monsieur Jougeau hielt einen endlosen Vortrag. Erst über das Bild, dann über die Kunst der Kreise und Linien, dann über optische Täuschung, Farblehre und saubere handwerkliche Arbeit, zuletzt über Preise für zeitgenössische Malerei. Anschießend sprach Jougeau über Strömungen in der amerikanischen Gegenwartskunst. Als er da angekommen war, mischte sich Professor Langmann ein und hielt aus dem Stegreif einen Kurzvortrag, mit dem er einem Mann huldigte, der Camus hieß.

Vincent hatte den Namen zwei, dreimal erwähnt, da der Pfarrer hin und wieder Texte von ihm zitierte. Offenbar – so jedenfalls kam es Iason vor – ging es Camus und Stella um die gleiche Sache.

Es dauerte eine Weile, ehe er begriff, wo er gelandet war. Die Vier schienen Kunstfachleute zu sein. Es ging ums Diskutieren und um Preise. Von Musik, Schwimmbad, Sauna oder Tanzen war bis jetzt keine Rede.

Und doch langweilte er sich nicht. Was wohl auch daran lag, dass er inzwischen bei seinem vierten Glas war und ihn das Mädchen mit dem gläsernen Blick die ganze Zeit auf eine Weise ansah, die er gut kannte. Es war ein schmachtender Blick, auch wenn er ein wenig durch ihn hindurchzugehen schien. Offenbar konnte sie Entfernungen nicht gut einschätzen, und es hatte einen Moment gegeben, da wäre sie beinahe nach vorne auf den Glastisch gekippt.

Monsieur Nespère ergriff, nachdem Pierre Jougeau mit seiner Bildbeschreibung und Professor Langmann mit seinem Stegreifvortrag über Camus fertig waren, das Wort und unterrichtete seine Zuhörer über Architektur, insbesondere über das Verhältnis von Ästhetik, Funktion und Geometrie. Zuletzt sprach Sophies Vater über serielle Kompositionstechniken und Faschismus. Diesen Zusammenhang herzustellen kostete ihn allerdings einige Mühe, und Professor Langmann schüttelte mehrfach entschieden den Kopf.

Bei Langmann ging es fast immer um griechische Mythologie. Seine Beiträge waren sehr bildhaft und schräg. Am liebsten sprach er über Verwandlungen. Da konnte zum Beispiel Zeus seine Gestalt derart verändern, dass er die Form eines Schwans annahm, um dann in höchst einzigartiger Form in eine Frau oder einen Mann einzudringen.

Ähnliches schien für die zeitgenössische Kunst zu gelten. Nur drang die nicht in einen Menschen ein, sondern in die Gesellschaft.

Iason war zwar total betrunken, und ihm war klar, dass es auf den Partys der Neersteen um etwas ganz anderes ging als Tanzen, Kennenlernen und Abschleppen. Vor allem eine

Sache war neu für ihn: Die Alten interessierten sich für das, was die Jungen dachten. Am Ende der Diskussion war der Unterschied zwischen Alt und Jung völlig aufgehoben. Ein richtiger Trip war das. Und es ging dann ja auch ein Joint rum.

Was Iason im Bungalow von Sylvia Neersteen geboten wurde, war eine Lehre vom Leben in seiner ganzen Vielfalt und Verwobenheit. Es begann mit einem Bild und wucherte von da her in alle Richtungen. Wobei eindeutig alles miteinander zusammenhing. Auch sein Bruder, der ihm immer mal von Pfarrer Jacobsens Debattierclub erzählte, war ja zuerst von den bildhaften Geschichten der Bibel fasziniert gewesen. Von da ausgehend hatte der Pfarrer dann seine Lehre vertieft, wobei immer weniger Bilder vorkamen. Iason würde sich diese Gelegenheit nicht entgehen lassen. Immer hatte sein Bruder als der gegolten, den höhere Zusammenhänge interessierten. Jetzt hatte er die Chance, allen zu beweisen, dass auch er so was verstand.

Die schöne Ophelia

Während der nächsten Monate blieb alles ruhig. Außer Vincent merkte niemand, dass Iason ein Geheimnis hütete. Und er hütete es gut, bis in den Dezember hinein lief alles glatt. Und dann passierte es doch. Iason und Vincent standen jenseits des Hochstands vor dem dritten Feld von Krista Léger. Die Felder waren längst abgeerntet, nur hier und da stakten noch Halme aus dem verharschten Schnee. Vincent erschrak beinahe, als Iason plötzlich anfing, über Camus, einen Maler namens Frank Stella und andere Künstler zu reden. Von da aus kam Iason auf eine Sonderausstellung, die gerade in Brüssel lief. Er hatte in der Sauna von Sylvia Neersteen davon erfahren.

Diese Vorläufer der modernen Kunst galten unter Sylvias Gästen durchaus als würdig. Man unterschied dort ohnehin nicht so genau zwischen überkommen und neu, alt und jung. Iason hatte also beschlossen nach Brüssel zu fahren, um sich die Gemälde selbst anzusehen.

»Meine erste Ausstellung«, erklärte er Vincent mit einigem Stolz.

»Kann ich mitkommen?«

»Klar.«

»Ein Freund von mir auch?«

»Wer denn?«

»Aaron.«

»Mit dem bist du befreundet? Hast du vergessen, dass er dich erpressen wollte?«

»Erstens hat er damit aufgehört...«

»Weil Pauline tot ist und nichts mehr sagen kann!«

»... zweitens muss man vergeben können«, erklärte Vincent. »Pfarrer Jacobsen sagt, Hass und Rache seien nichts anderes als Zeichen von Schwäche. Darf er also mit?«

Iason wusste, dass Vincent in letzter Zeit wieder öfter mit Aaron rumhing. Einen weiteren Freund schien er nicht zu haben. So waren sie am Ende zu dritt nach Brüssel gefahren und hatten sich eine Sonderschau angesehen, die den Präraffaeliten gewidmet war. Besonders zwei Gemälde begeisterten Iason. John Everett Millais hieß der Meister, der die Tafelbilder gut hundert Jahre zuvor fabriziert hatte. Seine Spezialität waren, wie Iason sofort zu erkennen glaubte, Frauen mit langen, frei wallenden oder fließenden Haaren.

Die Rothaarige, die John Everett Millais gemalt hatte, war nämlich nicht irgendwer, es war die schottische Freiheitskämpferin Margaret Wilson, die man wegen ihres Glaubens auf grausamste Art ertränkt hatte. Und Iason stand nun vor dem Bild und ihn erregten ihre Haare. Gleichzeitig wies ihn diese Erregung möglicherweise als instinktiven Kunstkenner aus, denn es ist durchaus denkbar, dass auch den Maler vor allem die wallende Flut ihrer Haare interessiert hatte. Diesen weiblichen Schopf in den Griff zu bekommen könnte durchaus der eigentliche Anlass gewesen sein, überhaupt zum Pinsel zu greifen und sich in die Aufgabe, die Haare gut darzustellen, mit akademischem Können zu verbeißen.

Auch eine zweite, ebenfalls junge Frau, Ophelia genannt, hatte John Everett mit viel Können und Einfühlungsvermögen dargestellt. Sie lag in einem Bach, umgeben von blühenden Wildrosen, in einem Bett aus fließendem Wasserhahnenfuß, wie er auch bei ihnen im Kanal vorkam. Als Iason sie sah, sah er auch Pauline, und er war sich nicht sicher, ob das Wasser eine wie die schöne Ophelia überhaupt wieder hergeben würde.

Er hatte beim Betrachten all dieser Bilder gemeint, etwas vom Tod zu riechen oder von schlammiger Erde, deren Geruch er in der Nähe der Gräben auf Krista Légers Weiden im Sommer oft wahrgenommen hatte. Wohl deswegen dachte er nun immer intensiver an Pauline. Fast ein Jahr war sie tot und er hatte sie bereits halb vergessen. Genau wie er auch Leo vergessen hatte.

Es gab, als Iason näher darüber nachdachte, einige, die aus seinem Leben verschwunden waren. Zum Beispiel Assad, der ehemalige Küchengehilfe seines Vaters. Assad studierte inzwischen Medizin in Paris. Wie schnell er Assad vergessen hatte. Dabei verdankte er ihm doch eine ganze Menge an Wissen. Über die Entstehung von Kultur zum Beispiel und den ewigen Kampf der Weltreligionen.

Einige Tage später standen die Brüder wieder an Kristas Feld. Und in diesem Moment – die Ophelia, das Bier – hatte Iason einen tödlichen Fehler begangen und Vincent von den Partys bei Silvia Neersteen erzählt.

Während einige bereits auf dem Lac Virelle Schlittschuh fuhren, hatte Vincent sich zusammen mit seinem Freund Aaron auf dem Abschlussfest des Seminars von Pfarrer Jacobsen betrunken. In diesem Zustand erzählte er Aaron von den Partys bei Silvia Neersteen.

Ein Kartenspiel und eine Nachtwanderung

Es war der letzte Abend vor der Abreise von Tante Duda nach Polen. Beim Abendbrot hatte der Vater pausenlos von seinem Restaurant gesprochen. Er saß ein bisschen wie auf Kohlen und war, kaum dass er seine Brote verschlungen hatte, aufgestanden. »Macht euch einen schönen Abend, ich fahre noch mal zu unserem Architekten. Wegen der Idee mit dem Wintergarten.«

Emely hielt das Messer noch in der Hand und ihre Stimme hatte plötzlich alles Weiche verloren. »Es wird nicht angebaut. Wir haben Hypotheken abzuzahlen und warten erst mal ab, wie es langfristig läuft.«

»Aber du weißt doch, Emy, wie es in meinem Kopf zugeht.«

Nachdem der Vater das gesagt hatte, wurde Emelys Stimme ein wenig sanfter. »Was du im Kopf hast, weiß ich. Hummeln!«

Auguste machte, wie so oft, sein jungenhaftes Gesicht und zog die Schultern hoch.

»Dann fahr, aber trink nicht so viel. Denk an die Rückfahrt, die Straßen sind vereist.«

Nach dem Abspülen des Geschirrs, das wie immer Iason zu erledigen hatte, während Vincent über seinen Büchern brütete, saßen Emely und ihre Schwester mit den beiden Jungen im Wohnzimmer am Tisch. Der war rund und bestand aus schwarz gebeiztem Holz.

Als sie gerade anfangen wollten, Karten zu spielen, klingelte es. Vincent lief sofort hin und kam mit Aaron zurück.

»Wie geht's Krista?«, fragte Emely.

»Gut.«

Aaron hatte das ohne innere Beteiligung gesagt, aber Emely wusste auch so nur zu gut, wie es ihrer Freundin wirklich ging. Kristas Mann war vor drei Jahren gestorben.

Aaron war in Emelys Augen der schönste Junge, den sie

je gesehen hatte. Er hatte etwas ganz unerhört Weibliches, wie sie manchmal sagte. Damit meinte sie nicht nur seine Haare. Obwohl die wirklich verführerisch waren. Leicht rötlich und gelockt wie sehr lange Korkenzieher. Auch seine Wimpern waren lang, wie man es sonst nur bei Mädchen und Frauen kennt. Dazu ein sinnlicher, perfekt geformter Mund.

»Nehmen wir neue Karten?«, fragte Vincent, nachdem Aaron sich neben ihn gesetzt hatte. »Wir spielen seit Monaten mit denselben.«

»Bleib bitte sitzen, Iason, die tun's noch mal.«

Iason und Vincent spielten jetzt, da das Restaurant stand, wenigstens zweimal die Woche mit ihrer Mutter Karten, und sie spielten um Geld. Selbstverständlich waren es nur Kleinstbeträge, aber wäre es nicht wenigstens darum gegangen, Iason läge längst im Bett oder wäre mit Sophie im Schuppen.

»Noch jemand Tee?«

»Jetzt teil schon aus, Emy«, forderte Tante Duda, »die Karten werden vom Mischen nicht besser.«

»Nein, nicht austeilen!«, rief Iason sofort.

»Sie hat noch nicht richtig gemischt!«

»Die Karten kleben.«

»Und haben Ecken, wir brauchen neue.«

Das war wieder typisch für die Brüder Fournier. So verschieden sie in vielem auch waren, es gab immer diese Momente, in denen sie sich die Sätze aus dem Mund nahmen. Und zwar mit einer Geschwindigkeit, als wüssten sie genau, was der andere sagen wird.

Iason wartete Einwände gar nicht erst ab, stand auf und holte neue Karten. Originalverpackt. Er warf sie seiner Mutter zu, die sie geschickt fing.

»Eure Karten kleben also? Na, das höre ich zum ersten Mal. Jetzt teil endlich aus, Emy.«

Aaron spielte nie mit. Nach außen wirkte er stets etwas gelangweilt, im Innern jedoch … Iason war sich sicher, dass Aaron nicht am Tisch saß, um zu sehen, wer gewinnt, wer

Glück hat oder sich geschickt anstellt. Es machte ihm Spaß, wenn es plötzlich böse wurde, wenn Hände auf den Tisch grabschten, um Geld oder Karten festzuhalten.

Noch bis vor einiger Zeit hatte Vincent gemeint, sein Bruder würde zu hart urteilen, er hätte eben was gegen Aaron, das sei alles. Doch seit einigen Tagen verteidigte Vincent seinen Freund nicht mehr. Im Gegenteil. Er hatte inzwischen einigen Grund, Aaron zu hassen. Seit zwei Wochen ging der ihm und neuerdings auch Iason damit auf die Nerven, dass er mit auf die Partys von Silvia Neersteen wollte. Aber da durfte ja nicht mal er selbst mit hin. Es war eben so. Aaron hörte trotzdem nicht auf. Also hatten er und Iason zum Schein nachgegeben und sich auf heute geeinigt, um die Sache hinzubiegen.

»Doppelt!«, sagte Iason in scharfem Ton.

»Triple«, erwiderte Tante Duda.

Die Mutter legte ihre Karten offen hin und erklärte: »Ich bin raus.« Vincent legte seine Karten ebenfalls ab.

Nun spitzte es sich zu, zwischen Iason und Tante Duda. Tante Duda hieß eigentlich Dunja. Sie hieß nur in der Familie Duda, weil Vincent sie so genannt hatte, als er noch klein war. Iasons Augen flogen hin und her. Das Geld auf dem Tisch, die Karten, die bereits offen dalagen, das Gesicht von Tante Duda. War sie in diesem Moment noch Tante Duda? – Nein. Sie war seine Gegnerin. Eine im strengsten Sinne. Denn gleich würde aufgedeckt und dann sackte entweder sie das Geld ein oder es war seins.

Dass Tante Duda stets in allem sehr großzügig war, spielte in diesem Moment keine Rolle. Ihr ging es nicht anders, auch für sie war ihr kleiner Neffe nichts als ein Gegner. Eben hatte sie ihre letzte Karte aufgenommen. Würde sie ihr Glück bringen? War es eine, die sie noch brauchte? Nichts war in ihrem Gesicht zu lesen, einem Gesicht, das sonst pausenlos sprach, wie Vincent mal auf seine bisweilen etwas altkluge Art erklärt hatte.

Und er, Iason? Sollte er noch eine ziehen? Sein Blatt war gut. Es könnte sich noch ein wenig verbessern, wenn er die Pik Sieben ablegte, es könnte aber auch darauf hinauslaufen ...

Iasons Augen gingen noch einmal die Werte all der Karten durch, die auf dem Tisch lagen. Aaron neben ihm hatte begonnen zu schwitzen und ... Ja, tatsächlich er atmete anders. Außerdem klemmte er schon seit einiger Zeit seine Oberschenkel zusammen. Er meinte, jeden Moment würde etwas platzen, und einer müsste die Nerven verlieren.

Iasons Bewegungen waren ruhig wie bei einem Sieger, der nicht zum ersten Mal siegt. Er legte die Pik Sieben ab, nahm eine neue Karte vom Stapel, ordnete sie ein, ließ sich Zeit damit. Erst dann legte er seinen Fächer Karten offen auf den Tisch, schob ihn ein wenig auseinander, damit alle sehen konnten, was er hatte.

»Na gut«, sagte Tante Duda plötzlich wieder gelassen und goss sich Birnenschnaps nach.

Iason strich das Geld ein, und während seine Mutter die Karten neu mischte, baute er aus seinem Gewinn zwei neue Türmchen. Aaron war inzwischen halb wahnsinnig, denn das alles geschah mit Gelassenheit, da war nicht die kleinste Emotion im Spiel.

Das Entscheidende geschah eine halbe Stunde später. Vincent hatte sechsmal hintereinander verloren, es lagen nur noch drei Münzen vor ihm auf dem Tisch. Während seine Tante mischte und seine Mutter sich darauf konzentrierte, eine Apfelsine zu schälen, machte Iason eine kleine, beiläufige Bewegung und schob seinem Bruder drei von seinen Münzstapeln rüber. Hatte er seine Stapel nicht noch kurz zuvor mit beiden Händen umfangen, als müsste er sie schützen? – In der Familie wusste doch jeder, dass Iason keinen Spaß verstand, wenn es um Geld ging. Nun gab er die Hälfte weg. Mit einer kleinen, beiläufigen Bewegung, die sagte: Seht nicht her, es ist nicht wichtig.

Vincent verstand das Zeichen, konnte weiterspielen, hatte einiges Glück, machte am Ende einen guten Gewinn.

Als die Mutter schließlich erklärte, dass es Zeit sei, schlafen zu gehen, holten die Brüder ihre Portemonnaies raus und verstauten ihr Geld. Vincent hätte seinem Bruder die drei zugeschobenen Stapel jetzt ohne weiteres zurückzahlen können. Er tat es nicht und Iason schien das auch nicht zu erwarten.

»Ich bringe Aaron nach Hause.«

»Nein, Vinc. Das schafft er alleine.«

»Aber er hat Angst am Wald«, sagte Iason.

»Umso wichtiger, dass er es alleine schafft.« Zu Aaron sagte Emely dann noch, er solle seine Kapuze zuziehen. »Es sind minus zehn Grad.«

Als Vincent Aaron zur Tür brachte, erklärte er ihm schnell, wie es laufen würde. »Du wartest vorne, wir kommen dann gleich.«

Iason und Vincent waren schon oft aus dem Fenster geklettert.

Oben die Sterne, kleine weiße Wolken vor Mündern, beißende Kälte, Iason hatte einen Rucksack auf dem Rücken. Der gehörte zu seinem und Vincents Plan.

Etwas Besonderes geschah.

Direkt vor Iason sank die Feder eines Vogels zu Boden. Und das, obwohl der Mond eine Aura hatte und lange Zapfen wie Dolche an der Dachrinne hingen. Die blau-schwarz gestreifte Feder des Eichelhähers lag nun dort. Genau vor seinen Stiefeln. Iason hob sie auf, sah zum Mond hoch und dachte kurz, dafür aber intensiv an das Mädchen mit dem gläsernen Blick.

Während Vincent noch damit beschäftigt war, sich in seinen Mantel zu zwängen, zog Aaron Iason zur Seite. »Dein Bruder hat dir das Geld nicht zurückgegeben.«

Er wartete auf Antwort, doch Iason steckte sich nur wortlos die Feder in eine Schlaufe oben an seinem Parka und stapfte los.

»Ich gehe heute mit auf die Party, nicht, dass ihr was anderes meint«, erklärte Aaron leise und gefährlich entschlossen, als sie an der Statue der Weißen Marie mit den Milchkannen vorbeikamen. Die Weiße Marie mit den

Milchkannen war ein einfaches Bauernmädchen gewesen und doch die berühmteste Person, die je in Envie gelebt hatte. Während eines Kriegs, der noch mit Kanonen und Vorderladern geführt wurde, hatte sie viele Soldaten gerettet, indem sie ihnen Verbände anlegte. Und stets, so hieß es, kam sie mit zwei Kannen gefüllt mit bester Milch.

»Wir reden gleich über die Party«, sagte Iason, nachdem sie eine Weile schweigend gegangen waren.

»Da gibt's nichts zu reden, ich gehe heute mit«, antwortete Aaron sofort.

»Nicht mal ich darf da hin«, erklärte Vincent und ließ sich ein Stück zurückfallen. »Wenn rauskommt, dass du von dieser Sache weißt, darf niemand von uns jemals da hin, und Iason schmeißen sie raus.«

»Nicht bevor du sechzehn bist, das ist sowieso die Regel«, präsierte Iason, doch es klang schwach. Also schwieg Aaron. Er hatte ohnehin schon gesiegt, und Iason sagte dann ja auch etwas, das ihm ein gutes Gefühl gab.

»Kein Problem, Aaron, du wirst heute Nacht mächtig auf deine Kosten kommen, das verspreche ich dir.«

»Wovor genau hast du eigentlich nachts Angst?«, fragte Vincent von hinten.

»Ich habe keine Angst.«

»Doch, Aaron, hast du. Warum sonst muss dich nachts immer wer nach Hause bringen? Also, wovor?«

»Weiß nicht, einfach so. Wenn ich am Wald vorbeigehe, denke ich manchmal an Tiere.«

»Wildschweine?«

»Auf der Rue Envie werden die oft überfahren, da sind also welche.«

»Hast du dich schon mal im Wald verirrt?«, fragte Vincent weiter.

»Wir gehen über die Felder, das ist kürzer«, sagte Iason, bevor Aaron antworten konnte, und bog nach rechts ab.

»Die Gräben ...«, wehrte sich Aaron.

»Was soll damit sein? Wir haben minus zehn Grad, das

Wasser ist Eis.« Iason hob den Stacheldraht an, damit die anderen drunter durchkamen.

»Meinst du, bei der Neersteen ist überhaupt noch jemand?«, fragte Aaron, als sie bereits durch drei Gräben durch waren. Iason presste seine Lippen hart zusammen, es war wirklich bescheuert, dass Vincent Aaron gesagt hatte, wo die Partys stiegen.

»Es ist gerade mal elf, die Partys fangen erst um Mitternacht richtig an, und außerdem bist du noch nicht so weit, dass die dich zulassen. Das hab ich dir schon tausend Mal erklärt. Wenn du jetzt da hinlatschst und klingelst, erreichst du gar nichts. Außer, dass ich rausfliege. Willst du das?«

»Du hast gesagt, ich würde auf meine Kosten kommen.«

»Wirst du.«

Aaron hörte einfach nicht auf. Iason musste ihn jetzt irgendwie loswerden und dazu bringen, endlich die Klappe zu halten, was die Neersteen anging. Die Brüder wussten, dass Aaron nur vor einer Sache richtig Schiss hatte, nämlich, dass seine Mutter davon erfuhr, dass er irgendetwas Ungesetzliches tat und zum Beispiel Drogen nahm. Erstens war Krista Léger eine Spießerin und zweitens passte sie seit dem Tod ihres Mannes wie eine Glucke auf Aaron auf. Ein Übertritt ihrer Gesetze würde unweigerlich bedeuten, dass er für Wochen Hausarrest bekam, und das war absolut tödlich. Da konnten sie ihn packen.

»Es ist so kalt«, sagte Aaron.

»Hast du vielleicht Angst, dass du erfrierst?«, fragte Vincent. »So wie Pauline letztes Jahr?«

»Kann schon sein, dass ich manchmal an sie denke. Seid ihr mit der damals auch hier lang?«

»Manchmal schon, aber nicht in der Nacht, als sie starb. Stimmt doch, Iason, oder? In der Nacht hast du zusammen mit den anderen nach Leo gesucht.«

»Stimmt absolut.«

Nachdem sie dreihundert Meter gegangen waren, schwenkte Iason scharf nach links und sie gingen in Richtung der Rue Envie. Auf dem offenen Feld pfiff ein so scharfer Wind, dass allen dreien die Ohren schmerzten. Kurz bevor sie die Rue Envie erreichten, blieb Iason stehen, hob den Arm und zeigte. »Da vorne ist vor fünf Jahren unsere Oma gestorben. Genau da. Siehst du, wo ich meine, Aaron?«

»Woohoo!« rief Vincent genau in diesem Moment, und zwar so laut, dass Aaron erschrak. Dann zeigte er steil nach oben.

Vrooom...!

Aaron sah zu der Boeing hoch. Eine Weile standen die Brüder einfach nur da und betrachteten ihn und seinen Atem in der eisigen Luft.

»Kommt, da vorne geht's in den Wald«, sagte Iason und ging weiter.

Kein Auto auf der Rue Envie. Trotzdem blieb er am Straßenrand stehen. Zwischen den Pappeln auf der anderen Seite würde man nur ihre Schritte im Schnee hören. Iason sog die Luft durch die Nase ein. »Glatt«, erklärte er, als könnte er sogar das riechen.

Wie zum Beweis schob er seinen rechten Fuß vor und zurück über die Teerdecke der Straße. Sie trotteten weiter. Als sie mitten im Pappelwald waren, als es nach allen Seiten hin genau gleich aussah, blieb Iason stehen und setzte seinen Rucksack ab.

»Was machst du?«, fragte Aaron.

Iason holte eine Flasche Whiskey aus dem Rucksack. Die hatte er aus der Bar des *Auguste* geklaut.

»Erst mal trinken, dann reden wir.«

Iason nahm ein paar ordentliche Schlucke. Darauf hatte er sich schon während des ganzen Abends gefreut. Danach trank Vincent. Und diesmal waren es auch bei ihm keine Hasenschlückchen. Zuletzt kam Aaron an die Reihe, der spuckte alles wieder aus.

»Hast du überhaupt schon mal Bier getrunken?«, fragte Iason.

»Ja.«

»Glaub ich dir nicht. Nimm kleinere Schlucke.«

Das tat Aaron, riss sich zusammen, litt ... und schaffte es.

»Gleich noch mal.«

Es tat Vincent gut, den kleinen Spion ein bisschen leiden zu sehen. So wie es ihm auch damals unten am Lac Virelle gutgetan hatte, ihn leiden zu sehen. Allerdings hatte Aaron offenbar einen stärkeren Willen als gedacht und bekam es zuletzt ganz gut hin.

»Das machen sie nämlich bei der Neersteen immer als erstes«, erklärte Vincent in einem Tonfall, als wüsste er, wovon er sprach. »Wenn du das mit dem Whiskey nicht schaffst, schmeißen sie dich sowieso gleich wieder raus.«

Aaron trank weiter und trötete rum. Er war stolz auf sich, er war stolz dabei zu sein, das war nicht zu überhören. Es lief alles, wie Iason und Vincent es sich vorgestellt hatten. Aaron trank. Noch einen Schluck. Und noch einen. Sie ließen ihm Zeit. Die Wirkung setzte ein, Aaron wurde sanft und zugänglich. Das war jetzt der entscheidende Moment, der, von dem alles abhing. Iason holte ein Tütchen Haschisch aus seiner Manteltasche.

»Pass auf, Aaron. Wir üben erst mal.«

»Und was?«

»Haschisch rauchen und Whiskey trinken, ohne zu kotzen. Ehe du das nicht kannst, brauchst du denen gar nicht zu kommen.«

»Verstehe«, sagte Aaron. War aber nicht ganz bei der Sache. Ihn schien nur der Joint zu interessieren.

»Ich muss erst noch mehr Werbung für dich machen. Die Neersteen würde dich, so wie du jetzt bist, nicht reinlassen. Da sind nur solche zugelassen, für die sich jemand einsetzt und die dann akzeptiert werden. Verstehst du das?«

»Nee.«

»Es soll nicht jeder Idiot kommen. Oder würdest du wollen, dass da jeder rumhängt?«

»Würde ich nicht wollen.«

»Siehst du, Aaron, du verstehst es. Ich musste drei Monate warten. Du wartest gerade mal vier Wochen.«

»Was ist mit Haschisch?«

»Hin und wieder gebe ich dir was. Wenn du mehr willst,

musst du zahlen. Aber ich bin kein Dealer, du musst selbst nach Moolenbeek fahren. Die Araber da verkaufen an jeden.«

Sie rauchten einen ersten Joint. Aaron fiel fast um, war aber begeistert.

Normalerweise gab Iason sein Haschisch nicht umsonst ab. Er verkaufte kleine Mengen, wenn mal jemandem der Stoff ausgegangen war, oder schickte die Bittsteller in die Spielhalle von Foison. Von den Tabletten, die sie manchmal nahmen, hatte sein Bruder Aaron offenbar nichts erzählt. Jedenfalls verlangte er keine.

»Na? Habe ich dir zu viel versprochen?«, fragte Iason, während er begann, einen zweiten Joint zu drehen. »Die lassen dich bestimmt bald rein, aber ein bisschen dauert es noch.«

Zum Glück war Aaron jetzt, da er bereits stark benebelt war und gleich noch einen zweiten Joint bekommen würde, mit allem einverstanden.

»Komm, ich bringe dich nach Hause, sagte Vincent, nachdem Iason die zweite Tüte fertig hatte. Aaron nickte.

Iason hatte so was schon geahnt. Aaron war vor allem am Kiffen interessiert. Übel an seinen Erpressungsversuchen war nur, dass sein Bruder sich so damit beschäftigte. Vincents Kopf war knallrot vor Zorn gewesen, als er ihm gestanden hatte, dass Aaron von den Partys wusste. Und diese knallrote Wut, die Iason sonst gar nicht bei Vincent kannte, hing wiederum mit ihm und seiner Vorgeschichte zusammen.

»Wenn rauskommt, dass du da hingehst und was mit Drogen machst, kommst du wieder in die Anstalt. Die werden rausfinden, dass Pauline auch bei der Neersteen war, und dir was anhängen.«

Iason hatte versucht, seinen Bruder zu beruhigen, aber es war nicht mehr dabei herausgekommen, als dass Vincent geweint hatte.

»Den Joint nicht im Haus rauchen, hörst du? Nicht, dass deine Mutter am Ende was mitkriegt.«

»Bestimmt nicht. Wenn sie das sieht, krieg ich wochenlang Hausarrest.«

Das genau war Iasons Idee gewesen. Dass sie Aaron notfalls damit erpressen würden, seiner Mutter zu verraten, dass er Drogen und Alkohol nahm. Der Plan war einfach, aber genial, und Iason hatte nicht mal lange nachdenken müssen, um darauf zu kommen.

»Am besten ihr geht runter zum Lac Virelle und raucht ihn da. Da träume ich immer, wenn ich bekifft bin. Alles okay, Aaron?«

»Ja, alles ... Iason ... Dan ... Danke.«

»Den Whiskey könnt ihr mitnehmen. Üb noch ein bisschen, aber trink nicht zu schnell, Aaron, du bist so was Starkes noch nicht gewöhnt.«

Nachdem Vincent und Aaron zwischen den Pappeln verschwunden waren, ging Iason schneller. Er hatte jetzt Lust mehr zu trinken, Haschisch zu rauchen und ... ›Sophie ist sicher schon da, oder sonst die mit dem gläsernen Blick.‹ Mit solchen Gedanken im Kopf stapfte er durch den Schnee. Und genau wie er es vorausgesehen hatte, hörte er jeden seiner Schritte, wenn er durch die weiße Kruste brach.

Der Fotograf Hendrik Vanoppen

Der Name fiel öfter, er stand auch unter zahllosen Fotos, die in lokalen Zeitungen abgedruckt wurden. Vanoppen war 1905 in Brügge zur Welt gekommen und hatte sein Handwerk noch bei einem richtigen Meister gelernt. Ursprünglich hatte er Kunstfotograf werden wollen, etwas von diesem Wunsch spürte man noch, wenn man die Aufnahmen betrachtete. Nicht, weil sie poetisch komponiert wären oder gewagt arrangiert. Im Gegenteil, sie waren sachlich, gut austariert und technisch perfekt.

Bevor Vanoppen an diesem Tag mit seiner eigentlichen Arbeit begann, machte er eine Reihe anderer Aufnahmen.

Commissaire Moirin – Commissaire Frank war mit seiner Ermittlungsgruppe woanders eingesetzt – ließ ihn gewähren. Moirin kannte Vanoppen schon aus Kindertagen, wusste die

Qualität seiner Arbeit seit Jahrzehnten zu schätzen und ließ ihm, da sie beide kurz vor dem Rentenalter standen, Freiheiten. Vanoppen durfte also einige Impressionen ablichten, bevor es an die eigentliche Arbeit ging.

Eis auf dem Lac Virelle.

Im Vordergrund war alles scharf gerandet, im Hintergrund etwas zerfranst. Dort zwei geschmeidige Läufer auf Kufen. Eigentlich nur längliche Flecken, leicht vornübergebeugt. Ganz links am Bildrand etwas Reet mit weißen, leicht geschuppten Streifen an jedem Halm. Das Weiß nur Richtung Osten, denn von da wehte seit Tagen der Wind.

Eine weitere Aufnahme zeigte einen weißen Peugeot 404 Kombi. Die Fahrertür war weit geöffnet. Er stand auf einem Feldweg mit tief eingewühlten Spuren. Hinter dem Wagen die astlosen Stämme einer Reihe von Pappeln.

Die Leiche von Aaron Léger war auf diesen Bildern noch nicht zu sehen, die Magie des Dokumentarischen hatte sich noch nicht entfaltet.

Sie hatten ihn am Ufer des Lac Virelle gefunden.

Seitliche Lage.

Am Fuß einer mächtigen Buche, zwischen zwei beindicken Wurzeln, die bis unters Eis reichten.

Seinen Kopf hatte er weit nach vorne genickt. Es sah aus, als habe er versucht sich einzurollen.

Es war das Kindliche, das vollkommen Friedliche seiner Position, die jeden sofort an einen natürlichen Tod denken ließ. An ein Kind, das schläft. Gleichzeitig hatte das Bild etwas von einem Gemälde, denn Aaron lag beinahe zu perfekt, hob sich so stark vom Untergrund ab, dass es aussah, als würde er schweben.

Für die roten Lippen, die aussahen, als habe ihn jemand geschminkt, gab es zunächst keine Erklärung. Und es war tatsächlich Lippenstift, wie sich später bei der Obduktion zeigte.

Was für eine Bezeichnung sollte man wählen, für das, was die Anwesenden sahen? – Friedlich? – Ästhetisch? – Obszön?

Es geht wohl eher darum, überhaupt kein Wort zu finden

und das Bild irgendwann wieder aus dem Kopf zu verbannen. Denn letztlich lag hier ein Fünfzehnjähriger und war tot.

»Keine direkte Gewalteinwirkung«, erklärte Commissaire Moirin. »Ich schätze, der ist selbst hierher gegangen. Fußspuren?«

»Hier liegt leider kein Schnee. Der Wind vom See her ... Weiter hinten im Wald hätten wir mehr Glück gehabt«, erklärte Mertens.

»Nach einem Kampf oder einer Gewalttat sieht hier jedenfalls nichts aus.«

»Ein Junge, aufgemacht wie ein Mädchen«, stellte Sergeant Mertens fest. »Und seine Haare sind aufgefächert. Genau wie letztes Jahr bei Pauline Goossens.«

»Ich war nicht dabei, aber das war, wenn ich mich richtig erinnere, ein Selbstmord«, sagte Commissaire Moirin. »Gab es nicht sogar einen Abschiedsbrief?«

»Schon, aber das mit den Haaren ist doch auffällig, und ...«

»Nicht alles was bedeutend aussieht, ist von Bedeutung«, schnitt Commissaire Moirin Sergeant Mertens in durchaus freundlicher, beinahe schon gemütlicher Weise das Wort ab, blickte dann wieder in Richtung der Leiche. »Es würde mich nicht wundern, wenn unsere medizinische Abteilung Alkohol in seinem Blut nachweist.«

»Vielleicht ist auch wieder Valium im Spiel«, hakte Mertens erneut nach. »Bei Pauline Goossens ...«

»Gut möglich«, sagte Commissaire Moirin. Seine Stimme klang resigniert. »Wir hatten während des letzten Jahres schon drei solche Fälle in Brüssel. Unter Jugendlichen kursiert das Gerücht, dass es was bringt, Valium oder irgendwelche Psychopharmaka aus der Hausapotheke der Eltern zu klauen und die zusammen mit Haschisch und großen Mengen Alkohol einzunehmen. Und wir haben es immer noch nicht geschafft, denjenigen, von dem dieser Tipp kam, zu ermitteln. Es sei denn, Commissaire Frank ist da auf einem anderen Stand als ich.«

»Wo ist er überhaupt?«, fragte Mertens.

»Das kann ich Ihnen im Moment leider nicht sagen. Ich weiß nur, dass im Stadtzentrum sehr intensiv nach einem Messerstecher gefahndet wird. Ich würde vorschlagen, die Sache nicht zu hoch zu hängen. Am besten ihr beruft eine Versammlung ein und klärt die Eltern darüber auf, dass sie ihre Medikamente nicht offen rumstehen lassen und mit ihren Kindern sprechen.«

Commissaire Moirin machte nicht auf jeden den hellsten Eindruck, was sicher zum Teil an seiner getönten Riesenbrille lag, die er Sommer wie Winter trug, und an der Art seiner Kleidung. Aber er hatte doch viel Erfahrung.

Lippenstift, Kamm, Valium

Zwei Tage später war noch immer nicht klar, wie Aaron an den Lac Virelle gelangt war. Dafür wusste man inzwischen, dass er 1,4 Promille Alkohol im Blut hatte. Einen oder zwei Joints schien er geraucht zu haben. Dazu kam ein starkes Sedativum.

»Eingeschlafen, wie ich es euch gesagt hatte«, sagte Commissaire Moirin. Es war sein letzter Satz in dieser Sache, denn er wurde dringlich im Stadtzentrum von Brüssel gebraucht und fuhr sofort ab. Sein noch recht junger Kollege, Commissaire Bonnet, machte für ihn weiter.

»Vielleicht weiß jemand an der Schule was.«

Einem Mädchen aus der Zehnten hatte Aaron von einer Party erzählt. Nur bei wem die stattfinden sollte, hatte er nicht verraten. Die Befragungen ergaben nichts. Niemand aus der Schule hatte an diesem Abend eine Party geschmissen. Dafür sagte ein Junge aus der Elften, dass Aaron an dem Abend zu den Fourniers wollte und dass Vincent ihn für gewöhnlich nach Hause brachte. Vivienne Maes hatte gesehen, wie Vincent mitten in der Nacht die Rue van de Velde entlang gerannt war.

Commissaire Bonnet hatte Nora mitgenommen, denn er

hielt viel auf die Einhaltung auch der neuesten Vorschriften. Eine Frau vom Jugendamt war ihm lieber, als wenn Vincents Eltern auf einem Anwalt bestanden hätten. Ein Recht, auf das er Emely nach der Begrüßung allerdings ausdrücklich hinwies.

Noras Anwesenheit erwies sich als günstig, denn als sie zusammen mit Emely und Vincent im großen Zimmer standen, war sofort klar gewesen, dass Vincent im Beisein seiner Mutter entweder gar nicht reden oder nicht alles sagen würde. Also baten sie Emely rauszugehen, was sie zu Noras Erleichterung tat.

Als Commissaire Bonnet mit der Befragung beginnen wollte, saß Vincent da wie erstarrt. Sein Gesicht sah aus, als würde er sich mit Macht auf etwas konzentrieren.

»Alles in Ordnung, Vincent?«, fragte Nora.

»Ja.«

Ein Nicken reichte, um die Frage, wer das Gespräch führen würde, zu klären. Commissaire Bonnet machte sich von nun an Notizen. Offenbar hatte der Junge Angst vor ihm. Bonnet ging davon aus, dass eine Frau vom Jugendamt täglich damit zu tun hatte, herauszufinden, was in irgendeiner Situation genau vorgefallen war. Auch Vergehen, die mit Alkohol oder anderen Drogen zu tun hatten, gehörten vermutlich eher zu ihrem Tagesgeschäft als zu seinem. Mit diesen Einschätzungen lag er richtig. Es war eine rein praktische Erwägung, Bonnet war von seinem Wesen her ein auf sehr auf Rationalität bauender Mensch, was ihn nicht nur in dieser Situation teamfähig machte.

»Du willst nicht, dass deine Mutter dabei ist?«, fragte Nora als erstes. »Sagst du mir, warum?«

»Weil ich heimlich aus dem Fenster geklettert bin, um Aaron nach Hause zu bringen. Weil der nachts immer Angst hat.«

»Und das ist ein so großes Geheimnis, dass deine Mutter nichts davon wissen darf?«

»Sie meint, Aaron soll lernen, allein nach Hause zu gehen. Meine Mutter ist streng. Werden Sie ihr verraten, was wir bereden?«

»Ich werde ihr nicht sagen, dass du aus dem Fenster geklettert bist.«
»Hm.«
»Du hast also Aaron nach Hause gebracht.«
»Ja.«
»Ganz bis nach Hause?«
»Ja.«
»Habt ihr was getrunken?«
Commissaire Bonnet quittierte Noras Fragen mit einem kaum sichtbaren Nicken.
»Aaron hatte Bier dabei.«
»Hatte er oder hattest du sonst noch etwas dabei?«
»Was denn?«
»Haschisch, Tabletten, irgendein Medikament?«
»Nein.«
»Ihr habt euch also auf dem Hof von Aarons Mutter getrennt.«
»Nicht direkt auf dem Hof, sondern ein Stück die Straße hoch. Mir war kalt, ich wollte so schnell wie möglich nach Hause. Und Aaron hatte auf den letzten Metern auch keine Angst mehr. Außerdem...« Vincent zögerte, nahm dann seinen Mut zusammen. »Außerdem haben wir noch einen Joint geraucht.«
»Woher kam der?«
»Weiß ich nicht. Aaron hatte ihn dabei. Nachdem wir damit fertig waren, hatte er keine Angst mehr. Ich konnte also nach Hause, mir war auch inzwischen arschkalt.«
»Aaron hatte vorher Angst? Vor wem?«
»Vor Wildschweinen. Aber am Hof seiner Mutter hängt an der Ecke vom alten Schweinestall eine Straßenlaterne, da hatte er keine Angst mehr. Und wohl auch wegen dem Joint.«
»Du hast ihn also nicht direkt bis zur Haustür gebracht?«
»Habe ich doch schon gesagt. Wir standen hundert Meter weiter oben, Richtung Rue Envie. Damit seine Mutter nicht sieht, dass wir rauchen.«
»Hast du gesehen, wie er ins Haus gegangen ist?«

»Nein. Ich bin gleich heim.«
»War dein Bruder zu Hause?«
»Er kam gerade von der Toilette, wo er gekotzt hatte.«
»Warum gekotzt?«
»Weiß nicht, ihm war wohl schlecht.«
»Als du Aaron nach Hause gebracht hast, hat er da was erzählt? Wollte er noch irgendwo hin?«
»Nein.«
»Hat dir vielleicht jemand von einer Party erzählt, die an dem Abend irgendwo gelaufen ist?«
»Was für eine Party?«
»Eine, auf der man viel trinkt und vielleicht auch was nimmt.«
»Was nimmt?«
»Drogen. Tabletten.«
»Nein. Es würde mich auch wundern, wenn es in Envie so was gäbe. Also mit echten Drogen.«

Commissaire Bonnet mischte sich ein. »Man hat dich gesehen, wie du um ungefähr ein Uhr nachts die Rue van de Velde entlang gerannt bist. Gerannt, nicht gegangen.«

»Weil mir kalt war. Ich wurde auch auf einmal so müde. Ich dachte schon, ich schaffe es nicht mehr.«

»Wenn du irgendetwas weißt, Vincent, dann solltest du es uns jetzt sagen.«

»Denk an Pauline Goossens«, setzte Nora nach. »Die kanntest du doch. Die ist auch ganz alleine draußen gestorben.«

»Ich weiß nichts. Ehrlich. Werden Sie meiner Mutter was sagen?«

»Was sollten wir denn sagen?«

»Dass ich aus dem Fenster geklettert bin und das mit dem Joint.«

Als sie wieder im Wagen saßen, fragte Commissaire Bonnet Nora, ob ihr während der Befragung etwas aufgefallen sei.
»Was denn?«

»Der Junge hat ziemlich schnell geantwortet, finden Sie nicht?«

»Es waren keine komplizierten Fragen.«

»Und sein Blick? Mir kam es vor, als hätte er sich die ganze Zeit auf irgendwas konzentriert.«

»Und auf was?«

»Wenn ich das wüsste. Irgendwas war jedenfalls nicht so, wie es normalerweise ist, wenn jemand nur eine Aussage macht.«

Die Ahnung von Commissaire Bonnet, dass etwas an Vincents Aussage nicht stimmen könnte, bestätigte sich zwei Stunden später. Da meldete sich Ronny und sagte aus, er hätte in der fraglichen Nacht Aaron zusammen mit Vincent und Iason um kurz nach 23 Uhr dabei beobachtet, wie sie die Rue Envie überquerten und im Pappelwald verschwanden.

Als Nora und der Commissaire erneut bei den Fourniers klingelten, wurden sie nicht gleich reingelassen. Emely war misstrauisch geworden.

»Vincent hat doch schon mit Ihnen gesprochen.«

»Leider hat er, wie sich jetzt herausgestellt hat, nicht die volle Wahrheit gesagt«, erklärte Commissaire Bonnet.

Emely überlegte, ihr Blick wanderte vom Commissaire zu Nora. Dann wieder zurück. »Warten Sie bitte. Ich will telefonieren, ich möchte, dass jemand dabei ist.«

»Haben Sie einen guten Anwalt?«, fragte Nora, wofür sie von Commissaire Bonnet mit wohlwollenden Nicken bedacht wurde.

»Rechtsanwalt Lambert hat uns schon oft geholfen.«

Es dauerte eine Stunde, bis Monsieur Lambert da war. In dieser Zeit wurde Commissaire Bonnet von Commissaire Frank abgelöst. Der ältere wurde vom Jüngeren auf den Stand gebracht, wobei sich zeigte, dass Commissaire Frank im Großen und Ganzen mit allen Entwicklungen vertraut war.

Auch diesmal zog Emely sich zurück. »Sie passen auf, dass nichts passiert!«, instruierte sie ihren Anwalt.

»Ja, anfangs war Iason mit dabei«, erklärte Vincent, nach-

dem Commissaire Frank ihm von Ronny Namurs Aussage erzählt hatte. »Ich bin dann aber allein weiter mit Aaron.«
»Warum hast du das meinem Kollegen nicht gleich gesagt?«
»Wegen dem Whiskey. Damit Iason keinen Ärger kriegt.«
»Was war mit dem Whiskey?«
»Den hat mein Bruder aus der Bar unserer Eltern geklaut. Es wäre nett, wenn Sie das für sich behalten.«
Advokat Lambert lächelte, blickte kurz zu Nora rüber, die ihn nicht weiter beachtete.
»Iason klaut sonst nie was im Restaurant, nur an dem Abend. Wir wollten das mal ausprobieren.«
»Und warum hast du Aaron allein nach Hause gebracht?«
»Weil Iason im Pappelwald zu viel getrunken hatte. Ihm war kotzschlecht, er musste ganz schnell nach Hause. Er war ja immer noch am Kotzen, als ich heimkam. Das hatte ich dem Anderen aber auch gesagt.«
»Das mit dem Kotzen schon, das mit dem Whiskey und dass ihr zu dritt unterwegs wart, nicht. Wo ist der Whiskey geblieben?«
»Den hab' ich Aaron gelassen. Was sollte ich damit?«
Als nächstes war Iason an der Reihe. Der Anwalt der Fourniers sah kurz auf seine Uhr, hatte aber nichts gegen eine Befragung einzuwenden.
»Also, wie war das, Iason? Ihr seid um kurz nach 23 Uhr dabei gesehen worden, wie du und dein Bruder zusammen mit Aaron die Rue Envie überquert habt. Was wolltet ihr mitten in der Nacht im Wald?«
»Trinken. Ich hatte einen Rucksack dabei, für unser Bier.«
»Bier? War es nicht eher eine Flasche Whiskey, die du deinem Vater ... die du dir genommen hattest?«
»Hat Vinc Ihnen das erzählt? Gut, hab ich eben Whiskey geklaut.«
»Ist so eine Vernehmung wie diese für dich was Normales? Was Alltägliches? Etwas, worüber du dich amüsierst?«
»Bitte bedrohen Sie den Jungen nicht«, unterbrach Advokat Lambert. »Wenn aus der Befragung ein Verhör wird, müs-

sen wir abbrechen. Ich bin nicht ausreichend mit den Fakten vertraut.«

Die etwas strikteren Fragen von Commissaire Frank hatten Iason alarmiert.

»Wir wollten nur mal probieren, wie der schmeckt. Wir schenken viel davon im Restaurant aus, und die Gäste sagen immer, Whiskey sei etwas ganz Besonderes.«

»Habt ihr was geraucht?«

»Nein.«

»Auch keinen Joint?«

»Aaron hatte einen dabei. Er hat damit angegeben.«

»Wo hatte er den her?«

Advokat Lambert hob seine rechte Hand als Zeichen, dass etwas nicht so lief, wie es laufen sollte.

»Du selbst kaufst dir kein Haschisch, nehme ich an.«

»Nein.«

Rechtsanwalt Lambert machte Commissaire Frank ein Zeichen, dass es so in Ordnung sei. Der Commissaire massierte daraufhin kurz seinen Nasenrücken. »Hat Aaron bei irgendeiner Gelegenheit mal darüber gesprochen, von wem er sein Haschisch bezieht? Du musst darauf nicht antworten.«

»Hat er nicht. Er meinte, sein Dealer hätte ihm gedroht, wenn er ihn verrät, kriegt er Ärger.«

»Und du weißt vermutlich nicht, wer Aarons Dealer sein könnte?«

»Einige von den Älteren fahren angeblich nach Moolenbeek, da leben massenhaft Marokkaner, die dealen. Ich mach so was nicht.«

Advokat Lambert quittierte Iasons Aussage mit einem etwas mechanisch wirkenden Nicken.

»Hatte jemand von euch Valium dabei? Oder andere Tabletten?«

»Nein.«

»Guck mich an, Iason. Also?«

»Noch eine Frage in diesem Ton, und wir brechen sofort ab«, sagte Advokat Lambert. Seine Stimme klang deutlich schärfer als zuvor.

»Wie ist Aaron nach Hause gekommen?«

»Mein Bruder hat ihn gebracht.«

»Du hast die beiden nicht begleitet? Warum?«

»Weil ich zu viel getrunken hatte. Ich musste nach Hause, mich hinlegen.«

»Und der Whiskey?«

»Die Flasche habe ich den beiden mitgegeben. Mir war schlecht, das zog schon heftig von unten den Hals rauf. Und wenn es so weit ist, muss ich immer kotzen und das hört bei mir nicht so schnell wieder auf. Also dachte ich: Besser nach Hause. Außerdem war es arschkalt und Vincents Jacke ist besser gefüttert als meine.«

Iasons Anwalt machte dem Commissaire ein Zeichen. Der verstand.

»Danke, Iason, das war's schon.«

Als sie aus dem Wohnzimmer kamen, beruhigte Advokat Lambert Emely und erklärte ihr, dass keine Gefahr drohe. Vor dem Haus jedoch hatte der Anwalt noch eine Frage an Commissaire Frank. »Liegt irgendetwas gegen Iason vor?«

»Bis jetzt nicht.«

»Sie sagen das, als würden sie hoffen, etwas gegen ihn zu finden.«

»Ihr Eindruck täuscht, Monsieur Lambert. Wir wollen nur wissen, was im Wald passiert ist. Und jetzt entschuldigen Sie mich bitte, ich habe in 30 Minuten eine Besprechung mit den Kollegen.«

»So hoch hängen Sie diese Geschichte?«

»Bei der Besprechung geht es um andere Vorgänge. Gravierendere, wenn ich so sagen darf.«

Nachdem der Anwalt gegangen war, wandte sich Commissaire Frank an Nora.

»Dürfte ich Sie um einen Gefallen bitten?«

»Na?«

»Ich muss los, aber mein Kollege Commissaire Moirin ist bereits auf dem Weg. Ich instruiere ihn noch von unterwegs. Die Aussagen des Jungen müssten abgeklärt werden. Da sie sich hier besser auskennen als wir...«

»Hier kommen so viele verschiedene Commissaires. Ist das nicht ein bisschen verwirrend?«

»Alle aus der gleichen Ermittlungsgruppe, sie müssen sich da keine Sorgen machen. Wir sind im Moment wegen eines Messerstechers etwas eingebunden. Und das hier ist vermutlich eher eine Tragödie als ein Kapitalverbrechen. Trotzdem muss die Aussage abgeklärt werden.«

Nora und Moirin, der sich wegen einer Umleitung etwas verspätet hatte, waren zum Pappelwald gefahren. Nora wunderte sich erneut, wie genau der Commissaire bereits über alle Vernehmungen und Aussagen im Bilde war.

Sie hielten ungefähr an der Stelle, die Iason beschrieben hatte. Lange mussten sie nicht suchen. Da führten tatsächlich die Spuren von drei Personen in den Wald. Nach etwa hundert Metern gab es eine Stelle, wo der Schnee niedergetrampelt war. Offenbar hatten sich die Drei dort eine Weile aufgehalten. Dann führten die Spuren von zwei Personen in die Richtung, in welcher der Hof von Aarons Mutter lag. Eine dritte Spur, die deutlichste und auch tiefste, führte etwas schräg zurück, dorthin, wo das Hauses der Fourniers lag.

Sie folgten den Spuren der zwei Personen. Die endeten auf dem gefegten Gehsteig einer Straße, an deren Ende der Hof von Aarons Mutter lag.

»Ein einzelner Hof neben einer kleinen Siedlung«, murmelte Commissaire Moirin.

»Er gehört trotzdem zu Envie. Es heißt immer, sie hätten in Envie noch drei Höfe. Aber der hier gehört genau genommen auch dazu.«

»Hm.«

»Ist das mit dem einzelnen Hof wichtig?«

»Kann ich nicht sagen. Ich versuche nur gerade die Laufwege zu rekonstruieren. Von hier bis zum Haus seiner Eltern, das war für Vincent ein gutes Stück Weg. Er, sein Bruder und der kleine Aaron wurden um 23 Uhr das erste Mal gesehen, um ein Uhr kam Vincent zurück. Zwei Stunden bei minus 10 Grad im Freien?«

Trotzdem stimmte die Spurenlage mit den Erklärungen der Brüder Fournier überein.

Zudem wurde Vincents Aussage von einer Frau bestätigt, die gerade aus ihrem Haus kam. Commissaire Moirin hatte sie angesprochen und gefragt, ob sie zwei Nächte zuvor jemanden auf der Straße gesehen hätte.

»Ja. So gegen Mitternacht war das. Ich zeig Ihnen, wo genau die standen.«

Sie ging zielstrebig zu einer bestimmten Stelle, deutete auf den Boden.

»Hier. Sie haben sich eine Zigarette geteilt.«

»Wie alt waren die?«, fragte Moirin.

»So genau hab ich nicht hingesehen.«

»Waren die eher 50, eher 30? Jünger vielleicht?«

»Ich glaube jünger. Mit 30 oder 50 teilt man sich doch keine Zigarette.«

Nachdem die Frau gegangen war, fiel Nora etwas ein, das Commissaire Frank am Lac Virelle gesagt hatte. Commissaire Moirin verstand. Also gingen sie zum Hof von Krista Léger und fragten, ob sie Valium im Haus hätte.

»Ja, seit mein Mann tot ist, kann ich nicht richtig schlafen.«

Die Dose mit den Tabletten stand in einem kleinen Regal, rechts neben dem Waschbecken.

»Haben Sie einen Überblick, wie viele Tabletten da drin sind?«

»Mein Arzt sagt, ich soll so bald wie möglich hier wegziehen, weil die Erinnerung...« Sie verstummte, weinte aber nicht.

Während Krista Léger weiter schwieg und Nora ihr einen Hocker holte, entdeckte Commissaire Moirin etwas. Einen kleinen, alltäglichen Gegenstand in typischer Gestalt. Er lag direkt neben der Dose mit den Tabletten.

»Sie benutzen einen Lippenstift.« Er hatte das in einer Weise gemurmelt, als könne er es kaum glauben.

»Wenn ich zum Friedhof gehe.«

»Rot?«

»Ja.«

Der Lippenstift lag einfach da. Neben der Dose mit dem Valium. Dahinter eine Haarbürste, in der ein Kamm steckte, in dem zwei lange Haare hingen. Das ganze sah aus wie ein kleines Stillleben. Als Commissaire Moirin den Lippenstift überprüfte, zeigte sich, dass die Spitze nicht so aussah, wie sie sollte.

»Sieht Ihr Lippenstift immer so aus?«

Krista Leger setzte ihre Brille auf. »Nein, bestimmt nicht. Als hätte jemand zu stark aufgedrückt.«

»So sehe ich das auch. Wir werden ihn mitnehmen, wenn Sie gestatten.«

Nora begann zu suchen.

»Fehlt was?«, fragte Krista Léger, die sich inzwischen wieder auf ihrem Hocker niedergelassen hatte.

»Ich sehe nur nach, ob hier jemand eine Flasche Whiskey ... Ah!«

Die Flasche stand unten, hinter dem Klo. Sie war leer.

»Da hat Ihr Sohn wohl noch ein bisschen weitergefeiert«, sagte Nora. »Hatte Aaron irgendwann schon mal den Wunsch, sich die Lippen anzumalen?«

Krista Léger überlegte einen Moment, ehe sie antwortete. »Das machen doch alle Jungen. In einer gewissen Phase. Dass sie mal sehen wollen, wie es ist.«

»Wie mein Kollege Frank von Anfang an vermutet hatte«, resümierte Commissaire Moirin, als sie wieder vor dem Haus standen. »Vermutlich eher eine Tragödie als ein Verbrechen. Der einzige, der möglicherweise etwas falsch gemacht hat, ist der kleine der Brüder. Vielleicht waren er und Aaron hier im Haus und sind dann noch mal losgezogen. Aber was ist dann passiert? Es ist eiskalt, sie waren schon lange draußen, sie wurden müde. Einer hat es nach Hause geschafft, der andere nicht? Ich finde es so schon erstaunlich, dass dieser zierliche Bursche in diesem Zustand überhaupt wieder heimgefunden hat. Offenbar hatte er ja auch etwas getrunken. Und gekifft. In dem Zustand zwei Stunden bei minus zehn Grad.

Muss eine gute Kondition haben der Kleine. Oder die bessere Jacke.«

»Also nichts, wofür jemand eingesperrt werden müsste?«

»Vielleicht doch. Solche Tragödien häufen sich. Und immer ist die Kombination aus Alkohol, Haschisch und einem Medikament die Todesursache. Die Kinder schlafen entweder ein oder werden extrem leichtsinnig. Wer rät ihnen zu diesem tödlichen Unsinn? Ein Klassenkamerad? Ein Kleindealer? Jemand im Jugendzentrum? Darf ich Sie noch auf einen Kaffee einladen?«

»Heute keine Sitzung mit der Ermittlungsgruppe?«

»Nein, heute nicht. Es gibt ja auch noch was anderes.«

Nora war sich jetzt sicher. Commissaire Moirin hatte etwas sehr Anziehendes. Von seinem Wesen her jedenfalls. Davon abgesehen war er ein alter, völlig unscheinbarer, ja beinahe nichtssagender Mann.

Krista Léger hat etwas auf dem Herzen

Aarons Beerdigung fand am dritten Advent statt. Trotz der sehr unangenehmen Kälte kamen fast zweihundert Menschen. Auguste und Emely hatten ganz andächtig dagesessen, als Vincent ein selbst verfasstes Gedicht vortrug. Sie hatten zwar nicht viel verstanden, aber wie Vincent da in der Apsis stand, beleuchtet von zwei großen Kerzen, das hatte sie doch sehr erfasst. Vincent war schon immer ein wenig in sich gekehrt gewesen, aber als er sein Gedicht vortrug, das von Treue, Vertrauen und Unsterblichkeit handelte, wirkte er so gefestigt, so überzeugend, dass es ihnen beinahe vorkam, als würde er leuchten.

Nach der Trauerfeier sprachen Krista Léger und Emely Fournier noch kurz mit dem Pfarrer. Hier äußerte Aarons Mutter zum ersten Mal den Wunsch, aus Envie wegzuziehen. Beim Verlassen der Kirche fragte sie Emely, ob die ihr nicht ihre Felder und Wiesen abkaufen wolle.

»Wir reden später in Ruhe darüber«, sagte Emely. »Es ist mir zu kalt.«

Zwanzig Meter von der Kirche entfernt war Krista Léger dann aber doch noch mal stehen geblieben.

»Ich möchte dir etwas sagen, Emy, nur dass du das weißt. Ich glaube nicht, dass Iason oder Vincent schuld sind an Aarons Tod. Sie haben zusammen getrunken und ich weiß, wie sehr mein kleiner Aaron da hinterher war. Freunde finden und trinken.«

»In dem Alter…«

»Das meine ich. Ich glaube, niemand hat Schuld daran. Er wollte halt sein wie die anderen. Ich glaube, das ist die Wahrheit, wenn es so was überhaupt gibt. Du wirst jetzt vielleicht denken, soll sie doch erst mal weinen. Das werde ich noch genug, Emy. Aber jetzt weine ich nicht, jetzt ist mir das hier das Wichtigste. Wir kennen uns, seit wir fünf waren, oder? Da darf nichts zwischen uns kommen, meinst du nicht?«

»Ich werde dir einen guten Preis für deine Felder zahlen, mach dir deswegen mal keine Sorgen.«

»Das war nicht der Grund.«

»Das weiß ich doch, Krista. Aber wir reden ganz offen, oder?«

»Haben wir doch immer gemacht. Ich glaube, Mütter können so was.«

»Offen reden?«

»Offen reden und genau wissen, was die andere meint.«

Iason war nicht zur Beerdigung gekommen. Er hätte es nicht ausgehalten, der besten Freundin seiner Mutter zu begegnen. Er musste irgendwo hin, wo er sich sicher fühlte und auf andere Gedanken kam. Er und Vincent hatten Aaron mit Hasch zugedröhnt und betrunken gemacht, jetzt war er tot. Was noch dazukam: Iason war vor ein paar Tagen siebzehn geworden. Vor dem Gesetz, so meinte Iason, würde das einen entscheidenden Unterschied machen.

Er bekam immer mehr Angst, als ihm das alles im Kopf

rumging. Dann wieder schlug die Angst in ihr Gegenteil um und er kam sich befreit vor. Niemand konnte ihm was.

Mit diesem Hochgefühl ging er noch am Abend von Aarons Beerdigung auf die Party bei Sylvia Neersteen.

Als er ankam, der nächste Schock. Lukas erzählte ihm, Sophie wäre wieder mit einem Älteren zusammen, Julie und Eveline wussten es auch schon. Das war zu viel. Also hatte Iason Sophie erklärt, dass Schluss sei, und war dann gleich hin, zu Sylvia.

Er betäubte sich.

Bis zum Anschlag.

Wobei Betäubung auch ein Hochdrehen bewirken kann, wenn das Herz mitmacht. In diesem Zustand war ihm zuletzt alles egal. Auch ihr Alter.

Sympathy with the Devil

Kein Übergang, kein Vorspiel.

Sylvia Neersteen versank in einer Welt, die nicht mal mehr trübe war. Nichts, aber auch gar nichts mehr war zu sehen für sie und wohl auch nicht zu hören. Wie es eben ist, wenn die Sinne sich bis zum Äußersten öffnen und man zuletzt blind wird und taub.

Und Iason? – Er hörte vor allem ihr Schreien. Denn das war beileibe kein Seufzen, kein scharfes Einatmen und Wollen, kein Stöhnen der Lust.

Ihr Rock, ihre Bluse, ihre Unterwäsche, wo lagen die? Ein Stück weit entfernt? Verstreut auf dem Boden des Zimmers? Waren sie zerrissen? Baumelte vielleicht etwas über der Lehne eines Stuhls? Hatte es diesen letzten Moment von Sorgfalt gegeben, ehe sie damit begonnen hatte, Iason ... Ja was? Zu verführen? Soll man das Verführung nennen? War sie nicht eher über ihn hergefallen?

»Weißt du, was du für mich bist?«, hatte sie gefragt und keine Antwort erwartet. »Du hast sehr schöne Haut.«

Sie war brutal mit ihm umgegangen, sie hatte ihn verletzt.

Genau wie er es früher bei Leo gemacht hatte, hatte sie mit ihrer rechten Faust auf seine Rippen eingeschlagen und mit der linken Hand seine zarte Haut am Rücken zerkratzt.

Ihr konstantes rhythmisches Schreien, das hatte doch nicht das Geringste gemein mit dem, was man als Verlangen bezeichnet oder Sinnlichkeit. Ihr Schreien hatte, wie auch ihre Schläge auf seine Rippen, etwas von … von Schlägen eben. Von Abwehr. Hätte sie als Frau nicht zärtlich sein sollen?

Wo war seine Hose, seine Unterhose? Hatte sie ihm überhaupt so viel Zeit gelassen?

Iason war ein hübscher Junge, ein wenig stämmig, keine Frage, aber ein Hübscher. Die Mädchen in seiner Schule hatten oft über seine Augen gesprochen, über seinen Mund und auch, genau wie Sylvia Neersteen, über seine Haut und seine kräftigen blauen Adern.

Wie sie sich gebärdete. Sie wand sich nicht, es war eher ein robustes, fast schon wahnsinniges Hämmern und Wollen, so ekstatisch, brutal und gierig, dass er schon bald den Kopf von ihr wegdrehen musste. So weit wie es ging. Nur, warum wegdrehen in diesem Moment totaler Vereinigung? Weil er fürchtete, ihre Schreie würden ihm das Trommelfell zerreißen? Weil er sie nicht mehr ansehen mochte?

Oder war es ganz anders gewesen? Hatte sie seinen Kopf weggedrückt, weil sie ihn nicht sehen wollte?

Was auch immer sie sich vorgestellt hatte, Sylvia Neersteen schaffte es nicht, richtig zu kommen, so sehr sie auch darum kämpfte. Ihre Haare klebten ihr am Ende nicht quer im Gesicht.

Als Iason vor ihren Bungalow trat, ins Kalte kam und sich seine Lungen mit Sauerstoff füllten, wäre er beinahe umgefallen. Einen kurzen Moment lang war ihm klar, dass Sylvia Neersteen nicht ganz dicht war. Oder vollkommen dicht. Auf dem Rückweg, zwischen den gerade gewachsenen Birken mit ihrem Eispanzer, dachte er da noch immer, dass er für Frauen jeden Alters unwiderstehlich sei? Was war dann passiert? Da gingen die späteren Aussagen auseinander.

Als er Sophie zwischen den Birken entdeckte, als sie ihren Kopf drehte, ihn sah und anfing zu laufen, hatte er überhaupt begriffen, dass sie vor ihm floh? Er torkelte, anfangs war er sogar in die falsche Richtung gegangen, rein in den Wald.

An alles andere, was auf Sylvia Neersteens Party passiert war, erinnerte er sich kaum noch. Sylvia hatte ihm was gegeben, bevor sie mit ihm geschlafen hatte. Und er wusste, wie man sich das reinziehen muss, wenn man einen richtigen Kick wollte und die totale Macht. Gut, dass er ein Herz besaß wie ein Pferd.

Iason sagte später aus, er habe einen Filmriss gehabt. Sophie erinnerte sich dafür um so besser.

Er hatte sie verfolgt. Es war nicht weit bis zur Rue Envie.

»Ey, Sophie! Warum läufst du? Ich krieg dich sowieso! Ey! Bleib stehen, du Nutte!«

Hatte er das wirklich gesagt? Er, Iason Fournier, der sich neuerdings für Kunst interessierte? Iason wusste gar nichts mehr, außer dass sich alles ... nein, es drehte sich nicht, es erweiterte sich, zog sich dann wieder zusammen. Als gäbe es zwischen ihm und der Welt eine Art Zoom, an dem jemand rumspielte.

»Ey, bleib stehen, Sophie! Bleib stehen. Bitte.« Ihm wurde auf einmal ganz heiß. Dann kalt. Sein Herz pumpte wie irre. Als müsse es sich anstrengen, das Blut in seinen Adern in Bewegung zu halten. Wo war überhaupt seine Jacke? Die brauchte er doch bei der Kälte. Trotzdem war ihm jetzt heiß. Sehr heiß sogar, und kribbelig an Händen und Füßen.

Sophie hatte ihn wütend gemacht. Extrem wütend. Es lag nicht daran, dass sie etwas gesagt oder getan hätte, es lag daran, dass sie weglief. Sie hätte nicht weglaufen sollen. Iason war so zu, dass er Entfernungen und Richtungen nicht mehr richtig einschätzen konnte. Er brauchte unbedingt einen festen Punkt, wollte sich an Sophie doch nur festhalten. Jemand musste ihn nach Hause bringen, sonst würde auch er in den Wald laufen oder am Rand eines Grabens sterben. Und Sophie wollte sich ihm entziehen. Das war es doch, nicht der Wunsch, über sie herzufallen. Als er sie endlich eingeholt hatte, waren sie schon auf der Rue Envie. Er griff zu, rang mit ihr, versuchte sich an ihr festzuhalten. Sie fielen hin. Und noch immer wollte sie weg von ihm. Sie schrie, er musste ihr den Mund zuhalten. Wie hatte es dazu nur kommen können? Er konnte doch jede haben, selbst eine von dreißig, er hatte es doch gar nicht nötig. Er hatte doch auch gar nicht versucht, sie in den Graben zu zerren oder zu vergewaltigen. Er hatte doch nur eins gewollt. Nach Hause.

Sophie hat sich gewehrt und extrem laut geschrien

Jetzt, wo alle wussten, dass Aaron in einer drogengetriebenen Überdrehtheit gestorben war, wurden vorbeugende Maßnahmen ergriffen. Gendarmerie und Jugendamt mussten verhindern, dass sich so etwas wiederholte. Die Gendarmerie war außerdem daran interessiert zu erfahren, woher die Drogen kamen. Nora hielt in einer Aula in Foison eine längere Rede, vor Schülern und Lehrern. Es ging dabei nicht um Aaron, sondern um die Warnung vor einer Gefahr und die Frage, ob an der Schule das Gerücht kursiere, dass Valium oder andere Tabletten zusammen mit größeren Mengen Alkohol und Hasch einen besonderen Kick ergäben. Sergeant Mertens hatte anschließend Fragen gestellt. Etwas Konkretes, ein Hinweis aus der Schülerschaft, war dabei nicht herausgekommen.

Am Abend wurden Nora und Mertens nach Brüssel beordert. Bei diesem Gespräch war ein Staatsanwalt zugegen, der Vernier hieß. Er ließ sich von Mertens berichten, was die Brüder Fournier nach dem Tod von Aaron Léger ausgesagt hatten. Außerdem verlangte er von Nora die zügige Übersendung aller Akten und Vermerke, die Iasons Vorgeschichte betrafen. Da Nora diesem Wunsch hartnäckig widersprach, wurde es eine sehr lange Unterredung. Hinterher waren Sergeant Mertens und Nora hungrig gewesen. Zum

Glück gab es beim Türken noch was. Es war fast zwei Uhr nachts, als sie endlich auf den Heimweg waren.

»Ein langer Tag.«

»Fahr trotzdem etwas langsamer. Die Straße ist glatt und du kannst höchstens fünfzig Meter weit sehen.«

»Ich bitte dich, Nora, ich fahre sechzig. Noch nicht mal.«

»Du hättest dem Staatsanwalt nicht sagen dürfen, was Iason früher gemacht hat.«

»Warum? Er und sein Bruder waren die letzten, die Aaron lebend gesehen haben. Iason hat sich ständig geprügelt, anderen Jungen sogar Rippen gebrochen, er hat mehrmals Feuer gelegt, Mädchen gedemütigt, und er war im Heim für schwer Erziehbare, nachdem er Aaron am Lac Virelle fast ertränkt hätte. Das muss der Staatsanwalt doch wissen, damit er ihn richtig einschätzen kann.«

»Die meisten Einträge aus Iasons Vergangenheit sind längst gelöscht. Und es gibt einen guten Grund, warum das so ist. Du hast dich gesetzwidrig verhalten. Ist dir das klar?«

»Du willst deine Problemfälle beschützen, verstehe ich. Aber was ist mit Aaron? Der war auch ein Jugendlicher, hat der kein Recht?«

In diesem Moment fing Nora an zu schreien. »Halt an! Scheiße!«

Auch Mertens hatte die beiden Gestalten gesehen und zu heftig auf die Bremse getreten. Der Peugeot rutschte, während Nora ihre Füße gegen das Bodenblech stemmte, auf die beiden zu, kam aber in einigem Abstand zum Stehen.

»Kämpfen die miteinander?«, fragte Nora, wobei sie sich weit Richtung Frontscheibe vorbeugte.

Die Türen flogen auf, Sergeant Mertens schaltete das Signallicht an. »Kannst du hinten sichern?«, fragte er, als er schon halb aus dem Wagen raus war. »Lampe liegt auf dem Rücksitz.«

Mit einer routinierten Bewegung griff Nora sich die Signallampe und lief weithin blinkend in die Richtung, aus der sie gekommen waren.

»Runter von der Straße!«, rief Mertens, noch während er

auf die beiden Gestalten zuging, die tatsächlich zu kämpfen schienen. Als er näher kam, sah er, dass es ein Junge und ein Mädchen waren. Das Mädchen schrie und wehrte sich heftig. Offenbar versuchte der Junge sie von der Straße zu ziehen. »Runter von ihr! Sofort!«

»Sie will nicht«, hörte er den Jungen sagen.

»Runter von ihr und runter von der Straße«, brüllte Mertens.

Der Junge gehorchte. Die beiden standen auf und torkelten an den Rand.

»Straße ist frei!«, rief Mertens laut nach hinten.

Sergeant Mertens erkannte Iason erst jetzt. Als er sich das Mädchen genauer ansah, fiel ihm auf, dass sie sich ein paarmal über ihren Rock strich. Als müsse sie den in Ordnung bringen. Anschließend nestelte sie beinahe mechanisch an den Knöpfen ihrer Jacke. Als wolle sie überprüfen, ob die auch zu sind. Sie zitterte am ganzen Körper, Speichel lief ihr aus dem Mund.

»Was war hier los?«, fragte Mertens, nachdem alles unter Kontrolle schien. »Was hattest du vor, Iason?«

Iason schwieg, Mertens fragte noch einmal.

»Schon wieder betrunken?«, fragte Nora. »Ich denke, du kotzt bei Alkohol.«

»Sophie Nimier«, sagte das Mädchen, es klang als spräche sie zu sich selbst.

»Was ist hier los? Warum kämpft ihr hier?«

»Sie ist weggerannt. Ich dachte, sie muss runter von der Straße. Sie wollte aber nicht...«

Nora wandte sich an das Mädchen. »Ist alles in Ordnung?«

Sophie hatte nicht auf die Frage reagiert. Es sah aus, als sei sie ganz woanders. Und es wurde schlimmer, denn sie fing nun an, sehr heftig zu weinen. Mertens und Nora ließen ihr Zeit.

Lange dauerte es nicht, dann ruckte ihr Kopf hoch. Auf einmal schien Sophie ganz wach zu sein, zeigte auf Iason.

»Er!«

»Was?«

»Er hat mich verfolgt und ist über mich her.«

»Schwachsinn!«, sagte Iason.

»Bleib ruhig«, sagte Mertens.

Iason taumelte, er hatte Schwierigkeiten mit dem Gleichgewicht.

Nora fragte: »Was meinst du mit ›Über mich her‹?«

»Er wollte mich … Er hat mich Nutte genannt. Dann ist er hinter mir hergerannt, ist auf mich drauf und hat versucht, mich da in den Graben zu ziehen. Er wollte mich vergewaltigen.«

»Die lügt«, rief Iason. »Außerdem, was wäre so schlimm daran? Die geht sowieso mit jedem. Sie ist eine Nutte. Alle wissen das.« Nachdem er das gesagt hatte, stürzte Iason zu Boden.

Sergeant Mertens reagierte sofort. Er wurde laut, wirkte beinahe unbeherrscht. »Aufstehen! – Aufstehen sofort! – So ist es gut. Jetzt stell dich ein bisschen von ihr weg. Noch ein Stück, Iason. So ist es gut, nicht weglaufen.«

»Mir ist …« Weiter kam Iason nicht, er musste sich übergeben.

»Hat er dich irgendwo angefasst?«, fragte Nora.

»Meinen Rock. Gucken sie, der ist hier ganz kaputt.«

»Sie ist eine Nutte!«

»Gut, Iason, du steigst jetzt in den Wagen«, befahl Mertens. »Nach hinten.«

Während Iason erneut kotzte, blickte Nora Sophie direkt ins Gesicht. Die Augen des Mädchens waren stark gerötet.

»Wo kommst du her? Warum bist du um diese Uhrzeit vollkommen berauscht auf der Straße unterwegs?«

Sophie antwortete nicht sofort. Sie überprüfte erneut, ob alle Knöpfe ihrer Jacke geschlossen waren. Ihre Hand zitterte, als sie das tat, sie schien überlegen zu müssen. »Ich war bei einer Freundin. Da haben wir was getrunken.«

»Auch was geraucht, oder Tabletten genommen?«

»Nur getrunken.«

»Gut, du steigst vorne ein.«

»Bringen Sie mich nach Hause?«

»Erstmal muss ein Amtsarzt dich untersuchen.«

Sophie nickte, blieb aber stehen. Nun musste auch sie sich übergeben. Iason rief ihren Namen. Zweimal. Weiter kam er nicht, seine Beine gaben nach, Sergeant Mertens musste ihm hochhelfen.

Sophie wurde von Nora gestützt auf die Beifahrerseite eskortiert, sie half ihr beim Einsteigen.

»Okay, Danke.«

Das war das letzte was Sophie sagte, im nächsten Moment schlief sie. Mertens schaffte es, nach einigem Hin und Her, Iason auf der Rückbank zu deponieren. Danach setzte er sich hinters Steuer und rief über Funk auf der Gendarmerie an, damit von dort aus ein Arzt im Krankenhaus von Foison informiert wurde.

»Was soll das? Da war doch gar nichts«, sagte Iason, der auch kurz davor war einzuschlafen.

»Du wirst auch erst mal untersucht. Dann werden wir deine Eltern verständigen und versuchen den Staatsanwalt zu erreichen. Wie alt bist du?«

»Siebzehn. Soll ich mal sagen, was wirklich war? Sie ist weggelaufen! Als wäre ich nichts und sie könnte sich alles erlauben.«

»Das erzählst du am besten alles dem Staatsanwalt«, erklärte Mertens. Es klang grob.

»Ich werde deinen Eltern empfehlen, sofort einen Anwalt anzurufen.«

»Nur wegen der? Nur wegen ... nichts?«

Kaum hatte er das gesagt, schlief auch Iason ein.

Beim Amtsarzt von Foison wurde zuerst Sophie untersucht. Es gab zwar keinen Hinweis auf eine vollzogene Vergewaltigung, aber sie hatte blaue Flecken und einige frische Kratzer und Schürfwunden. Eine davon an ihrem rechten Oberschenkel.

Als Iason Blut abgenommen wurde, kam er wieder zu sich. Hellwach war er auf einmal. Und stark. Dass er hier war, das begriff er augenblicklich, war schlecht. Sie könnten ihm den

Konsum von Haschisch und Valium nachweisen. Ungerecht war es auch. Er hatte Sophie doch nur festhalten wollen. Er war erst richtig wütend geworden, als sie sich gewehrt und ihn in die Hand gebissen hatte. Erst da hatte er ... Hatte er wirklich versucht, ihr den Mund zuzuhalten? Egal. Es war alles falsch und gefährlich, er musste zu seiner Mutter. Dieser Gedanke war auf einmal mit absoluter Gewissheit in seinem Kopf. Jetzt kam es allein auf ihn an. Also rannte er, als der Arzt nach der Kanüle suchte, um ihm Blut abzunehmen, weg. Er musste nach Hause. Einziger Gedanke. Total klar. Als Sergeant Mertens ihn auf dem Gang festhalten wollte ... Hatte er ihm wirklich mit der Faust ins Gesicht geschlagen, wie später behauptet wurde? Iason wusste es am nächsten Morgen nicht mehr.

Er war einfach nach Hause gerannt. Am Straßenbahndepot vorbei. Am Schrottplatz vorbei. An der alten Streichholzfabrik. Er kannte den Weg. Die von der Gendarmerie mussten den weiten Weg nehmen, den über die Bahngleise mit der Schranke und die Brücke für Autos. Er war sich sicher gewesen, dass seine Mutter ihn beschützen würde. Und er schaffte es. Nur ein Gedanke. Ins Bett.

Dort hatten sie ihn dann rausgeholt. Er hatte sich gewehrt, seine Mutter hatte zwei Gendarmen getreten, Vincent hatte die ganze Zeit geschrien.

Verwirrende Klarheit

Es war kein Verhör, sondern eine Anhörung.

Der Raum hatte ein Fenster, und es gab einen länglichen Tisch, an den man fünf Stühle geschoben hatte. Als Iason den Raum betrat, war Staatsanwalt Vernier noch nicht da. Dafür kam Advokat Lambert auf ihn zu.

»Du erzählst mir jetzt ganz genau, was passiert ist. Nachher, wenn der Staatsanwalt kommt, sagst du kein Wort. Egal was geschieht, du sagst nichts.«

»Was ist denn passiert?«

»Das sollst du mir sagen, Iason, ich war nicht dabei.«

»Ich weiß nicht mehr, was los war. Das war doch gestern Nacht, oder? Ich habe so komisch geträumt, ich habe Sachen gesehen...«

»Sophie Nimier hat ausgesagt, ihr wärt auf der Party einer Freundin gewesen.«

»Weiß nicht, kann sein.«

»Auf dem Rückweg wärst du dann über sie hergefallen und hättest versucht, sie von der Straße weg in den Graben zu zerren. Du hättest versucht, sie zu vergewaltigen.«

»Sophie lügt! Die war schon mit älteren Männern zusammen. Und jetzt auch wieder. Da können Sie jeden fragen. Wissen Sie, was das für eine ist?«

»Wenn der Staatsanwalt dich gleich befragt, sagst du nichts. Vor allem nennst du Sophie Nimier nicht noch einmal Nutte. Hast du das verstanden?«

»Ja.«

»Es reicht schon, dass das an drei Stellen im Protokoll steht.«

Während sein Anwalt ihm erklärte, wie das Wort Nutte bei einem Vorwurf von Vergewaltigung auf einen Staatsanwalt wirken könne, kamen bei Iason ein paar Splitter zurück.

»Vergewaltigt, stimmt nicht! Ich habe versucht, sie von der Straße zu ziehen, damit sie nicht überfahren wird. Sophie war betrunken und da ist ein Hügel, über den die Straße führt. Es war neblig. An der Stelle ist schon mal jemand überfahren worden. Bei welcher Freundin waren wir denn? Hat Sophie das gesagt?«

Sein Anwalt hatte in Unterlagen geblättert. »Sie hat ausgesagt, ihr wärt bei Julie gewesen.«

»Waren Julies Eltern da?«

»Das weiß ich noch nicht, warum fragst du?«

»Nur so. Wer soll noch dagewesen sein?«

»Ein Junge namens Lukas und eine Eveline. Kennst du die?«

»Die gehen in meine Klasse.«

»Ihr wart also bei Julie und habt dort getrunken.«
»Viel zu viel.«
»Haschisch geraucht?«
»Es ging ein Joint rum, glaube ich. Aber Julie hat uns das dann verboten. Sie ist ein bisschen spießig und will so was nicht. Auch wegen ihren Eltern, die sind sehr streng. Was passiert jetzt?«
»Du sagst, Sophie war gestern Abend auch betrunken?«
»Die war hackevoll. Sonst wäre sie ja nicht mitten auf der Straße gelaufen. Sie weiß doch, dass die Stelle mit der Kuppe gefährlich ist. Vor allem bei Nebel.«
Der Anwalt blätterte erneut in seinen Unterlagen. »Stimmt. Es war letzte Nacht neblig, das haben die beiden, die euch aufgelesen haben, so protokolliert.«
»Deshalb habe ich ja auch versucht, Sophie von der Straße zu ziehen.«
»Das war alles? Du hattest nicht vor, ihr etwas zu tun?«
Iason hatte nicht geantwortet. Er wusste nicht mehr was er gewollt hatte. Etwas anderes war ihm dafür umso klarer: ›Die Neersteen nicht verraten, sonst machen wir uns alles kaputt.‹

Wenigstens an diese Abmachung hatte Sophie sich offenbar gehalten. Lukas, Eveline und Julie auch. Sie hatten sich vermutlich abgesprochen. Vielleicht mehr wegen der Drogen als wegen ihm oder der Neersteen. Mit der, das war Iason klar, durfte der Staatsanwalt sie nicht in Verbindung bringen. Sie würden dann sofort auf die Drogen und das Valium kommen. Und auf Pauline, denn die war, wie alle wussten, auch bei der Neersteen gewesen. Er steckte richtig in der Scheiße, er konnte nur hoffen, dass die anderen weiter dichthielten.

Nachdem Staatsanwalt Vernier ihm vorgelesen hatte, dass gegen ihn zwei Anzeigen vorlagen – »Versuch der Vergewaltigung zum Nachteil von Sophie Nimier, sowie ein tätlicher Angriff auf Sergeant Mertens« – schwieg Iason.

Als es dann jedoch um Sophie en détail ging, hielt er sich nicht an die Absprache, zu schweigen. Er bezeichnete Sophie erneut als eine Nutte, die für jeden zu haben sei. Iason konnte gar nichts dagegen machen so zu reden, weil ... Die Nutte wollte ihn fertig machen. Er spürte, wie die Wut hochkam, er spürte, wie ungerecht alles war und wie heiß seine Ohren wurden. Er konnte einfach nicht mehr aufhören, laut zu sagen, was er über sie dachte. Dass er laut geworden war, war vielleicht das Schlimmste von allem. Jedenfalls sagte Advokat Lambert später, Iasons Auslassungen hätten Staatsanwalt Vernier gar keine andere Wahl gelassen.

Abgesehen von Iason sagten noch weitere Personen vor Vernier aus.

Sergeant Mertens erklärte: »Er lag auf ihr drauf. Sie hat geschrien und sich nach Kräften gewehrt. Als ich die beiden voneinander getrennt hatte, strich sich das Mädchen ihren Rock glatt. Es sah aus, als wolle sie den runterziehen. Danach hat sie an den Knöpfen ihrer Jacke rumgefummelt. Auf mich wirkte das alles, als wolle sie sich schützen. Iason hat sie, noch vor Ort mehrfach als Nutte bezeichnet.«

Nora sagte aus: »Die beiden haben miteinander gekämpft. Das Mädchen hat behauptet, Iason habe versucht, sie in einen Graben zu ziehen.«

»Weshalb?«

»Sie meinte, er habe sie dort vergewaltigen wollen.«

»Meinte sie das, oder hat sie es gesagt?«

»Sie hat es gesagt.«

»Fiel das Wort vergewaltigt oder Vergewaltigung?«

»Sie benutzte dieses Wort, ja.«

»In Bezug auf Iason.«

»Ja. Iason dagegen sagte, er habe sie davor bewahren wollen, überfahren zu werden.«

»Hat er Sophie Nimier in Ihrem Beisein als Nutte bezeichnet?«

»Er war wütend und betrunken.«

»Hat er sie so genannt?«

»Ja.«

»Wie oft?«

»Ich glaube, zweimal.«

Als Staatsanwalt Vernier Sergeant Mertens fragte, ob Iason ihn bei seiner Flucht aus dem Krankenhaus mit der Faust traktiert habe, erklärte der: »Mit der Faust. Vielleicht auch mit der offenen Hand. Jedenfalls ging der Angriff gegen mein Gesicht.«

»Hat er Sie mehr weggeschubst oder war es ein gezielter Angriff auf ihren Kopf?«

»Ein gezielter Angriff. Sonst wäre er mir ja auch nicht entwischt.«

Sophie hielt ihre Anschuldigung aufrecht, ergänzte jedoch ihre Aussage:

»Auf der Party...«

»Sie meinen die Party bei Ihrer Freundin Julie?«

»Ja. Da haben Iason und ich uns gestritten. Er hat behauptet, ich würde mich mit älteren Männern treffen. Da war er schon wütend auf mich.«

»Treffen Sie sich denn mit älteren Männern?«

»Nein.«

»Als das auf der Straße passiert ist, als er, wie Sie sagten, versucht hat, Sie zu vergewaltigen, waren Sie da mit Iason zusammen? Ich meine, waren Sie...«

»Ich versteh' schon. Nein. Er hatte mich schon seit einiger Zeit mit mindestens einem anderen Mädchen betrogen. Mit so einem wollte ich nicht zusammen sein.«

»Sie waren enttäuscht, dass er Sie betrogen hat, könnte man das so sagen?«

»Natürlich war ich enttäuscht.«

»Sie werfen Iason Fournier vor, er habe versucht, sie zu vergewaltigen. Sind Sie sich sicher, dass Sie das nicht nur sagen, um Rache für seine Untreue zu nehmen?«

An dieser Stelle hatte Sophies Anwältin eingegriffen und Staatsanwalt Vernier gefragt, ob er den schweren körperlichen wie psychischen Angriff gegen ihre Mandantin bagatellisieren wolle. Eine längere Ausführung, bei der sie zwei Mal das Wort Kavaliersdelikt benutzte.

Sophie blieb bei ihrer Aussage, dass Iason über sie hergefallen sei und versucht habe, sie in den Graben neben der

Straße zu zerren. Auf Nachfrage ergänzte sie, sie habe mehrfach »Hör auf!« gesagt. Als sie ein drittes Mal befragt werden sollte, erschien sie nicht. Commissaire Frank fuhr zu ihren Eltern. Zusammen mit Sophies Mutter durchsuchte er das Haus. Auch bei ihren Freundinnen war Sophie nicht.

Was war mit Aaron geschehen?

Iason wurde in ein Untersuchungsgefängnis für jugendliche Straftäter überstellt.

Nach zwei Tagen wurde er krank. Jedesmal wenn seine Eltern kamen, verlangte er nach Bier. Nur darum schien es ihm zu gehen, ein richtiges Gespräch, eine Aussprache gar, kamen nicht zustande.

Aber es war nicht nur das Fieber oder der Wunsch nach Alkohol, es war wieder die alte Sache in seinem Kopf. Etwas dort stimmte nicht. Das spürte Iason so deutlich wie nie zuvor. Immer aufs Neue versuchte er sich zu erinnern. Was war nach Sylvia Neersteens Party zwischen ihm und Sophie passiert? Etwas hatte nicht mit den Entfernungen gestimmt. Auch jetzt hatte er zeitweilig das Gefühl zu schweben, sich dabei maßlos zu verkleinern oder zu vergrößern. Fast noch mehr beunruhigte ihn etwas anderes. Als Vincent ihn nach vier Tagen in seiner Zelle besuchte, fragte Iason sofort, was genau damals mit Aaron passiert war. Wie früher, in ihrer Stunde vor dem Schlafengehen, saßen sie eng zusammen. Nur sprachen sie diesmal ganz leise.

»Du hast Aaron doch nach Hause gebracht, oder?«

»Ja.«

Die Art, wie sein Bruder das gesagt hatte, verriet Iason, dass er etwas verschwieg.

»Sag es mir, Vinc. Du weißt, ich verrate keinen.«

»Na, ich bin noch mit rein.«

»Bei ihm zu Hause? Bei Krista?«

»Sie schlief schon.«

»Und?«

»Aaron wollte plötzlich noch mal los.«
»Wohin?«
»Zu der Party. Er ließ einfach nicht locker. Er war total betrunken und fühlte sich stark. Du kennst das ja. Dann meinte er plötzlich, er würde sich jetzt schminken. Ich weiß nicht, wie er auf die Idee gekommen ist. Ich musste ihm seine Lippen anmalen...«
»Das hat er verlangt? War Aaron schwul oder was?«
»Er wurde immer quengeliger und lauter. Ich hatte Angst, dass Krista aufwacht und er ihr was von den Partys bei der Neersteen erzählt. Also habe ich es gemacht. Seine Lippen. Dann sind wir raus und er ist los, Richtung Wald. Er wollte zur Party, er wusste ja, wo die Neersteen wohnt. Es tut mir echt leid, Iason, ich hätte ihn irgendwie aufhalten müssen, aber ich wollte heim, ich fühlte mich so schlapp, dass ich Angst hatte, es nicht mehr zu schaffen.«
»Du bist nicht hinter ihm her? Sei ehrlich.«
Vincent schwieg.
»Bist du hinter ihm her? Hast du gesehen, dass er sich hinlegt, weil er nicht mehr konnte?«
»Nein!«
»Wirklich?«
»Nein! Ich bin gar nicht auf die Idee gekommen, dass ihm so was passieren könnte. Ich war total hinüber. Ich wollte nur noch nach Hause, ich hatte Angst, dass ich selbst einschlafe. So wie Pauline damals.«
Nachdem sein Bruder gegangen war, sah Iason alles ganz genau vor sich. Ihm kam die Idee, der Mond habe in der Nacht sehr hell geschienen. Da zudem der Schnee in seiner Vorstellung dieses Licht reflektierte, waren die schnurgeraden Stämme der Pappeln gut zu erkennen. Nach allen Seiten hin breiteten sie sich gleichmäßig aus. Ein Wald aus dicken Stangen war entstanden, der etwas Künstliches hatte. Und durch diesen Wald stapfe Aaron Léger. Seinem Körper wie überhaupt allem war jegliche Farbe entzogen. Nur Aarons rot geschminkter und sonderbar vergrößerter Mund leuchtete, als würde er von innen heraus glühen.

Isolation

Der Raum, in dem Iason nun saß, war eine echte Zelle. Am fünften Tag hatte man dort einen weiteren Straftäter untergebracht. Vor dem hatte Iason vom ersten Moment an Angst.

Er fühlte sich eingesperrt, wollte etwas trinken, war halb am Durchdrehen. Unterbrochen wurden die langen Tage lediglich von den Vernehmungen durch Staatsanwalt Vernier. Advokat Lambert war jedesmal anwesend, was Iason eher störte.

Vernier stellte zunächst gar keine Fragen. Es wirkte auf Iason eher so, als wolle er ihm klarmachen, warum man ihn eingesperrt hatte. Vernier entwickelte eine Reihe von Szenarien, die die Entwicklung junger Frauen betrafen. Dabei zeigte sich, wie genau er über das Leid dieser jungen Frauen Bescheid wusste. »Wir leben in einer Zeit«, hatte er Iason erklärt, »in der man Fälle sexueller Übergriffe, auch wenn sie nicht wirklich vollzogen wurden, und auch nicht lange vorher geplant wurden, mit anderen Augen betrachtet.« Als Advokat Lambert einschreiten wollte, erklärte Vernier, dass es natürlich auch Fälle gäbe, in denen jemand zu Unrecht beschuldigt werde.

In diesem Moment hatte Iason gemeint, er könne sich verteidigen, indem er nachwies, dass Sophie einer Lügnerin war und woher sie ihre Lüge hatte. Sie hatte nämlich immer wieder diesen merkwürdigen Satz gesagt. »Versucht, mich in den Graben zu ziehen ...« Genau wie Pauline ein Jahr zuvor gesagt hatte, Vincent habe versucht, sie in ein Weizenfeld zu ziehen. Sophie und Pauline waren Freundinnen gewesen, bestimmt hatte Pauline diesen Satz mal zu Sophie gesagt, und ... Erst im letzten Moment war Iason eingefallen, dass er mit einer solchen Aussage seinen Bruder direkt dem Staatsanwalt ausliefern würde.

Der warf ihm noch immer nichts vor, Advokat Lambert

hatte also keinen Grund einzugreifen. Außerdem hatte Iason bis jetzt nichts gesagt, was ihn hätte belasten können. Er hörte den teils sehr bildhaften Ausführungen des Staatsanwalts einfach nur zu. Es dauerte eine Weile, aber nach und nach begriff er, was er Sophie in dieser Nacht angetan hatte. Bilder entstanden, in denen er sie in den Graben zog. Er öffnete sich mehr und mehr, begann darüber zu sprechen, was er über die Mädchen, mit denen er zusammen gewesen war, wusste und dachte. Er und Vernier hätten über diesen Gesprächen fast Freunde werden können, doch Iasons Anwalt ließ das nicht zu. Die Unterhaltung zerfaserte. Es lief immer gleich. Vernier versuchte, etwas zu erklären und schon wurde er von Advokat Lambert unterbrochen.

Dann hörten die Besuche des Staatsanwalts auf, und als ihn sein Zellengenosse, der offenbar eine heftige Abneigung gegen Vergewaltiger hatte, ein paar Tage später angriff, zeigte sich, wie stark Iason noch immer war. Er begann seinen Gegner so gründlich zu verprügeln, er drehte so durch vor Wut und Angst, dass die Wärter ihn nicht von seinem Gegner wegbekamen. So hatten sie zuletzt Stöcke einsetzen müssen.

Iason bekam nach diesem Zwischenfall einen Raum für sich. In diesem Raum fand die Verwandlung statt.

Er fühlte sich, seit Staatsanwalt Vernier ihn nicht mehr besuchte, vollkommen verlassen. Noch schlimmer war, dass er nichts zu trinken und keine Zigaretten bekam.

Sein Zustand, seine wiederholte Bitte, sie möge ihm Bier und Zigaretten mitbringen, ängstigte Emely, die sich doch vorgenommen hatte, ihn so oft zu besuchen, wie es nur ging. Sie wollte mit ihm reden, hatte viele Fragen, doch Iasons Verlangen nach Zigaretten und Bier war so stark, dass er ihr gar nicht zuhörte. Als er den Entzug halbwegs überwunden hatte, sah er endlich ein, dass er selbst schuld war. Was hatte er Aaron nur angetan. Ohne ihn und seinen idiotischen Einfall, den kleinen Spion betrunken zu machen, wäre der ganz bestimmt nicht tot. Auch sein Bruder hätte in der Nacht erfrieren können.

Iason hatte immer gemeint, er sei jemand. Er hätte einen Wert, ja, man würde ihn sogar bewundern, für das was er war. Jetzt begann er zu begreifen, dass er sich das alles nur eingebildet hatte. In diesem Zustand hielt er die Besuche seiner Mutter mit ihren Erwartungen nicht mehr aus. Ihre Hoffnungen und ihr Glaube, er sei unschuldig, machten ihn so verrückt, dass er sie schließlich bat, nicht mehr zu kommen.

Für ein paar Tage tat ihm das gut. Er merkte, dass er ruhiger wurde. Aber warum fühlte er sich so erschöpft? Er war kaum noch in der Lage von seiner Pritsche aufzustehen.

Iason begriff nun, was es bedeutet, eingesperrt zu sein. Wirklich eingesperrt zu sein. Den Raum, der ihn umgab, zu erfassen, in einer Weise, wie niemand Raum erfassen sollte, Geräusche zu erfassen, wie niemand Geräusche erfassen sollte, sich verloren und über alle Maßen schuldig zu fühlen. Nach dieser Phase völliger Ermattung und Hoffnungslosigkeit verspürte er plötzlich eine Art nicht gewollter Erregung ohne Gedanken. Iason hatte das Gefühl, jeden Moment zu explodieren, war erfüllt von einer Energie, die er kaum ertragen konnte. In manchen Momenten fühlte er seinen Herzschlag mit solcher Wucht, dass er meinte, etwas müsse gleich kaputt gehen. Also schlug er mit seiner Faust erst gegen die Zellentür, dann gegen die Wände. Einmal stand er kurz davor, es mit dem Kopf zu versuchen.

Zuletzt ließ auch das nach, und er fing an zu weinen. Es geschah wie von selbst. Iason stellte sich nun das Gegenteil von dem vor, was er früher immer gemeint hatte. Er machte sich klein. Sah ein, dass er unbedeutend war. Und gefährlich. Das endlich war der entscheidende, der versöhnliche Weg. Wie dankbar er war, als er das endlich begriffen hatte. Denn er wurde, sobald er sich selbst ganz klein und unbedeutend dachte, sofort ruhiger. Und auch ganz ohne Schuld, irgendwie. Er hatte begriffen, wie es stand. Er hatte endlich akzeptiert, was los war mit ihm.

Dieser Zustand alarmierte die Wärter. Denn Iason aß nicht mehr und vernachlässigte seine Körperpflege. Zuletzt musste man ihm beim Waschen und Essen helfen.

Das Opfer, eine Lügnerin?

Während Iason sich innerlich verwandelte, änderte sich auch draußen etwas:

Sophie tauchte wieder auf – und zog ihre Anzeige zurück. Staatsanwalt Vernier erklärte ihr, dass sie vor niemandem Angst haben müsse, das Gesetz sei auf ihrer Seite. Es änderte nichts, Sophie zog ihre Anzeige zurück, und erklärte, Iason habe vermutlich doch nur versucht, sie von der Straße zu ziehen, damit sie nicht überfahren würde. Sie habe einfach schreckliche Angst gehabt und an Vergewaltigung gedacht, weil Iason so stark war, und sie kurz zuvor als Nutte bezeichnet hatte. Außerdem habe er ihr weh getan, als er an ihr zerrte, sie habe ja auch blaue Flecke, Kratzer und Hautabschürfungen gehabt.

»Sogar am Oberschenkel. Aber da angefasst hat er mich nicht.«

Nachdem das Gespräch beendet war, als Sophie die Tür zu Verniers Büro bereits geöffnet hatte, drehte sie sich noch einmal um. »Trotzdem ist Iason ein Arschloch. Für den gibt's nur seinen Schwanz, und irgendwann macht der mal was richtig Schlimmes, darauf wette ich.«

Am nächsten Tag reichte Sophies Mutter die Scheidung von ihrem Mann Claude Nimier ein.

»Die Zustände bei uns im Haus wurden untragbar. Sophie war dem allen nicht mehr gewachsen. Also habe ich sie erst mal zu meinem Bruder nach Portugal gebracht. Was kann denn eine Mutter anderes tun, als ihrer Tochter nach bestem Wissen zu beschützten?« Ihre Verzweiflung wirkte auf Staatsanwalt Vernier echt.

Da auch Sergeant Mertens nicht auf der weiteren Verfolgung des Verfahrens wegen Iasons Faustschlag bestand, wurden beide Verfahren gegen Iason Fournier nach fünf Wochen Untersuchungshaft eingestellt. Die Entlassung erfolgte am nächsten Tag.

Vier Monate später begann sich für Staatsanwalt Vernier eine andere Frage zu klären. Sie betraf eine Untersuchung, mit der er bereits seit gut zwei Jahren befasst war.

Die Rothaarige aus dem Taxi

Zuerst sah man ihren im dunklen Rahmen eines scharf geschnittenen, auf dem Kopf stehenden V entblößten Oberschenkel, dann das Bein mit dem passenden Schuh.

Nach einer geschmeidigen Bewegung der Hüfte sah man alles. Sie stand jetzt neben dem Taxi. Die Frau war etwa vierzig Jahre alt. Ihre Haare: Lang, rot, wallend. Ihr Kleid: Bodenlang. Eng. Verlockend.

Ihr Blick war nach innen gewendet. Gesammelt. Traurig.

Das Licht war winterlich kalt, stand aber günstig. So konnte man sich vorstellen, wie sie einst als Teenager ausgesehen hatte.

Eine fürchterliche Sache stand ihr bevor an diesem Nachmittag. Ein Martyrium. Den einen oder anderen hätten ihre Erscheinung und ihr Ausdruck vielleicht an das Bildnis der schottischen Freiheitskämpferin Margaret Wilson erinnern können, welches John Everett Millais 1871 malte. Nun, nicht jeder damals kannte diese Bilder, nicht jeder hatte das gleich parat.

Die matte Sonne hatte ihren Zenit schon vor Stunden durchglitten, es war eiskalt. Zunächst hatte die Rothaarige Schwierigkeiten, den Bungalow von Sylvia Neersteen überhaupt zu finden, da er sich hinter dem Haus von Marte Verhoeven versteckte. Es roch nach Schnee, in den Fenstern einiger Häuser flackerten Lichter. Dieser Stimmung eines alltäglich winterlichen Friedens stachelte sie nur noch mehr an.

Spätestens, als sie über den schmalen, im freigelassenen Mittelstreifen mit verharschtem Altschnee bedeckten Erschließungsweg zu Sylvia Neersteens Bungalow ging, erkannte man, dass sie keinesfalls ruhig war. Der Eindruck verstärkte sich, als sie nach mehrfach erfolglosem Klingeln mit ihrer Faust gegen die Tür hämmerte und nicht mehr damit aufhörte.

Als Sylvia Neersteen endlich öffnete, sah man deren Gesicht nur im Anschnitt, da eine aus schmalen, türkisfarbenen Steinen gefügte, gewissermaßen aufgesetzte Zierkante des Eingangs das meiste verdeckte. Die Rothaarige redete erregt auf sie ein. Versuchte schließlich, ins Haus zu gelangen. Sylvia Neersteen schaffte es, sie davon abzuhalten, und es ist nicht übertrieben zu sagen, dass die Frauen ein wenig grob miteinander umgingen.

Als Sylvia Neersteen ihre Gegnerin zuletzt regelrecht auf den Platz vor die Tür schleuderte, war das Duell vorerst entschieden. Die Rothaarige in ihrem engen Kleid war von Beginn an im Nachteil gewesen, was auch an ihren Schuhen lag.

Sie bewegte sich nun etwas ruckartig und knickend zurück zum Taxi.

Eine Stunde später kehrte sie zurück. Kurz nach ihr trafen drei Wagen ein. Bestückt waren sie mit insgesamt zwölf Mitarbeitern der Gendarmerie Foison sowie eines Kommissariats in Brüssel. Commissaire Frank war dabei. Er wurde, da es um das Wohl von Jugendlichen ging, von Nora Peers begleitet. Nora, Sergeant Mertens und Commissaire Frank gingen sofort zu der Frau, die gerade den Absatz ihres rechten Schuhs untersuchte.

»Haben Sie auf der Gendarmerie angerufen?«, fragte der Commissaire.

»Ja, vorne von der neuen Tankstelle aus.«

»Im Abendkleid?«, fragte Nora. »Wir haben minus drei Grad.«

»Mein Mann und ich haben Gäste. Den Chef und die neuen Kollegen ein bisschen besser kennenlernen, die Nachbarn natürlich auch. Wir wohnen erst seit zwei Monaten in Envie.«

Nora Peers glitt mit ihrem Blick an der Frau herab. »Ein Umtrunk mit Kollegen.«

»Vom Justizausschuss und der Finanzbehörde.«

Hatte sie deshalb den Empfang der Gäste erwähnt? Wollte sie auf bestimmte Bezeichnungen hinaus, die ihren Status markierten?

»Ihr Mann arbeitet dort?«, fragte der Commissaire.

»Ich arbeite dort.«

»Sie sagten am Telefon, es ginge um Rauschgift.«

»Und Schlimmeres! Wir haben gerade die ersten Gäste begrüßt, als unser Sohn nach Hause kam. Er war die ganze Nacht weggewesen. Angeblich bei einem Freund. Als ich ihn vorstellen wollte, schien er nicht mehr zu wissen, wer er ist. Er war eindeutig betäubt. Ich bin dann mit ihm raus und haben ihn mir vorgeknöpft. Er gestand mir, er habe hier letzte Nacht gefeiert und verschiedenes ausprobiert. Da! In dem orangenen Bungalow mit diesen grässlich vorgeblendeten Zierkanten.«

Sie zeigte, was eigentlich überflüssig war. Der Commissaire zog seine Jacke aus und legte sie ihr um die Schultern.

»Danke. Mein Sohn sagte, es gäbe eine Sauna, und Erwachsene und Jugendliche würden dort zusammen feiern!«

»Was für Drogen hat er genommen?«, fragte Commissaire Frank, der insgesamt ruhig und konzentriert wirkte.

»Haschisch, und jemand hat ihm wohl Alkohol gegeben und Tabletten. Mein Sohn wusste nicht mal mehr, wer das getan hat. Er ist vierzehn und war hier offenbar zusammen mit Erwachsenen, die weder mein Mann noch ich kennen. Ich war zuerst schockiert, dann ungehalten, dann ... Ich hatte Angst. Sie verstehen das sicher. Also bin ich sofort hergefahren.«

»Ihr Mann ist nicht mitgekommen?«

»Wir haben wichtige Gäste. Und ich dachte ja auch, es ginge nur um ein klärendes Gespräch, ich wollte wissen, was passiert ist. Die Hausbesitzerin war nicht bereit, sich zu meinen Fragen zu äußern. Zum Glück, möchte ich sagen. Ich hätte mir sonst Zutritt verschafft, was ein späteres Verfahren unnötig komplizieren würde. Jetzt möchte ich Sie bitten ...«

Commissaire Frank nickte, betrachtete die Frau in ihrem langen Kleid noch ein paar Sekunden und dachte dabei an das Wort Justizausschuss.

Ein Mann um die fünfzig kam mit einem Schriftstück, das der Commissaire kurz überflog.

»Setzen Sie sich doch so lange ins Taxi«, schlug der Commissaire vor. »Es ist kalt.«

»Danke, aber ich friere nicht.«

»Sie müssen nicht hierbleiben, Sie können Ihre Aussage auch später machen.«

»Gehen Sie, machen Sie Ihre Arbeit.«

Indem die Gendarmen dieses Schriftstück vorzeigten, verschafften sie sich Zutritt zum Haus. Acht Männer drangen ein, Nora und Sergeant Mertens warteten vor dem Eingang, zwei weitere Gendarmen begaben sich in ihre Dienstfahrzeuge und griffen dort nach Telefonhörern.

Die Rothaarige wusste, dass es vernünftiger war, draußen zu warten. Sie bedeutete dem Taxifahrer mit einer kreisenden Bewegung ihres Zeigefingers, sich zu gedulden. Der Mann tat wie befohlen, legte seinen Unterarm auf das eiskalte Blech der Fahrertür, klemmte sein Kinn drauf, betrachtete sie und prägte sich, während er wartete, alles ein, was ihm wichtig schien.

Die Beamten waren noch im Haus, da kam ein weiteres Dienstfahrzeug, ein Citroën-Kombi. Dem entstiegen zwei Männer mit einem Hund. Außerdem Staatsanwalt Vernier und dessen Vorgesetzter, Monsieur Davos.

Vernier und sein Chef begrüßten die Frau mit den roten Haaren sehr förmlich, wobei Monsieur Davos sich sogar verbeugte und einen Handkuss andeutete. Anschließend zog er seinen Mantel aus, und hob ihr die Jacke des Commissaire von den Schultern.

»Die ist ja nun doch schon sehr abgetragen«, erklärte er, während er ihr in seinen Mantel half.

»Danke.«

Noch mal zwei Mann ins Haus, der Hund voran.

Als alle gingen, nahmen sie Sylvia Neersteen mit. Sergeant Mertens achtete darauf, dass sie sich beim Einsteigen ins Auto nicht den Kopf stieß.

Die Rothaarige gab noch ihre Adresse an, überreichte Monsieur Davos seinen Mantel und stieg anschließend wieder ins Taxi. Sie hatte sich und den Apparat, der hinter ihr stand, vollends ausgespielt und dafür gesorgt, dass ihr Junge wie auch andere Jugendliche geschützt aufwachsen konnten.

Die erste Vernehmung dauerte drei Stunden. Dann kehrte Sylvia Neersteen in ihren Bungalow zurück.

Noch mal zwei Stunden später sah man einen hellblauen Citroën DS mit hochgestellten Rädern über den schmalen Erschließungsweg fahren. Er hielt direkt vor dem Haus.

Der Leiter der Personalabteilung einer großen Versicherung, Pierre Jougeau, stieg aus, zog sein Jackett straff und richtete seinen Schal. Noch ehe er klingeln konnte, öffnete sich die Tür. Er trat ein, ohne zu zögern.

Als Sylvia Neersteen sechs Tage später abgeholt werden sollte, war sie verschwunden. Sergeant Mertens musste nur kurz die Post im Briefkasten durchsehen, um zu erkennen, dass sie ihren Bungalow seit längerem nicht mehr betreten hatte.

Zwei weitere Tage vergingen, dann brach auch an anderer Stelle ein Damm. Lukas verriet Geheimnisse, die niemals zu verraten er geschworen hatten. Kurz darauf knickten auch Eveline und Julie ein.

Den Aussagen der Jugendlichen nach war es bei den Partys im Bungalow von Sylvia Neersteen in erster Linie um Gespräche gegangen.

»Wir haben über Kunst geredet.«
»Sonst nichts?«
»Manchmal sind wir auch im Keller gewesen. Party machen.«
»Es gibt da einen Swimmingpool.«
»Ist was schlimm daran, wenn man schwimmen geht?«
»Was ist mit der Sauna?«

»Was soll damit sein?«
»Wart ihr da zusammen mit Erwachsenen drin?«
»Na und?«

Da man in Sylvia Neersteens Nachttisch sowie einem Schrank vor den Saunakabinen Valium fand, ergab sich nun eine ganz neue Erklärung für den Tod von Aaron Léger und möglicherweise auch den von Pauline Goossens.

Lukas blieb bei seiner ersten Aussage. Julie und Eveline erzählten dafür umso mehr. Offenbar hatte Sylvia Neersteen regelmäßig Halbwüchsige in ihrem Bungalow mit Haschisch und Alkohol versorgt. Pauline Goossens war seinerzeit auch auf diesen Partys gewesen. Aaron hatten sie dort wenigstens einmal gesehen.

Jugendliche waren also von Sylvia Neersteen mit einem Gemisch aus Drogen versorgt worden. Ob das aus Leichtfertigkeit geschehen war oder, wie Staatsanwalt Vernier vermutete, um sie gefügig zu machen, war nicht mit der erhofften Eindeutigkeit zu ermitteln. Die Aussagen der noch jungen Zeugen hatten etwas Unscharfes, widersprachen sich teilweise. Julie und Eveline sagten zum Beispiel übereinstimmend aus, das Valium sei nicht von Sylvia Neersteen gekommen, sondern von Sophie. Sophies Anwalt widersprach dem.

Vernier hatte nicht die Zeit, die er gerne gehabt hätte, sich auf das Verfahren gegen Sylvia Neersteen und ihre möglichen Mittäter zu konzentrieren. Er hatte noch an einer zweiten Front zu kämpfen. Im Fernsehen war ein Bericht über das Verfahren gegen Iason gesendet worden. Nach einem Interview mit Advokat Lambert über die verheerenden Folgen, denen sein Mandant aufgrund eines im Übereifer wohl blinden Staatsanwalts ausgesetzt war, folgte eine öffentliche Debatte, in der Verniers Name mehrfach fiel.

Die Meinung der Öffentlichkeit ging auseinander. Von der einen Seite wurde gefordert, die Aussagen von angeblichen Vergewaltigungsopfern strenger zu überprüfen. Andere bestanden darauf, das Alter der Strafmündigkeit von Tätern deutlich herabzusetzen und Urteile zu verschärfen. Mehrere

Richter hielten dem entgegen, es gelte erstens noch immer die Unschuldsvermutung, zweitens habe sich das bisherige Jugendstrafrecht durchaus bewährt. Fehler seien in diesem konkreten Fall nicht vom Gesetzgeber oder dem Staatsanwalt gemacht worden, sondern von den Eltern, dem zuständigen Jugendamt sowie der Schulleitung und einigen Psychologen fraglicher Ausrichtung.

Zuletzt konnte man sich – wenigstens in den journalistischen Kommentaren – einigermaßen einigen: Die Zeiten, so wurde geschrieben, hätten sich, gerade in den letzten Jahren, dramatisch verändert, Eltern und Pädagogen seien mehr als je zuvor in der Pflicht.

Auch auf dem Parkplatz vor dem Gemeindezentrum brachen in Folge dieser öffentlichen Debatten heftige Streitigkeiten aus. Während die einen Iason für viele Jahre im Gefängnis zu sehen wünschten, hofften andere, es würde nun ein Verfahren gegen Sophie Nimier eröffnet, die offenbar, unterstützt von einem karrieresüchtigen Staatsanwalt und ihren reichen Eltern, eine Vergewaltigung erfunden hatte, um sich an ihrem Freund für irgendetwas zu rächen.

Für Sophie hegte niemand übermäßige Sympathie. Wenn man Iason bestraft wünschte, dann im Namen all der unschuldigen Mädchen, die nichts taten, als zur Schule zu gehen, um sich auf ihr späteres Leben in einer von allen getragenen Gemeinschaft vorzubereiten.

Iason hatte nach seiner Freilassung über Schwindelanfälle geklagt, bewegte sich sonderbar ungelenk, rutschte im Badezimmer aus und brach sich dabei zwei Finger.

Dr. Benning fand schnell die Erklärung. »Das alles, Madame Fournier, hat überhaupt nichts mit Schuldgefühlen oder irgendetwas Psychischem zu tun. Ihr Sohn leidet an Entzugserscheinungen. Madame Neersteen hat ihn in der Zeit, da er zu ihr ging, an Alkohol, Haschisch und wer weiß was sonst noch gewöhnt. Und Sophie hat ihn mit Valium versorgt. Ich behandele Sophies Mutter seit einigen Jahren, ich weiß, wie viel Valium da im Haus konsumiert wird.«

Emely hatte nach dieser Erklärung gemeint, nun sei bald alles wieder gut. Davon abgesehen gab es eine andere, sie stark in Anspruch nehmende Entwicklung. Sie betraf ihre beste Freundin sowie eine Gelegenheit, die sie nicht verpassen durfte.

Bauland

Erst ihr Mann, dann Aaron. Krista Léger hielt es nicht mehr aus. Ein einziger Gedanke schien ihr Rettung zu versprechen. Dazu allerdings musste sie sich erst einmal überwinden. Noch immer überlegte sie, ob Vincent und Iason am Ende nicht doch mit mitschuldig waren am Tod ihres Sohns. Aber es half ja nichts, sie musste hier weg. Außerdem konnte ihre Freundin Emely ja auch gar nichts dafür. Dass Krista bei all dem immer wieder der Gedanke kam, Aaron gewissermaßen an die Mutter seiner Mörder zu verkaufen, ihn wenigstens in die Waagschale der nun anstehenden Verhandlungen zu werfen, ist verständlich. Es gelang ihr jedoch, diese Selbstzweifel so weit dämpfen, dass sie ihrer ehemals besten Freundin mit Anstand, ja sogar mit Freundlichkeit ins Gesicht sehen konnte.

»Ich bin so froh, Emy, dass Iason wieder frei ist. Dieses Mädchen. Schrecklich. Wie konnte sie ihm so etwas antun?«

»Iason meint, sie sei eifersüchtig gewesen. Ich kann mir nur vorstellen, dass auch sie in der Nacht berauscht war, etwas Unsinniges ausgesagt hat und dann keinen Rückzieher machen wollte. Außerdem ... Du hast ja sicher gehört, was bei den Nimiers noch passiert ist. Sophies Mutter hat sich von ihrem Mann getrennt, ihn aus dem Haus gejagt. Da muss also irgendetwas vorgefallen sein, und ich denke, da liegt die Ursache dafür, dass Sophie Iason das angetan hat. Sie wollte Rache nehmen für etwas, das man ihr angetan hat. Selbst Staatsanwalt Vernier hat das schließlich begriffen.«

»Da hast du es gut. Bei euch hat sich alles wieder eingerenkt. Aber für mich, Emy, hat es hier keinen Sinn

mehr. Ich denke bei allem, was ich sehe, immer an Aaron.«
Hier brach sie, obwohl sie sich doch innerlich so gut auf die Begegnung vorbereitet hatte ab. Das Licht im Raum wirkte wie gebleicht. In schmalen, geradezu blendenden Strahlen aus gebündeltem Sonnenlicht schwebte Staub. In dieser Beleuchtung erkannte Emely, dass die Fingernägel ihrer Freundin stark abgekaut waren.
»Du musst stark bleiben, Krista, anders geht es nicht.«
»Ich habe vorgestern lange mit meiner Schwester in Ostende telefoniert. Sie hätte mich so gerne bei sich.«
»Dann mach das doch, geh hier weg. Ihr wolltet euch doch zusammen ein Haus kaufen.«
»Woher soll ich das Geld nehmen?«
»Verkauf deine Wiesen, das sind ja einige Hektar.«
»Ich würde doch gerne, aber das sind Wiesen, kein Bauland und die Preise sind im Moment so im Keller …«
In dieser Situation höchster Not erwies sich Emely Fournier als wirkliche Freundin, denn sie zahlte Krista Léger einen anständigen Preis für ihre Wiesen. Wobei sich Krista allerdings auch als zähe, beinahe schon harte Verhandlungspartnerin gezeigt hatte. Ein Notar war selbstverständlich zugegen, denn es ging um einiges an Land und Geld. Es war keine einfache Angelegenheit für die beiden Frauen, was sich auch daran zeigte, dass sich Emely, kaum dass sie zu Hause angelangt war, Birnenschnaps eingoss und sich so ausdauernd am Handrücken kratzte, dass beinahe Blut kam. Sie litt, zweifelte an ihrer moralischen Integrität. Anfangs jedenfalls. Dann aber wurde – beinahe ohne Übergang – aus ihrem Leid eine innere Überzeugung von großer Aufrichtigkeit, eine beinahe schon überzogene Gewissheit, ein Rausch der Stärke. Ähnliche Momente des Umschlags empfand ja auch Iason hin und wieder. Warum auch nicht? Er war ihr Sohn. Ihr Liebster. Für ihn, für wen sonst, tat sie das alles.
Zuletzt saß Emely Fournier aufrecht am Tisch. Die Augen klar. Weit geöffnet. Und so direkt auf den Betrachter gerichtet, als würden sie eine Frage stellen, deren Antwort bereits

bekannt ist. Beide Fäuste lagen auf der Tischplatte. Zwischen den Fäusten ein leeres Glas. Rechts, am Rand des Bildes, eine halb gefüllte Flasche Birnenschnaps. Das Licht matt. Von links einfallend. Trüb, beinahe mehlig.

Ein paar Tage später verschwand Krista Léger aus Envie. So wie auch Pauline Goossens Mutter schließlich verschwunden war.

Die Fourniers besaßen nun einige Hektar Wiesen am Stadtrand von Brüssel. Bis jetzt allerdings nicht ausgewiesen als Bauland.

Da die Familie niemandem etwas von dem Ankauf sagte, nannte man die Flächen weiterhin: *Die Wiesen von Krista Léger.*

Anfang März wurde Sylvia Neersteen bei einem befreundeten Galeristen in Antwerpen aufgespürt.

Mit dem Prozess gegen sie wurde Klarheit geschaffen. Die Angeklagte ließ sich zwar von einem guten Anwalt vertreten, doch in diesem Fall hatte man von höchster Stelle aus darüber gewacht, dass die Anschuldigungen nicht bagatellisiert würden. Zuletzt wurde sie wegen Besitz von Marihuana sowie mangelnder Sorgfaltspflicht mit Todesfolge in wenigstens einem Fall zu zwei Jahren Gefängnis verurteilt.

Erst nach fünf Monaten Haft gelang es ihrem Anwalt, die Strafe in drei Jahre Bewährung umzuwandeln. Ironischerweise kam ihm dabei ausgerechnet die Aussage des Sohns der Rothaarigen zu Hilfe. Der hatte bei einer zweiten, etwas strengeren Befragung erklärt, er sei gar nicht im Haus gewesen, da man ihn nicht reingelassen habe. Er habe Valium, Haschisch und Alkohol zwei Mädchen vor dem Haus abgekauft.

Trotzdem hatte die Verurteilte eine hohe Summe an eine gemeinnützige Organisation zu zahlen, die Jugendlichen half, die ihren Eltern entglitten waren.

Sylvia Neersteen brachte das Geld auf, wobei sich Pierre Nespère, Phillipe Jougeau, Professor Langmann sowie der Galerist aus Antwerpen als solidarisch erwiesen. Professor Langmann hatte schon vor Gericht eine gute Figur gemacht und auf humorvolle Art dargelegt, worum es gegangen war auf diesen Partys.

»Reden, diskutieren, die Reife erlangen.«

Offenbar hatte er die Jugendlichen regelrecht examiniert und ihnen einiges über griechische Mythologie beigebracht. Lukas, Julie und Eveline bestätigten diese Aussage. Auch da wurde im Gericht teilweise geschmunzelt.

Iason wurde nicht befragt. Sein Anwalt machte geltend, er würde noch unter seinem Gefängnisaufenthalt leiden und sei nicht verhandlungsfähig.

Damit waren die tragischen Todesfälle polizeilich und juristisch in Vollständigkeit erfasst und beurteilt. Es blieb das Bild einer Frau, die – aus Dummheit oder weil ihr in moralischer Hinsicht jeglicher Halt fehlte – verantwortungslos gehandelt hatte. Der Anfangsverdacht, dass Minderjährige in ihrem Bungalow sexuell genötigt oder belästigt wurden, ließ sich nicht erhärten, da die jungen Zeugen wiederholt und übereinstimmend aussagten, so etwas sei dort nie geschehen.

Was auf dem Parkplatz vor dem Gemeindezentrum gesagt wurde, war nicht mehr als eine Wiederholung dessen, was in der Zeitung stand, und viel Zeit zu Spekulieren blieb auch nicht, denn im September 1972 kam das Wasser.

Es hatte woanders sehr viel geregnet, die Behörden mussten einige Schleusen öffnen.

Das Wasser drückte aus dem Kanal in die Gräben, die die Weiden und Felder durchzogen, stieg in ihnen an und flutete zuletzt die gesamte Fläche bis hoch an den Rand der Rue Envie, die zum Glück etwas höher lag.

Der Keller von Vivienne Maes lief als erstes voll, und dort unten lagerten seit 20 Jahren die unersetzbaren Möbel, Fotos und Briefe ihrer Eltern sowie hunderte von FKK-Zeitschriften ihres Mannes. Dann waren die Häuser entlang der Rue Helmet dran, dann die in der Rue Ballings und der Rue Strobant. Das Wasser bildete vor dem Halbbogen der aneinanderklebenden Gebäude einen großen Teich, ähnlich einem Stausee. Zuletzt musste Pfarrer Jacobsen in höchster Eile Holzblöcke sägen lassen und alle zusammentrommeln, derer er habhaft wurde, um die Kirchenbänke hoch und dann noch ein Stück höher zu stellen. Auch das Kirchenarchiv musste aus dem Keller nach oben geschafft werden. Bei dieser Gelegenheit fand man einige Munitionskisten, Reifenschläuche, Reifenventile und gummierte Gasmasken der Deutschen Wehrmacht.

Die Schüler bekamen eine Woche lang frei, um zu helfen, auf dem Parkplatz vor dem Gemeindezentrum trugen alle Stiefel und einige Kinder liefen mit deutschen Gasmasken herum.

Als das Wasser endlich abfloss, lagen überall, auch in der Kirche, tote Mäuse und Ratten. Die Katzen waren sehr nervös.

Krista Léger lebte zu diesem Zeitpunkt bereits in Ostende bei ihrer Schwester. So erfuhr sie von all dem zum Glück nichts. Denn auch der Friedhof, auf dem Aaron lag, war überflutet worden. Emely ließ seinen Stein wieder aufrichten und bepflanzte das Grab mit zwei Reihen rotblühender Azaleen und einer weißen Rose in der Mitte.

Anfang Oktober wehte ein sehr warmer Wind. Aus Afrika, wie es im Fernsehen hieß.

Ein Odem von Fäulnis überdeckte den Geruch von Kerosin.

Ende November kamen Landvermesser und überzogen Krista Légers Wiesen mit einem Raster aus Linien. Da einer der Vermesser seinen Mund nicht halten konnte, erfuhren die Einwohner nun doch von dem Verkauf an die Fourniers. Tags darauf standen viele in Gruppen auf dem Parkplatz vor dem Gemeindehaus. Es wurde noch heftiger als sonst debattiert, die Männer und zwei der Frauen rauchten Kette.

Im Dezember brannten die Hasenställe und Schuppen hinter dem Haus der Fourniers.

Der Werksfeuerwehr aus Foison gelang es, ein Übergreifen der Flammen zu verhindern. Scheiben im Restaurant gingen zu Bruch, und am zweiten Weihnachtstag wurde Emely auf der Straße mit Abfall beworfen und von einer Unbekannten zu Boden geschubst.

Noch vor Neujahr 1973 erschienen dreißig Mitglieder der Familie in Envie. Sie belegten Wohnungen, die den Fourniers gehörten. Die Männer trugen olivfarbene Hosen, dunkelblaue Pullover und Ketten aus Gold. Es hieß, die meisten von ihnen hätten für Frankreich im Süden gekämpft. In der Kirche herrschte während der Predigt am Neujahrstag Ruhe, nur Pfarrer Jacobsen vertat sich ein paarmal und sein Gesicht war blass beim Anblick der neuen Gemeinde. Alle waren sie da, die Blauen, die man für Franzosen hielt, wie auch die Flamen. Es wurde kräftiger und auch länger als sonst gesungen. Kein böses Wort, keine Drohungen, kein Getue mit Blicken, die gingen alle Richtung Altar.

Es kam auch später zu keiner Schlägerei, zu keinen Zerstörungen von Eigentum, es wurde keine Rache geübt. Die Blauen blieben einfach ein paar Tage. Hin und wieder versammelten sie sich auf dem Parkplatz vor dem Gemeindezentrum. Pfarrer Jacobsen beobachtete sie dort und berichtete dann denen, die sonst dort standen.

Niemand hatte es geahnt. Aber das Ende von Envie, so, wie es die alten Einwohner und deren Vorfahren kannten, rückte mit der Flut, dem Erscheinen der Landvermesser und der Männer mit den blauen Pullovern unabwendbar heran. Die kaum bezahlbaren Flutschäden, die Einrichtung und Vergrößerung politischer Behörden und Interessenverbände in Brüssel sowie die aufs Verlockendste steigenden Bodenpreise am Stadtrand entschieden das Schicksal der Stadt und ihrer Bewohner.

Wie gut, dass Hendrik Vanoppen während und kurz nach der Flut noch so viel fotografierte. Er war, wie es schien, der einzige, der damals schon ahnte, dass er eine entschwindende Epoche dokumentierte.

Iason lebte zu diesem Zeitpunkt schon nicht mehr in Envie.

IV

Die Durchquerung der Stille

Sein Leben nach einem Gefängnisaufenthalt sowie dem öffentlich gemachten Vorwurf, über ein Mädchen hergefallen zu sein, wieder aufzunehmen, ist nicht leicht und in einer kleinen Gemeinde wie Envie nahezu unmöglich. Zu all dem kam in Iasons Fall die Verunsicherung, selbst nicht zu wissen, was er gewollt hatte in der Nacht, als das mit Sophie passiert war. Auch was Aarons Tod anging, war für ihn längst nicht alles so eindeutig erwiesen wie für das zuständige Gericht.

Vincent ging unterdessen weiter zur Schule, wo man sich lieber von sich fernhielt.

Als Iason rückfällig wurde, was das Trinken anging, schickten ihn seine Eltern für sechs Monate zur Kur und anschließend für drei weitere zu Verwandten in Nancy. Er verlor ein volles Jahr und kam nach seiner Rückkehr auf eine Schule in Brüssel. Auch dort wurde er bei Verwandten untergebracht. Solchen, die ihn streng überwachten.

Trotzdem wurde er in keinem Fach versetzt, auch im nächsten Jahr scheiterte er. Zuletzt wurde er auf eine Privatschule geschickt. Dort machte er im Sommer 1977, also in seinem zweiundzwanzigsten Lebensjahr, den Abschluss.

Vincent ging den umgekehrten Weg, er übersprang eine Klasse, beendete die Schule zwei Jahre vor seinem Bruder und begann Jura zu studieren.

Iason lebte nun in einer kleinen Wohnung in Brüssel. Als er nach zwei Jahren noch immer keine Anstalten machte, einen ordentlichen Beruf zu ergreifen oder eine Lehre zu beginnen, versuchte Emely mit Macht, ihn zu überreden, nach

Envie zurückzukehren und im *Auguste* in der Küche zu arbeiten. Iason lehnte ab, erklärte, er wolle sein eigenes Leben haben.

Direkt nach dem Ende der Schule hatte Iason begonnen, in einem Schnellrestaurant in der Küche zu putzen, die Maschinen in Ordnung zu halten sowie die früh morgens angelieferten Vorräte anzunehmen und einzulagern.

Seine Schicht ging von Mitternacht bis sieben Uhr in der Früh. Anschließend schlief er bis um eins. Nach dem Aufwachen stand er stets zügig auf, duschte kurz, frühstückte und brachte seine Wohnung auch dann in Ordnung, wenn sie in Ordnung war.

Um halb vier nahm er eine Mahlzeit ein, wobei er beim Kochen darauf achtete, ausreichend frisches Gemüse zu verwenden. Gleich nach dem Essen brachte er die Flaschen vom Vortag weg und ging einkaufen. Erst um 17 Uhr 30, niemals vorher, begann er zu trinken. So früh nicht nur, weil dann die schlimmen Gedanken kamen, sondern auch, weil er um 23 Uhr fit sein musste für die Arbeit. Er trank also relativ schnell, aber nie länger als bis um 19 Uhr 30. Niemand könnte behaupten, seine Tage seien nicht strukturiert gewesen.

Der Aufenthalt im Untersuchungsgefängnis, die Angst davor, erneut eingeschlossen zu werden, seine Schuldgefühle, vor allem aber die Erkenntnis, dass er zwar nicht akut geisteskrank, wohl aber hochgradig gefährdet war abzurutschen, das alles hatte er verinnerlicht. Seine Zeit in der Anstalt von Professor Saignée sah er inzwischen in einem beinahe übertrieben rosigen Licht. Der Professor hatte genau gewusst, was mit ihm los war, dass er eine Gefahr für sich und andere darstellte, sobald sein Leben die Form verlor, die es brauchte. Saignée hatte ihn nicht gehen lassen wollen. Letztlich, das erkannte Iason nun, lag vieles von dem, was danach passiert war, am fehlgeleiteten Engagement einer Frau vom Jugendamt. Sie hatte ihn völlig ungeschützt sich selbst überlassen.

Da andere es nicht taten, musste er nun selbst auf sich aufpassen.

Es wirkte beinahe grotesk, wie Iason seinen Kleiderschrank in Ordnung hielt. Alles wurde regelmäßig gewaschen, getrocknet, gebügelt, anschließend hochpräzise gefaltet und auf Kante gelegt. Aber selbst wenn alles auf Kante lag, war Iason nicht automatisch zufrieden. Manchmal nahm er alles wieder heraus, faltete es aufs Neue, legte es wieder auf Kante.

Dabei waren seine Bewegungen beim Falten ruhig und routiniert. Ein Außenstehender hätte vermutlich gesagt: Ein auf Ordnung bedachter Mensch.

Vincent hatte unterdessen das sechste Semester seines Jurastudiums beendet und beschlossen, dass er sich international orientieren würde. 1982 schloss er ein zweites Zusatzstudium in Paris mit Auszeichnung ab, zog kurz darauf nach Lausanne, wo er in einer auf Grundstücks- und Steuerrecht spezialisierten Kanzlei anfing. Es war erstaunlich, wie gründlich sich bei ihm die Lehre von Pfarrer Jacobsen in ihr Gegenteil verkehrt hatte. Er benahm sich mehr und mehr wie ein echter Fournier, verstand sich auf Geld und erwies sich als risikobereit. Mehrfach musste er von seinen Vorgesetzten zurückgepfiffen werden, da einige der von ihm betreuten Projekte sich nah an der Grenze zum Illegalen bewegten.

Das also war das Leben, das sie gewählt hatten. Vincent ging, wenn er mal in Brüssel war, zusammen mit Geschäftsfreunden zu Pferderennen auf dem Hippodrome de Longchamp, während sich Iason seit einiger Zeit in Moolenbeek herumtrieb.

Etwas hatte sich verändert. Es war schleichend geschehen, die Zeit selbst hatte das wohl bewirkt.

Iasons Angst vor der Polizei hatte nachgelassen und er begann sich daran zu erinnern, dass seine Mutter sicher mehr von ihm erwartet hatte als das Leben, das er führte. Als er seine Mutter mit all ihrem Bemühen, ihrem abgearbeiteten Gesicht im Geiste vor sich sah, wirkten sehr alte Kräfte und Programmierungen. Also reduzierte er seinen Alkoholkonsum. Was ihm weniger schwer fiel, als er all die Jahre angenommen hatte.

Schon nach wenigen Wochen spürte Iason, dass eine innere Kraft, so behutsam, als wolle sie ihn nicht erschrecken, zurückkehrte. Er war wacher und auch schneller von etwas zu begeistern. Also traute er sich öfter raus, schlenderte während des Nachmittags ein wenig in Moolenbeek herum. Er wollte mehr vom Leben sehen, ja, er wurde beinahe gierig nach Leben. Er liebte es, die geschmeidigen Bewegungen der Städter zu betrachten. So wollte er auch sein. Also kaufte er sich Kleidung, die der glich, die die meisten hier trugen, und wurde zu einem Flaneur unter vielen. Sein Geruchs- und Geschmackssinn kehrten zurück, Frauen begannen ihn wieder zu interessieren. Wie früher gefielen ihm die mit langen Haaren am besten. Er ging ihnen manchmal ein Stück weit nach. Einfach so. Er meinte dann, er wäre ein wenig bei ihnen.

Auf einem dieser Spaziergänge traf er im November 1983 den ehemaligen Küchengehilfen seines Vaters.

Assads Weg war zunächst genauso pfeilgerade verlaufen wie der von Vincent. Er hatte sein Medizinstudium abgeschlossen und sich danach auf Strahlenheilkunde, Fachgebiet Onkologie spezialisiert. Dann war er Zeuge eines schweren Autounfalls geworden, hatte versucht, die Blutungen der schwerverletzten Fahrerin zu stoppen. Er hatte es nicht geschafft. Natürlich war ihm klar gewesen, dass Onkologie und die Leistung von Erster Hilfe zwei vollkommen verschiedene Sachen waren. Auch seine Kollegen hatten ihm das erklärt. Trotzdem hatte Assad nach diesem Ereignis nicht mehr gewusst, ob er weiterhin Arzt sein wollte oder es überhaupt konnte. Daher arbeitete er nun schon seit einem Jahr im Restaurant seines Onkels. Dort brauchten sie jemanden in der Küche. Da Iason sich mit den anstehenden Arbeiten auskannte, erklärte er: »Besser als Putzen.«

Eine Auferstehung mit Gemüse

Als Assad ihn das erste Mal auf eine Auktion in die Großmarkthalle von Brüssel mitnahm, wäre Iason beinahe ohnmächtig geworden, so viele intensive Gerüche drangen auf ihn ein. Sein Freund hatte ihn zuletzt regelrecht von den Ständen wegziehen müssen, denn Iason schnüffelte in einer Art, wie man es sonst nur von Süchtigen kennt.

So lernte Iason in einem syrischen Restaurant kochen. Da er sich nun auf andere Regionen als die der trügerischen Erinnerung verließ und im Schnitt zwölf Stunden pro Tag arbeitete, lösten sich die beinahe schon zur Gewohnheit gewordenen Ängste, Selbstzweifel und Schuldgefühle endgültig auf.

Nur einmal kam etwas Altes zurück. Das war, als er davon hörte, man habe seinen Jugendfreund Leo wegen Beihilfe zur Entführung einer Elfjährigen und Zuführung von Jugendlichen an ungeeignete Personen angeklagt.

Iason blieb volle zehn Jahre in Moolenbeek, verfeinerte seine Kochkünste und gewann mit der Zeit seine alte Kraft zurück. Anfangs hatte er sich noch in alles gefügt. Dann aber setzte er sich nach und nach, teils auf sehr direkte Weise, gegen jene durch, die ihm, wie er meinte, feindlich gesinnt waren. 1989 übernahm er die Leitung der Küche.

Da es mit zwei Familienverbänden, denen die benachbarten Restaurants gehörten, immer wieder zu heftigen Streitigkeiten kam, da er Assads Onkel viel zu verdanken hatte, galt es nun, das Restaurant gegen Angriffe von außen zu verteidigen. Und nicht nur mit Worten. In der Regel geschah das in der kleinen Gasse neben dem Kebab-Imbiss.

Die Freundschaft zwischen ihm und Assad blieb nicht lange eine, die auf einem allgemeinen Mögen oder einer gewissen Sympathie beruhte. Der tägliche Umgang endete erst, als Assad nach Paris ging, um dort wieder in einem Krankenhaus anzufangen. Was blieb, war eine lebenslange

Freundschaft. Hier hatten sich zwei gefunden, die zueinander passten und darauf achteten, das einmal Gewonnene nicht durch Unachtsamkeit wieder zu verlieren. Iason besuchte den Freund wenigstens viermal im Jahr, blieb stets einige Tage.

1990 lernte er Lina kennen, die abends bei den Abrechnungen half. Durch sie wurde die endgültige, von nun an in die Zukunft weisende Wendung eingeleitet, denn bald kam das erste Kind.

Beiden Brüdern war es, wenn auch auf sehr unterschiedlichen Wegen gelungen, die Erschütterungen des Winters 1971/72 hinter sich zu lassen. Traurig daran war nur, dass sie darüber den Kontakt zueinander verloren. Und zwar mit einer Konsequenz, dass man fast sagen müsste: Sie gingen sich aus dem Weg.

Iason träumt

Auch in Envie hatte sich während Iasons Brüsseler und Vincents Lausanner Jahre einiges getan. Bereits 1987 war die Reifenfabrik geschlossen worden, und 1989 war es dann endlich so weit. Die zivilen Flugzeuge waren größer geworden. Eine neue Start- und Landebahn ersetzte die alte, in Envie wurde es ruhig.

Sechs Monate später erschienen Mitarbeiter der Baubehörde und entnahmen auf den Wiesen, die einst Krista Léger gehört hatten, Bodenproben. Noch einmal sechs Monate später wurde das Gelände zu Bauland erklärt. Ein schnelles Verfahren, das sich der Expansion der belgischen Hauptstadt verdankte. Von Kerosinrückständen übrigens stand im Bericht der Baubehörde kein Wort. Es scheint somit zweifelhaft, dass die Flugzeuge während der letzten Jahrzehnte kurz vor der Landung Kerosin abließen, wie Simon Lejeune stets behauptet hatte.

Diesmal fiel kein böses Wort auf dem Parkplatz vor dem Gemeindezentrum. Es war niemand mehr da, der böse hätte sprechen können, die letzten verbliebenen Ureinwohner hatten sich gefügt. Envie war zu diesem Zeitpunkt schon nicht mehr Envie. Die Phase der Verkäufe und die sich anschließende Restaurierung im Sinne einer auch diesmal vorbildlich agierenden Denkmalpflege war abgeschlossen. Das ehemalige Gemeindezentrum – viel Asbest, wie sich zeigte – hatte man abgerissen, dort entstand ein Kindergarten. In diesem Gebäude wurde nichts verbaut, das irgendwie giftig oder gefährlich gewesen wäre. Aus dem ehemaligen Parkplatz war ein wunderschöner Spielplatz geworden, wobei sich leider immer wieder Probleme mit aufsteigendem Grundwasser ergaben.

Alles ging nun, da eine neue Zeit mit neuen Wertvorstellungen angebrochen war, zügig voran. 1991 wurde die 1974 aufgebrachte Teerdecke der Rue van de Velde wieder entfernt und das darunter liegende, zum Glück noch vorhandene Ziegelpflaster fachmännisch unterfüttert und neu zusammengefügt. 1992 gelang es den Neubürgern, den Bau einer für Autos geeigneten Brücke in Richtung Foison zu verhindern. Envie hätte nach dem Bau nicht nur unter dem zu erwartenden Durchgangsverkehr gelitten, die gesamte städtebauliche Anlage wäre zerstört worden. Erneut agierte das Denkmalamt klug und besonnen. Es unterstützte den Wunsch der Bürger, etwas vom Alten und Echten zu bewahren und nicht alles einem besinnungslosen Fortschrittsglauben zu opfern.

Etwa zu dieser Zeit wachte Lina in Brüssel einige Male auf, da Iason im Schaf redete und heftig mit den Beinen zappelte. Er erklärte ihr, es habe nichts zu bedeuten.

Eine Grube

Es passte zum Wesen, vor allem zur Weitsicht von Emely, dass sie bis jetzt keins der bereits vor Jahren vermessenen und parzellierten Grundstücke verkauft hatte. Nun war es an der Zeit, den einst von Krista Léger erworbenen Grund und Boden zu verwerten.

Die ersten 50 der insgesamt 400 Parzellen sollten bebaut werden. Statt sich jedoch Geld von der Bank zu leihen, griff Emely auf ihr altes System zurück. Sie unternahm einige Reisen nach Frankreich und Polen und besuchte die wohlhabendsten und geschäftstüchtigsten unter den zahllosen Angehörigen der weit verzweigten Familie. Geschäftliche Verbindungen und ein gegenseitiges Aushelfen bei Engpässen hatte es schon immer gegeben, nun wurde dieses System zur Methode. Geldgeschäfte ohne Banken. Darauf lief es erneut hinaus. Die Rendite verblieb somit innerhalb der Familie.

Nachdem die Wiesen von der Rue Envie her erschlossen waren, begann man am 13. April 1992 zu bauen. Neunzig Wohneinheiten würden entstehen. Vierzig davon in zweigeschossiger Bauweise, zehn eingeschossige direkt am Kanal.

Als die Raupen auf die Wiesen fuhren, hinterließen ihre Ketten tiefe Spuren im frisch austreibenden Gras, das sie beim Rollen hochrissen wie eine Haut. Sie sanken dabei erheblich tiefer ein, als man berechnet hatte. Also mussten Stahlseile herbeigeschafft werden, Schlagstifte, sowie 200 Bohlen in 85er Dicke.

Als erstes schoben die Raupen die Gräben zu, die das Gelände seit den 1790er Jahren durchzogen. So wurde eine ebene Fläche erzeugt, die der Zeichnung auf dem Plan entsprach.

Zwei Tage später wurde noch mehr Holz angeliefert, vor allem 41er Bohlen und Balken 20x20. Daraus sollten Spundwände entstehen, um die Baugruben zu sichern.

Die Dunkelheit senkte sich bereits über alles, die Baustellenlampen mit ihrem Quarzlicht fluteten mächtig dagegen an, der erste Bagger hatte einen Riss von 1,60 Metern Tiefe, 2,4 Metern Länge und 85 Zentimetern Breite in den Boden geschabt ... Da war der Bauleiter Pierre le Trou schon zur Stelle.

Indem er schrie und Zeichen machte, bedeutete er dem Baggerführer, einem Mann in gelber Sicherheitskleidung: »Aufhören mit dem Scheiß!« Nachdem der Gelbe aus seiner

Führerkabine gestiegen war, fragte Le Trou ihn laut, ob er keine Augen im Kopf habe und zeigte dabei auf den Aushub.

Zehn Minuten später standen sieben Männer und eine Frau am Rand der Grube. Die befand sich exakt 40 Meter westlich von der Stelle, an der Leo und Iason sich einst ihren Unterstand gebaut hatten. Einer der Männer hatte drei starke Handlampen geholt, zwei reichte er weiter.

Alle sahen, was sie sahen, einige pressten die Lippen zusammen. Der, welcher die Lampen geholt hatte, fasste sich kurz: »Scheiße.«

Die Ingenieurin war die erste, die den Mut aufbrachte. Sie ließ sich eine der Lampen reichen und sprang in die Grube, also ins Wasser. Im Strahl von zwei Lampen, die oben gut geführt wurden, stieß sie ihre rechte Hand tief in den Grund. Dort schien die Hand zu suchen, zu wühlen, ergriff schließlich etwas. Dieses Etwas kam, als sie die Hand mit einiger Kraft zurückzog, nach oben. Sie schmierte mit ihrem Daumen darauf herum. Nun sahen es alle.

Lehm.

Schmieriger fester Lehm.

Eine grundwasserführende Schicht in 1,20 Metern Tiefe. Man würde für die Keller jedes einzelnen Hauses eine Betonwanne gießen müssen. Die dadurch entstehenden zusätzlichen Kosten würden den Bauunternehmer und die Bauherrin vermutlich in den Konkurs zwingen.

So sahen sie es kommen.

Doch es kam anders.

Die zwölf Familien, welche die Investition unter sich aufgeteilt hatten, kamen zu dem Schluss, dass eine Fortsetzung der Bauarbeiten der reinste Irrsinn sei. Emely kam zu dem gleichen Schluss. Ein unabhängiger Gutachter ebenfalls.

Und genau in Moment des Scheiterns zeigte sich, wie menschliches Denken in den besten Momenten funktioniert und warum die Menschheit es so weit gebracht hat. Es wurde nachfinanziert. War man bei der ersten, der realistischen Berechnung noch vorsichtig gewesen, so floss nun viel Geld. Es war ein großartiger Inversionsmoment der Vernunft eingetreten. Man glaubte plötzlich an das Projekt, man diagnostizierte einen kontinuierlichen Anstieg des Werts, des Verlusts und damit des Gewinns. Denn großer Gewinn, das weiß jeder, der mal mit Finanzierung zu tun hatte, entsteht nur durch Verlust.

Nun kam sehr viel Beton, es kamen sehr viele Bohrer, Bohlen, Bretter, Latten, Klammern, Zwingen, Doppelzwingen, Pressen, Stahlbewehrungsmatten, Doppel-T-Stützen, L-Stützen und U-Stützen, mächtige Kompressoren, grobgliedrige Rammen. Einige dieser Rammen bolzten Stahlträger mit Dynamit bis tief in die Erde. Es sah aus, als wollte man einen Kontinent erschließen.

Zu all dem kam ein scharfes Knistern. Rund um die Uhr wurden Bewehrungsmatten zusammengeschweißt und zwar an fünf oder zwölf Stellen zugleich. Was nachts einen bläulichen, im Nebel teils brandweiß aufgleißenden Schein erzeugte, der über den ehemaligen Wiesen von Krista Léger flackerte, bis hoch ins Schwarze flammte, was einige Einwohner an Nordlichter erinnerte.

Und der Regen hörte nicht auf.

Der Regen hörte nicht auf.

Die Baugruben füllten sich unablässig mit Wasser.

Es wurde noch mal nachfinanziert.

Gewaltige Pumpen wurden herbeigeschafft um zu drainieren. Es war etwas in Gang gekommen, das niemand mehr hätte aufhalten können. Regen und Grundwasser schon gar nicht.

Emely Fournier mit ihren im Wind weit aufgefächerten weißen Haaren stand während einiger Nächte oben am offenen Fenster, die Finger leicht gekrümmt, wie man es von Gichtkranken kennt. Sie konnte nicht schlafen. Also sah auch sie den bläulichen Schein und er kam ihr bisweilen sehr unheimlich vor. Sie fühlte sich alleingelassen, verraten. Denn das Bett neben ihrem, das Bett von Auguste, war schon seit vielen Nächten leer. Und er würde nie mehr zu ihr zurückkehren. Es war also an der höchsten, der allerhöchsten Zeit.

Der Brief der Mutter – eine Bitte

Envie, 4.6.1992

Mein lieber Iason,

Du hattest es nicht immer leicht, man hat Dir Unrecht getan und Du warst lange sehr krank. Ich weiß das besser als irgendwer sonst, und das war auch der Grund, warum ich Dir bis jetzt so viele Freiheiten gelassen habe.

Bei uns Fourniers ist es allerdings, wie Du weißt, üblich, dass die Kinder die Geschäfte ihrer Eltern weiterführen. Wie du ebenfalls weißt, ist Dein Vater vor sechs Monaten gestorben, Dein Bruder hat eine Krise zu überwinden, muss sich etwas Neues schaffen und benötigt viel Geld. Ich zögere noch, Grundstücke oder Wohnungen zu verkaufen, denn das zu diesem Zeitpunkt zu tun wäre dumm. Was uns zur Bewältigung unserer Probleme bleibt, ist im Moment nur das Restaurant, und in der Küche geht es drunter und drüber.

Es ist also an der Zeit, dass Du heimkehrst.

In Liebe,

Deine Mutter

Dieser Brief zeigt deutlich, wie unerschüttert Emelys Vertrauen in die Fähigkeiten ihres Ältesten noch immer war. Vielleicht hatte ihr aber auch jemand zugetragen, wie hoch das Ansehen des syrischen Restaurants im Kurs stand, wer dort alles verkehrte und wie sehr das auf Iasons Kochkünsten beruhte. Nun, die meisten Mütter haben Vertrauen und manche Söhne verhalten sich entsprechend. Lina übrigens war nicht begeistert von dem Gedanken, nach Envie umzuziehen.

Dass Vincent »eine Krise« zu überstehen habe, wie es in Emelys Brief hieß, war eine starke Untertreibung. Seine ohnehin teuer erkaufte Teilhaberschaft in einer Lausanner Kanzlei endete nach einem juristisch sehr unsauberen Finanzmanöver, das er unter der Hand eingefädelt hatte, in einer regelrechten Katastrophe, die die Familie am Ende so viel Geld kostete, dass selbst die Fournierschen Pralinen Gefahr liefen, darüber vom Markt zu verschwinden. Die Gläubiger konnte man hinhalten, aber Vincent stand am Ende wegen Betrugs im großen Stil vor Gericht. Das Verfahren zog sich hin, war teuer und endete mit dem Entzug seiner Zulassung als Notar.

Lina

Die Hochzeit von Iason und Lina fand zwei Monate nach ihrer Heimkehr in der alten Kirche von Envie statt. Die beiden wurden noch von Pfarrer Jacobsen getraut.

Vier Jahre lang arbeitete Iason sechs Tage die Woche als Koch im *Auguste*, stellte zusammen mit Lina vieles im Betriebsablauf um, kombinierte französische Gerichte mit Nuancen, die nicht aus dem europäischen Raum kamen, und schlief im Schnitt vier bis fünf Stunden pro Nacht. Zudem hatte seine Mutter ihn in ihr geschäftliches System eingeweiht. Es gehörte seither zu Iasons Aufgabe, seinen – wie Emely es nannte – sozialen Verpflichtungen nachzukommen, die verschiedenen an den Fournierschen Finanzoperationen beteiligten Familien zusammenzuhalten, und bei Gelegenheit mit der gebotenen Deutlichkeit an Pflichten zu erinnern.

Es war, als hätte man einen Gummizug oder eine Zwille bis zum äußersten gespannt und das Geschoss erst nach einiger Verzögerung losgelassen. Auf dem, was Iason und Lina in diesen Jahren leisteten, beruhte zuletzt nicht nur das hohe Ansehen des Restaurants, es rechtfertigte auch die Preise.

Die Pralinenmanufaktur konnten Iason und Lina nicht retten. Sie musste an einen deutsch-italienischen Hersteller von Fertigkuchen verkauft werden, um die letzten von Vincents Gläubigern auszuzahlen. 97 Jahre lang waren die Fournierschen Pralinen ein Begriff gewesen, nun stand der Name für Weinbrandbohnen der eher billigen Art. Der Abschied von der Belegschaft, das letztmalige Abschließen des Betriebs und des Ladens, das waren traurige Ereignisse für alle Beteiligten. Und doch erklärte Emely noch am gleichen Abend mit trotzigem Stolz und der für sie so typischen Handhaltung: »Wir haben kein Haus, keine Wohnung und kein Grundstück verkauft! Und wie es mit den Pralinen weitergegangen wäre, jetzt, wo die Leute immer mehr auf ihre Figur und ihre Blutwerte achten, weiß doch keiner.«

Damit brachte sie die Veränderung auf den Punkt. Die Fourniers waren nun keine Konditoren mehr, sondern Immobilienbesitzer, die sich allerdings ihr Restaurant nicht nur zur Zierde hielten. Das *Auguste* war das Herzstück, das Verbliebene vom Alten, das Aushängeschild. Denn der Schriftzug über dem Eingang zeigte noch immer die unverwechselbare Schrifttype, die einst auf den Verpackungen der Pralinen und den Auslieferungswagen prangte.

Leider erlitt Iason in diesen arbeitsreichen Jahren drei Kreislaufzusammenbrüche. Da ihr Mann nicht vor dem Herd sterben sollte, stellte Lina 1996 zwei zusätzliche Köche ein.

Iason war gereift. Zudem hatte er seinerzeit von Assads Onkel gelernt, wie wichtig der Zusammenhalt zwischen verschiedenen Familien gleicher Zugehörigkeit ist, wie klug, ja unverzichtbar es zudem ist, einander bedingungslos beizustehen, wenn ein Angriff erfolgt. Vor allem aber galt es darauf zu achten, dass keiner aus dem mittlerweile über vier Länder verteilten Fournierschen Familienverband ausschere.

Sobald also jemand kalte Füße bekam, fuhr Iason los und kam seiner sozialen Verpflichtung nach. Er schaffte eine entspannte Atmosphäre, unternahm mit demjenigen, der sich verunsichert fühlte, zum Beispiel weil er etwas darüber gelesen hatte, dass der Wohnungsmarkt bald einbrechen würde, einen langen Spaziergang im Wald oder ruderte mit ihm über einen See. Dort erklärte er noch einmal mit Sorgfalt und Geduld das Geschäftsmodell, erinnerte daran, dass alle an den Operationen Beteiligten voneinander abhängig seien. Diese persönliche Zuwendung, überhaupt die ganze Art, wie Iason es verstand, den Abtrünnigen und Verängstigten stets neuen Mut zu machen, sie wieder ins Gleis zu stellen, schuf eine starke Verbundenheit. Das hatte schon bald dazu geführt, dass Iason und Lina zu jeder Beerdigung, jeder Hochzeit, jeder Taufe eingeladen wurden. Die Kinder einiger Fourniers in Frankreich, Polen und Deutschland trugen sogar seinen ungewöhnlichen Vornamen.

Unter all diesen günstigen Bedingungen war Iason beinahe wieder zu dem geworden, der er einst war. Ein mutiger, durchsetzungsfähiger Junge, auch wenn er inzwischen 42 Jahre alt war. All die behördlichen Eingriffe hatten ihn nicht gebrochen.

Und Lina war eindeutig die richtige Frau, um die Leitung nicht nur im *Auguste* zu übernehmen. Sie half Vincent, der seit seinem Scheitern in der Schweiz den Immobilienbestand der Familie verwaltete und vergrößerte. Bauprojekte in Frankreich, Polen sowie in einigen Stadtrandzonen Deutschlands wurden in Angriff genommen, man stieg ins Speditionswesen ein. Eine Idee, die auf einen Vorschlag aus Polen zurückging.

Mit Lina kam zudem etwas in die Familie, das man vorher in dieser Ausprägung nicht kannte: Sie hatte Humor, war eine Virtuosin in zweideutigen Sprüchen sowie der unsauberen Kurzcharakterisierung von Menschen. So konnte man Iason nun häufig am Frühstückstisch sitzen sehen, laut lachend mit offenem Mund. Bei Lina sah es nicht besser aus. Zwei lebhafte, die Eltern bei allem imitierende Töchter waren das Produkt dieser Verbindung.

Als in Envie dringend weitere Baugrundstücke benötigt wurden, kam es 2001 zu einer Verkleinerung des in den 1870er Jahren angelegten Friedhofs. Bei dieser Gelegenheit wurden unter anderem die Gräber von Simon Lejeune, Aaron Léger, Pauline Goossens, Enno de Cock und Louis Martin sowie das der Familie Le Bois aufgelöst. Die insgesamt achtzig Grabsteine wurden jedoch weder zerstört noch abtransportiert, sondern auf Anweisung von Pfarrer Jacobsen entlang der Nordmauer der Sakristei gestapelt. Es war die letzte Weisung des Geistlichen, der kurz darauf selbst abberufen wurde.

Wegen der entlang der Nordmauer stets vorhanden Feuchtigkeit waren die Stapel bald mit einer ordentlichen Schicht Moos bedeckt und boten dank der zahlreichen Ritzen und Spalten vielen Kleintieren Schutz.

Etwas, auf das man in dieser Epoche zunehmend Acht gab.

Eine Besinnung auf das Raum- und Territorialrecht nicht nur der Insekten, eine Besinnung auf alte Zeiten, auf Tradition bis hoch zu nationalen Ereignissen verbindender und trennender Art, all das erlangte wieder an Bedeutung. Von Wurzeln und Identität war die Rede, denn die Welt, das schrieben längst nicht mehr nur die Zeitungen, war unübersichtlich geworden und ... fremd. Also suchten einige derer, die das dafür nötige Geld besaßen, nach geschützten Orten oder wenigstens nach verbürgten Geschichten. Wer kein Geld hatte, wer es nicht bis nach Envie schaffte, der ... Was soll man sagen? Jeder hat das Recht, Raum und Identität einzufordern, jeder hat das Recht, eine Gruppe Gleichgesinnter um sich zu scharen.

Derart exemplarische Betrachtungen führen natürlich ein Stück weg von den Reifejahren der Brüder Fournier. Trotzdem soll diese Verlagerung der Anschauungen ins Organische, Träumerische und Territoriale kurz erwähnt werden, denn hier wies ein moralischer Kompass zunehmend in Richtung Spaltung und Terror. Sowohl Envie als auch das *Auguste* profitierten von der nun nochmals erstarkten Sehnsucht nach dem Verbürgten, dem Echten und in sich Geschlossenen.

Die Mieten stiegen weiter, im *Auguste* war Wein unter 120 Euro die Flasche nicht mehr zu haben. Wenn man sich für eine Weinbegleitung entschied, ging es um 400 Euro. Das eingenommene Geld war dabei gar nicht so wichtig. Entscheidend war, wer das Restaurant aufsuchte, mit wem man in Kontakt kam. Und Iason war brillant Umgang mit Menschen. Nicht nur, dass er sich Kindergeburtstage merken konnte, er behielt auch, was der eine oder andere ihm beim Rotwein erzählt hatte, und konnte bei Gelegenheit daran anknüpfen.

Da die neuen Köche nun instruiert waren, sah man Iason immer öfter im Gastraum, wo er, sobald das normale Publikum gegangen war, seinen Stammgästen Geschichten erzählte. Meist sprach er über das alte Envie. Seine Zuhörer liebten diese persönlich gehaltenen Erinnerungen, die von Freundschaft und kindlicher Abenteuerlust in einer noch in sich stimmigen Welt handelten.

»Eine Welt, um die Leute aus der Stadt uns beneidet hätten, wenn sie mehr darüber wüssten. Eine Welt, in der jeder jeden kannte und man zusammenhielt, wenn es drauf ankam.«

Iason hätte tatsächlich als Chronist von Envie gelten können, wäre er nicht dazu übergegangen, sich mehr und mehr auszudenken. Meist reichte ihm eine Kleinigkeit, zum Beispiel die Tatsache, dass die Farbe des Wassers im Kanal während der Nacht gewechselt oder die Blätter an einem Baum sich eingerollt hatten, um auf ein neues Abenteuer zu kommen, das er und seine damaligen Freunde oder Freundinnen bestanden hätten.

Einmal nur träumte er in diesen guten Jahren von Pauline. Diesmal war es ein friedlicher Traum. Pauline wirkte glücklich, und sie fror ganz gewiss nicht, denn sie hatte sich mollig in ein großes weißes Frotteehandtuch eingewickelt.

Es war eine behütete und luxuriöse Zeit, in der alles seine Ordnung und Form hatte. Das *Auguste* mit seinem Interieur, die hochwertigen Gläser und Bestecke, das Geschirr, die bernsteinfarbene Beleuchtung, die akkurat dressierten Bewegungen des Personals, das alles war gekennzeichnet durch einen hohen kulturellen Standart. Auch die Abläufe in der Küche waren so durchgetaktet und aufeinander abgestimmt, das sich kaum Fehler einschlichen. Das *Auguste* hätte somit einem Vergleich mit dem gut organisierten Konvent von Professor Saignée durchaus standgehalten.

Das einzige an Unordnung, das hin und wieder vorkam,

waren die Nachtfahrten von Lina nach Brüssel. Dort musste sie das eine ums andere Mal vorstellig werden, um ihren Mann auf der Gendarmerie auslösen, nachdem er in einem Club randaliert oder sich in eine körperliche Auseinandersetzung eingebracht hatte.

Ein Swimmingpool und ein gelber Ford Transit

2010 wurden, in Vorbereitung auf einen Prozess gegen Pierre Jougeau in Zusammenhang mit sexuell motivierten Straftaten gegen Kinder und Jugendliche, dem Verdacht auf ein Netzwerk sowie der anstehenden Freilassung von Leo Lejeune, noch einmal Befragungen wegen der Partys im Bungalow von Sylvia Neersteen durchgeführt. Man hielt es inzwischen für wahrscheinlich, dass es dort, entgegen der damaligen Aussagen der Jugendlichen, doch zu Missbrauchshandlungen gekommen war, und versuchte, auf Namen bisher unbekannter Personen zu kommen.

Der längst emeritierte, inzwischen auf eine Gehhilfe angewiesene Professor Langmann sowie der mit vielen Auszeichnungen versehene Architekt Pierre Nespère mussten zur Aussage in Foison erscheinen. Juristisch unterstützt wurden sie von einem Rechtsanwalt der Sozietät Lukas Benning, einem Verband, der für gewöhnlich politisch verfolgte Mandanten vertrat. Sophies Vater lebte zu diesem Zeitpunkt nicht mehr, der Aufenthaltsort von Sylvia Neersteen ließ sich nicht ermitteln. Aller Wahrscheinlichkeit nach war sie 2003 während eines Campingurlaubs in Mexiko ermordet worden.

Pierre Jougeau, damals Leiter der Personalabteilung einer großen Versicherung, wurde nicht in Foison befragt, er befand sich zusammen mit einem befreundeten Galeristen in Antwerpen in Untersuchungshaft.

Während Iason auf seine Vernehmung wartete, saß er im selben Raum wie Eveline und Julie, die er seit dem Prozess gegen Sylvia Neersteen nicht mehr gesehen hatte. Beide wirkten sehr gepflegt, waren gut gekleidet. Natürlich hatte er viele Fragen, doch schon sein erster Versuch wurde von dem anwesenden Justizbeamten unterbunden.

So sah er nur, was er sah. Julie saß da, mit gesenktem Kopf, Eveline hielt ihre Hand. Auch sie sah aus, als würde sie sich vor etwas fürchten. Dann wurden die beiden zusammen mit ihrem etwas verspätet eingetroffenen Rechtsbeistand in einen anderen Raum gerufen und er blieb allein zurück.

Iasons Gedanken begannen diffus zu wandern. Er erinnerte sich daran, dass Lukas ihn damals eindringlich gebeten hatte, nichts von den Geschäften von Eveline und Julie zu verraten, sollte man ihm weitere Fragen zu den Partys bei Sylvia Neersteen stellen. Er erinnerte sich auch daran, dass der Sohn der Rothaarigen, dem es seinerzeit zu verdanken war, dass die Partys aufflogen, bei einer zweiten Vernehmung ausgesagt hatte, er sei gar nicht im Haus gewesen, sondern hätte seine Drogen vor dem Bungalow der Neersteen von zwei Mädchen bekommen. Iason hatte das damals für eine Notlüge gehalten. Schließlich hatte Sylvia ihm mehr als einmal alles gegeben, wonach er verlangte. Alle waren sie, wie es schien, zu irgendeinem Zeitpunkt in Verdacht geraten. Zuerst er selbst, dann Sylvia und ihre Bekannten, dann Sophie, und zuletzt auch noch Eveline und Julie. Einzig Lukas schien sauber geblieben zu sein.

Als Eveline und Julie wieder rauskamen, durchquerten sie den Raum, als seien sie auf der Flucht.

»Was wollten sie denn wissen?«, rief Iason ihnen nach. Julie hielt das nicht auf, sie verschwand durch eine hölzerne Schwingtür. Eveline blieb stehen, drehte sich halb zu ihm um.

»Der Pool. Sie wollen vor allem etwas über Pauline und den Pool unten bei der Neersteen wissen. Ich glaube, es geht um Pierre Jougeau und seine Verbindung zu Leo. Weißt du da was? Du warst doch mit Leo befreundet.«

»Das ist alles so lange her ...«

»Sie werden dich fragen, was damals am Pool passiert ist und ob Leo mal mit dem Auto gebracht wurde. Ein gelber Ford Transit soll das gewesen sein. Irgendwie bringen sie Jougeau und Leo mit diesem Transporter in Verbindung. Sag nicht zu viel, lass es ruhen. Bitte. Wir wussten es doch alle nicht besser.«

Er hätte sie gerne noch mehr gefragt, doch der Justizbeamte kehrte zurück und Eveline verschwand, wobei die Schwingtür etwas weniger stark schwang als bei Julie.

Iason versuchte, sich an den Pool im Keller der Neersteen zu erinnern. Eine Bar hatte es gegeben, aus der man sich bedienen konnte oder bedient wurde. Aber was war mit dem Pool? Eine Fläche von unten her bestrahlten, bläulichen Wassers war der gewesen. Mit Liegestühlen am Rand. Auf denen hatten sie oft gelegen. Die Erinnerung war unzuverlässig. Zunächst meinte Iason, die Liegestühle hätten aus weißem Plastik bestanden, dann wieder dachte er, es wäre Holz gewesen. Und was war mit den Auflagen? Gab es welche? Wie dick waren sie? Aus welchem Material? Und wie standen die Liegestühle? Hatte man sie so zusammengeschoben, dass sie mit ihren Auflagen eine Fläche bildeten? Er bemühte sich, aber die Liegestühle ... Auch was den gelben Ford Transit anging, brachte er einiges mit der Spielhalle von Foison durcheinander.

Die Befragungen 2010 ergaben letztlich das gleiche wie die im Vorlauf des Prozesses von 1972. Allerdings richteten sich, was das Valium anging, inzwischen recht starke Verdachtsmomente gegen Sophie, Julie und Eveline. Die letzten beiden waren, wie Iason bei der Befragung erfuhr, Mitte der siebziger Jahre wegen Drogenvergehen in einen Prozess verwickelt gewesen.

Nun, das alles ging ihn nichts an. Es mochte ja sein, dass Pierre Jougeau, Leiter der Personalabteilung einer großen ... dass der inzwischen zusammen mit Anderen verbrecherischen Neigungen nachging. Damals jedoch hatten weder er noch Lukas etwas in diese Richtung verspürt. Seines Wissens war niemand bei der Neersteen sexuell bedrängt oder zu irgendetwas genötigt worden. Alles war freiwillig geschehen. Lukas und Iason wurden richtig wütend, als es um diesen möglichen Missbrauch ging. Wobei Lukas, der auch in nicht ganz nüchternem Zustand seine Gedanken halbwegs zusammenbekam, dem Ermittlungsrichter vorwarf, er wolle zwanghaft etwas, das zum Wichtigsten und Schönsten seiner Biografie gehöre, kriminalisieren, und das habe tatsächlich den Charakter einer Vergewaltigung.

Iason hätte jedes dieser Worte unterschreiben können. Die Ermittler kamen einfach nicht weg von ihrem Missbrauchsverdacht. Sie wussten eben nicht, was das für Partys waren, damals. Sie wussten nicht, was es Dörflern wie ihm oder Lukas bedeutet hatte, mal über etwas ganz anderes zu reden als das Alltägliche oder Vietnam. Sich was zu trauen, Neues zu erfahren, darum war es gegangen.

Auf der Rückfahrt nach Envie produzierte Iasons Verstand ein Phantasiebild, in dem einige der erfragten und besprochenen Details vorkamen. Da sah er Pierre Jougeau in einem smaragdgrün gefliesten Raum auf einem hölzernen Liegestuhl mit dicker Auflage liegen. Und zwar am Rand eines intensiv türkisfarben leuchtenden Swimmingpools mit einem Drei-Meter-Brett. Ganz vorne auf dem Brett stand Pauline, die Arme waagerecht vor sich ausgestreckt, in schwarzem Badeanzug, mit einer weißen Badekappe auf dem Kopf, die ihr bis über die Augen ging. Jougeau trug eine große Sonnenbrille und las Zeitung. Ganz rechts, hinter einer Wand aus leicht spiegelndem Glas, etwas von Büschen verdeckt, stand auf einem rasch hingepinselten, erdroten Untergrund ein gelber Ford Transit.

Aber ganz so malerisch war diese Konfrontation mit den Vorgängen von damals nicht. Iason begriff endlich, was offenbar längst alle wussten: Pauline war ums Leben gekommen, weil ihr entweder Sophie oder Eveline oder Julie zu viel Valium gegeben hatte. Mit ihrem Vater oder irgendwelchen Selbstmordgedanken hatte das nicht das Geringste zu tun. Aaron war aus ähnlichen Gründen gestorben. Das hieß für Iason: Aaron selbst hatte sich das Valium besorgt, und das war der entscheidende Punkt. Ob er es nun seiner Mutter geklaut oder vor dem Haus der Neersteen bekommen hatte, war letztlich egal. Selbst Sophies Vorwurf, er habe versucht, sie zu vergewaltigen oder in einen Graben zu ziehen, erklärte sich nun. Das Valium war von ihr gekommen, die Gendarmerie ermittelte. Klar: Sie hatte ihn in Verdacht bringen wollen, um von sich selbst abzulenken. Kurz darauf hatte sie sich dann ja auch nach Portugal abgesetzt.

Iason sprach sich mit Vincent aus, erfuhr einiges, von dem er nichts gewusst hatte. Sie einigten sich darauf, dass sie beide Opfer verschiedener Erwartungen und Anschuldigungen gewesen waren.

Iason wurde wütend. Sein moralisches Empfinden veränderte sich. Hatte er bis jetzt bisweilen gemeint, die Geschäfte der Familie seien zu waghalsig, vielleicht sogar unanständig, so hatte er nun das Gefühl, er habe geradezu ein Anrecht auf diese Geschäfte, auf diesen Erfolg, denn: So war es doch mit der Freiheit, wenn man sie ernst nahm. Er war berechtigt zu tun, was er wollte. Iason wuchs, als ihm das alles klar war, weit über das, was er bisher von sich geglaubt hatte, hinaus. Es war mehr als ein Rausch. Es ging um die Gewissheit eines moralisch vertretbaren Anspruchs auf Glück, Freiheit und Gewinn.

Vincent erschreckt sich zu Tode

Iason war nun mit sich im Reinen, die Geschäfte der Brüder Fournier expandierten. Nur eins fand nicht statt – Vincent heiratete nicht, gründete keine Familie.

»Ob er zu Männern geht?«, hatte Emely ihren Ältesten gefragt.

»Wie kommst du denn darauf?«

»Denk doch mal nach! Vincent sieht gut aus. Er ist wohlhabend, legt Wert auf seine Kleidung, ist sogar an Kunst interessiert. Er hätte doch mit Leichtigkeit eine Frau finden müssen. Außerdem, aber das bleibt unter uns ... Es riecht dort nie nach irgendwas.«

»Wie?«

»Es riecht in der Wohnung von Vinc nie nach irgendwas.«

»Wonach soll es denn riechen?«, fragte Iason und sah seiner noch immer über alles geliebten Mutter dabei in die inzwischen nicht mehr ganz klaren Augen.

»Ich weiß nicht, bei uns hat es doch immer nach was gerochen. Nach Leben, nach Familie.«

»Du meinst das angebratene Sauerkraut und den Kohlrabi?«

»Du weißt ganz genau, Iason, du weißt ganz genau, wovon ich rede. Und weißt du, woran ich auch manchmal denke?«

»Na?«

»An unsere Confiserie. An den Raum mit dem großen Ofen und den mit den Rührmaschinen. Habe ich dir mal erzählt, wie mein Vater gestorben ist?«

»Schon oft, Maman.«

Zwei Wochen nach dieser Unterhaltung starb Emely Fournier. Sie war steinalt geworden, und es war nur gerecht, dass sie noch hatte miterleben dürfen, wie sich ihre so unterschiedlichen Söhne zuletzt – wohl auch dank Lina – aufs Beste ergänzten und an einem Strang zogen. Schließlich war es immer Emelys sehnlichster Wunsch gewesen, Iason und Vincent, so gut sie es eben vermochte, zu fördern und dabei ein wenig in Richtung des Kaufmännischen zu lenken. Sie hatte eine kräftige Hand, keine Frage, aber wer das verurteilt, der müsste Emely mal gehört haben, wenn sie sagte: Meine Jungs.

Die Brüder beerdigten Emely zwischen ihren Eltern und ihrem Mann, der bereits seit gut zwei Jahrzehnten dort lag. Es war eisig kalt an diesem Tag, die Sargträger spürten den Frost bis tief hinein in jeden Knochen ihrer Hände.

Kaum eine Woche später durchquerte Vincent den Ossegempark vor dem Atomium und entdeckte einen Obdachlosen. Er lag eingerollt wie ein Kind vor einer Bank.

Vincent zögerte keine Sekunde. Er rüttelte ihn kräftig, beinahe grob an der Schulter, schrie ihn mehrfach an und rief, als der Alte endlich aufgewacht war, die Polizei, damit zuständige Stellen verhindern sollten, dass er erfror. Dieses Erlebnis, das ihm mächtig in die Glieder gefahren war, veränderte einiges in Vincents Leben. In ihm erwachte der dringliche Wunsch, Menschen, die in Not waren, zu helfen.

Dann starb Assad in Paris.

Iason ging zur Beerdigung, hielt sich jedoch ein wenig abseits von Assads Frau und den längst erwachsenen Kindern.

Der Tod des Freundes drängte seine Gedanken mit Macht zurück in die Vergangenheit. So passierte Iason, was man einen plötzlichen Einfall nennt. Er erinnerte er sich, als er während eines Trauerspaziergangs halb eingetauchte Binsenbüschel am Rand des Kanals betrachtete, dass Hendrik Vanoppen 1972, kurz nach der großen Flut, Aufnahmen des alten Envie gemacht hatte. Zurück im *Auguste*, erzählte er Lina davon, und auch die hielt es für eine gute Idee, einige dieser Fotos zu vergrößern und im Gastraum aufzuhängen.

Alte Bilder

Hendrik Vanoppens Archiv lagerte in einem Keller.

Es ging zunächst 19 Stufen nach unten. Dann ein Gang. An dessen Ende ging es weitere 28 Stufen steil nach unten.

Zuletzt standen sie vor einer mit Stahlplatten beplankten Tür. Die Tochter des Fotografen schloss auf, und der Schlüssel, den sie benutzte, war riesig.

Vanoppens Archivraum stammte mit Sicherheit aus einer ganz anderen Zeit als das oben draufgesetzte Gebäude aus dem 19. Jahrhundert. Das war schon an dem sorgfältig gemauerten Kreuzgratgewölbe zu erkennen sowie an den im märkischen Verband aufgeführten Wänden aus Steinen im Klosterformat.

Hier lagerte in Form von zigtausend Negativen und Abzügen ein Teil der Geschichte Brüssels sowie einiger Gemeinden in der Peripherie.

Nachdem die Tochter des Fotografen, Anne Vanoppen, zwei Plastikbecher auf eine Holzplatte gestellt und mit Tee gefüllt hatte, nickte sie Iason zu. »Sie dürfen. Envie liegt da hinten. Unter Foison.«

Iason zögerte, griff nicht gleich nach Envie oder Foison, sondern zog zunächst den Folianten links daneben vom Regal.

»Das ist nicht, wonach Sie fragten, da ist Moolenbeek drin und verschiedene Betonflächen im Dunst.«

»Darf ich trotzdem...?«

»Natürlich. Schnüren Sie auf.«

In beinahe ergriffener Haltung sah sich Iason die Lichtbilder an. Lange betrachtete er eins, das auf Grund einer völligen Leere etwas erschreckend Banales, ja beinahe Künstlerisches hatte. Was mit dem dichten Nebel zusammenhing, der alles bis auf die Vorderkante eines Flügels verhüllte.

»Die alte Startbahn?«

»Richtig.«

Der nächste Ordner, den Iason aufschnürte, war Foison gewidmet, hier ging es im Wesentlichen um Demonstrationen und einen Kampf für den Erhalt von Arbeitsplätzen.

»Die Proteste wegen der Schließung der Reifenfabrik«, erklärte Vanoppens Tochter. »Mein Vater war der Meinung, er müsse das festhalten.«

»Ach«, sagte Iason und deutete mit dem Finger.

»Was?«

»Die drei kenne ich. Der da, mit der Fahne, der ganz vorne steht, ist Simon Lejeune und die neben ihm, das sind die Brüder Le Bois. Die wohnten ein paar Straßen vom Haus meiner Eltern entfernt. Komisch. Simon hatte gar nichts mit der Reifenfabrik zu tun. Hunde hat er gequält und seinen Sohn verprügelt.«

Die nächste Aufnahme verwirrte Iason noch mehr. Sie zeigte erneut die Brüder Le Bois. Diesmal zusammen mit etwa fünfzig weiteren Arbeitern der Reifenfabrik im Gastraum des *Auguste*. Fahnen lehnen an der Wand. Auf den Tischen große Teekannen sowie Teller mit belegten Broten. Emely und Simon Lejeune bringen gerade Nachschub.

»Was war da los?«, fragte Iason beinahe empört und zeigte mit dem Finger.

»Die Arbeiter essen. Wahrscheinlich wurde die Fabrik über längere Zeit bestreikt und ...«
»Kann sein, aber die beiden? Die da.« Wieder der Finger. »Lächeln die sich an?«
»Sieht so aus. Kannten die sich?«
»Na, das rechts, ist meine Mutter und der links neben ihr ...«
»Eine schöne Aufnahme. Ihre Eltern scheinen sehr glücklich miteinander gewesen zu sein.«
»Um Gottes Willen! Simon Lejeune war nicht mein Vater.«
»Verzeihung.«
»Meine Mutter hat ihn gehasst wie die Pest. Die Reifenfabrik und die Brüder Le Bois auch. Ich verstehe nicht, warum die beiden sich auf der Aufnahme anlächeln. Da muss irgendetwas passiert sein, wovon ich nichts weiß.«
»Hm.« Anne Vanoppen ließ es darauf beruhen, zeigte erneut auf die rote Mappe. »Wie gesagt, Envie liegt da hinten.«
Nun endlich zog Iason die Mappe aus den Regal. Warum zögerte er erneut, sie zu öffnen?
»Na los«, forderte sie keck, »die Fotos meines Vaters beißen nicht.«
Ein kleines Lächeln, erst ihrs, dann seins. In dieser Weise ermutigt, öffnete Iason den Ordner Envie, begann zu blättern und dünne, halbtransparente Papiere seitlich von den alten Abzügen wegzuziehen. Nachdem er das einige Male getan hatte, verzog sich sein Gesicht in einer Weise, als sei er empört.
»Nicht das, was Sie dachten?«
»Doch. Das hat Ihr Vater nach der Flut aufgenommen. Sie haben damals die Wehre geöffnet und bei uns soff alles ab.«
»Aber?«
Vieles hatte ganz anders ausgesehen. Vor allem schien Envie viel kleiner gewesen zu sein als in Iasons Erinnerung. Auch waren auf keinem der Bilder Heuwagen oder Pferde zu sehen. Dabei hatte er doch seinen Gästen alles so genau beschrieben. »Ein Dorf, wie es sie damals noch gab ...« Hatte er

nicht stets so begonnen? Aber das hier war kein Dorf. Das hier war ... gar nichts.

Anne Vanoppen ließ ihm Zeit, ehe sie seine Gedanken unterbrach und in ihren eigenen Erinnerungen zu wühlen begann.

»Mein Vater hat gerne Gebäude fotografiert. Am liebsten moderne Architektur. Die und natürlich seine Leichen. Sie sind übrigens nicht der Erste, der sich nach seinen Arbeiten erkundigt. Einmal waren sogar ein Regisseur und ein Bühnenbildner vom Théâtre National hier, die wollten die Aufnahmen verwenden, die mein Vater gemacht hat, als man den erfrorenen Jungen am Lac Virelle fand. So was gehört doch nicht auf eine Bühne.«

»Dürfte ich mir die Aufnahmen vom Lac Virelle trotzdem ansehen?«

»Blättern Sie weiter.«

So sah Iason das Bild von Aaron Léger, der, seitliche Haltung wie ein schlafendes Kind, am Fuß einer Buche zwischen zwei dicken Wurzeln lag. Am Auffälligsten waren seine weit aufgefächerten, gelockten Haare und sein knallrot geschminkter Kindermund. Es war das erste Mal, dass er den toten Aaron sah. Bis jetzt war er immer nur eine Art Variable in einer moralischen Rechnung gewesen. Er lag da wie das, was er war. Ein Kind. Iason berührte das Bild nicht, aber beinahe hätte er es getan. Dann hätte er seine Finger auf Aaron gelegt, so wie er damals am Lac Virelle sein Hände um Aarons Taille gelegt hatte, um ihn aus dem Wasser schnellen zu lassen, um anschließend in Richtung Lukas oder Julie zu schieben. Aaron wäre fast ertrunken an diesem Tag. Er hatte unbedingt dabei sein wollen. Warum eigentlich hatte keiner von ihnen den kleinen Spion gemocht? Weil er eine Petze und ein Erpresser war, in seinem Versuch, Anschluss zu finden?

Iason berührte das Bild nicht, er entschied sich für etwas anderes.

»Ich hätte gerne große Abzüge von diesen sechs Bildern.«

»Das alte Envie nach der Flut.«

»Genau. Und dann noch diese beiden vom Schützenfest.«
»Die mit den vielen Kindern. Kannten Sie die?«
»Einige habe ich gekannt, nicht alle natürlich. Das da zum Beispiel bin ich, und der Zwerg neben mir ist mein Bruder.«
»Zur Erinnerung.«
»Ich habe sonst nichts, meine Eltern haben den Ort nie fotografiert. Es gibt nur Aufnahmen vom Haus, vom Restaurant und natürlich von uns Kindern. Massenhaft Kinderfotos, Sie kennen das ja.«
»Ich glaube, niemand außer meinem Vater hat Envie je fotografiert.«

Auf der Rückfahrt, kurz vor dem Abzweig in die Rue van de Velde, hatte Iason plötzlich das Bedürfnis, anzuhalten und auszusteigen. Er fuhr seinen Wagen an den Straßenrand.

Eine Weile stand er vorne neben seinem Citroën, wobei er sich mit beiden Händen auf der Motorhaube abstützte. Es schien ihm egal zu sein, dass er dabei halb auf die Straße geriet, denn er hatte das dringende Bedürfnis tief durchzuatmen, sich Luft zu verschaffen. Normalerweise half tiefes Atmen, wenn es eng wurde in der Brust, es ging dann bald vorbei. Diesmal jedoch dauerte es länger, war schlimmer. Unablässig fuhren Autos mit hoher Geschwindigkeit an ihm vorbei und mehr als einmal wurde wütend gehupt.

Es ging vorbei. Und Iason kannte das ja schon. Atemnot. In letzter Zeit war ihm das hin und wieder passiert. Meist, wenn er längere Strecken gefahren war. Irgendwie saß er falsch und klemmte sich so die Luft ab. Iason achtete auf seinen Körper, hätte er ein Brennen in seinen Oberarmen gespürt oder wäre ihm so was in einer anderen Situation passiert, zum Beispiel bei schwerer Arbeit, er wäre sofort zum Arzt gegangen.

Das alte Envie, eine Täuschung

Nach dem Besuch in Vanoppens Archiv wusste Iason, wie es wirklich gewesen war. So viele Jahre hatte er seinen Gästen erzählt, wie angenehm man früher auf dem Land lebte. Das änderte sich nun. Zunächst begann er von seinem Freund Leo zu berichten. Von dem und von seiner Zwille. Dann von dem Unterstand, den sie sich gebaut hatten.

»Leo verschwand eines Tages. Aber wen wunderte das? Sein Vater prügelte gerne. Er war nicht der einzige.«

Es ging also auch in alten Dörfern nicht immer friedlich zu. In einigen von Iasons Geschichten war nun sogar vom Sterben die Rede. Den Tod, vor allem seine Erinnerungen an Pauline und ihre traurige Geschichte, sparte Iason nun nicht mehr aus. Im Gegenteil. Er zeigte sich, was den Tod anging, sehr engagiert, fast hatte man den Eindruck, es sei ihm ein Bedürfnis, ihn immer häufiger auftreten zu lassen.

Parallel zu dieser Phase veränderter Erinnerung geschah etwas, das Lina zunächst nicht groß beachtet hatte. Iason fing wieder an, mehr zu trinken. War das der Grund, warum er davon zu träumen begann, dass er im Unterstand eingeschlossen oder verschüttet sei? Immer öfter wachte er mitten in der Nacht auf.

Der Mangel an Schlaf und das Übermaß an Rotwein veränderten ihn. Er berichtete nun von seinen Freundinnen, und Iasons Erzählkunst strebte dabei mehr und mehr in Richtung des Sexuellen. Was er seinen Gästen hier bot, das war Naturalismus reinster Art. Vielleicht hätte Lina ihm sogar das noch eine Weile durchgehen lassen, denn es wurde mehr Wein bestellt als je zuvor.

Es war ohnehin zu spät. Iason kam zum Kern.

»Soll ich Ihnen erzählen, wovon ich träume? Es sind keine schönen Bilder und Erinnerungen, die da kommen. Also habe ich jeden Abend Angst davor, wieder zu träumen. Da entstehen diese Bilder, Verwandlungen, Körpergefühle, da bin ich auf einmal wieder siebzehn, kämpfe mit einem Mädchen auf einer vereisten Straße, versuche sie niederzuringen und in einen Graben zu ziehen. Vollmond. Alles glitzert. Auf einmal wird es hell, es tut richtig weh. Der gebündelte Strahl einer Lampe trifft mich. Ich kneife die Augen zusammen ... Polizei. ›Geh weg von ihr! Lass sie los! Hörst du nicht? Lass sie los!‹ Kurz darauf kam ich ins Gefängnis, wurde eingeschlossen.«

Er war ganz außer Atem, musste erst mal Luft holen, ehe er fortfuhr.

»Das Mädchen hat damals behauptet, ich hätte ihr etwas antun wollen. Aber wissen Sie, wie es wirklich war? Ich erinnere mich gar nicht an diesen Abend, ich war so betrunken und mit Drogen aller Art zugeknallt, dass ich niemals einem Mädchen etwas hätte antun können. Ich war unschuldig. Ich saß zu Unrecht im Gefängnis und ich war doch erst ein paar Tage zuvor siebzehn geworden. Aber so war es immer in Envie. Hier wurde gelogen und gelogen und schlecht geredet ... Es gab noch weitere Verbrechen. Stets wurden die Falschen ermittelt und angeklagt. Über Vietnam gibt es massenhaft Filme, auch über andere Kriege und die Folgen. Aber was mit uns Kindern in Envie geschah, auch von behördlicher Seite, das will niemand wissen. Das interessiert keinen.«

Ihm standen zwar Tränen in den Augen, als er das sagte, aber Iason kam sich doch stark vor. Sehr stark sogar. Es war wie so oft, es war ein Rausch. Ein Rausch der Gerechtigkeit. Und wie immer, wenn es mit ihm durchging im Kopf, begann er körperlich zu reagieren.

Was er noch gesagt oder kaputt gemacht hätte, da müsste man raten. Lina kam zum Tisch, nahm ihn wie ein Kind in den Arm und führte ihn weg.

In der Küche brach Iason zusammen.

Zwanzig Minuten später stand ein Rettungswagen vor dem *Auguste*. Zwei blaue Lampen blinkten, als sei das auch bei Stillstand ihre Pflicht. In der Küche wurden sterile Verpackungen aufgerissen und Zugänge gelegt, draußen fiel Licht, das aus dem Inneren des Restaurants kam, aufs Blech des Krankenwagens, der etwas eindeutig Stumpfes und blöd Abwartendes hatte. Gäste standen in Gruppen. Frauen schienen zu frösteln, obwohl es eine schöne, warme Sommernacht war.

Iasons massiger Körper hatte auf einer Trage gelegen. Gerade als er rausgebracht wurde, kam Vincent angerannt, sein Körper tauchte aus der Dunkelheit auf, in einer Weise, als hätte er sich dort eben materialisiert. Ohne sich auch nur eine Sekunde zu besinnen, lief er zu Iason, ergriff dessen Hand, hielt sie fest, beugte sich zu seinem Bruder hinab und sagte: »Wenn das vorbei ist, Iason, gehen wir raus unter die Bäume.«

Zweimal kam das, das zweite Mal, als die Trage gerade in die Führungsschienen des Krankenwagens eingeklinkt wurde.

»Er kann Sie nicht hören«, sagte einer der Träger.

»Oh doch, er weiß es ganz genau«, antwortete Vincent mit erschütternder Überzeugung.

Lina war, während das alles geschah, zwischen Restaurant und Krankenwagen hin und her gelaufen, als wisse sie nicht wohin.

Die Hasen

»Eine nervöse Störung, ein kurzzeitiger Ausfall der Steuerung gewissermaßen«, hatte ein Arzt in Brüssel erklärt, nachdem Iason zwei Tage untersucht worden war. Dann, nach der nochmaligen Durchsicht einiger Kontrastaufnahmen, hatte er sich einen Scherz erlaubt. »Ihr Herz, wo haben Sie das her? Aus einem Traktor?«

»Es ist das Herz meiner Mutter«, hatte Iason geantwortet.

»Das Herz Ihrer Mutter, verstehe. Das Herz Ihrer Mutter und die Gefäße scheinen jedenfalls soweit in Ordnung zu sein.« Der Arzt hatte einen kurzen Blick auf die Blutwerte geworfen und dann Lina angesehen. »Trinkt Ihr Mann regelmäßig so viel? Sie müssen das in den Griff bekommen, sonst geht es irgendwann nicht mehr gut.«

Iason wehrte sich nicht, als Vincent und Lina ihn über weitere Schritte unterrichteten. Ihm war klar, dass es so nicht weiterging. Seine Gesundheit machte ihm dabei weniger Sorgen, denn sein Herz schien ja in Ordnung zu sein. Der Gedanke jedoch, dass wegen seines alkoholgetriebenen Geschwätzes die Gäste ausbleiben und das *Auguste* rote Zahlen schreiben könnte, machte ihn zugänglich. Davon abgesehen, wem wollte er denn erzählen, dass alles vermutlich an einem Bild lag, das er gesehen hatte? Wer wollte schon hören, warum er nachts mit den Beinen zappelte und mit den Händen wühlte, als wolle er sich aus irgendetwas befreien? Niemand. Dafür war er ein viel zu starker und angesehener Mann. Und das Ansehen seiner Person, darauf beruhte doch letztlich das Funktionieren des gesamten geschäftlichen Gebildes. Der Respekt, der nötig war, damit keiner ausschere. Ein Mann, der nachts rumzappelt, würde in Polen wenig Eindruck machen, wenn es darum ging, jemanden wieder auf Spur zu bringen.

Nach vier Tagen gründlicher Suche fand Vincent eine Neurologin, die sich auf Störungen der Herzsteuerung verstand.

»Was ist los, Monsieur Fournier?«, fragte sie mit einiger Strenge, kaum dass Iason Platz genommen hatte. »Haben Sie Stress? Oder warum gehen Sie so mit sich um?«

Iason gab sich während des Gesprächs mit der Neurologin vernünftig, sah ein, dass er nicht mehr trinken durfte, war bereit, sich behandeln zu lassen. Er hatte eigentlich nicht groß was sagen wollen, aber es kam dann doch. Vielleicht, weil die Worte Stress und Druck so oft gefallen waren.

»Es gehört sicher nicht hierher und ich habe bis jetzt auch noch nie jemandem davon erzählt. Ich will es jetzt tun. Um mich zu erleichtern. Ich soll ja Druck abbauen. Ich möchte mir am Ende nicht vorwerfen, etwas zurückgehalten zu haben.«

Hatte die Neurologin ihn in diesem Moment angesehen? Oder schrieb sie bereits auf ihrem Rezeptblock?

»Mein Bruder hatte als Kind einige Hasen. Er und meine Großmutter Louisa standen fast jeden Abend vor den Ställen und sprachen miteinander. Ich schätze, schon in der Zeit waren alle davon überzeugt, dass er der intelligentere ist von uns beiden. Dass er studieren sollte, während ich nur für die Küche in Frage kam. Meine Großmutter war damals noch Herrin im Haus, was sie sagte, galt. Und sie hatte sich meinen Bruder auserkoren. Da war Vinc im Vorteil. Ich hatte aber auch einen Vorteil. Ich war der Liebling meiner Mutter.«

Iason zögerte, schien nicht recht zu wissen, wie er zum Kern kommen sollte.

»Wissen Sie, Hasen haben es so an sich, dass sie viel Dreck machen. Und eines Tages sagte meine Mutter zu Vinc, dass er seine Ställe nicht sauber halten würde. Und eine Woche später sagte sie es nochmal. Vinc machte trotzdem seine Ställe nicht sauber. Ich glaube, es war das einzige Mal, dass er sich aufgelehnt hat. Und so sagte meine Mutter am Ende, um diesen unsinnigen Widerstand zu brechen:

›Wenn die Ställe morgen nicht sauber sind, kommen die Hasen weg.‹

›Das darfst du nicht!‹, antwortete Vinc sofort. ›Das sind meine und Großmutters Hasen, und Großmutter will, dass sie bleiben. Sie hat zu sagen, was hier passiert.‹

Meine Mutter hat sicher etwas erwidert, sie ... wirkte so traurig, und ich ... ich hatte meine Mutter falsch verstanden, ich wollte, dass alles so wird, dass sie wieder zufrieden ist und nicht mehr traurig. Also bin ich nachts aufgestanden, habe mir zwei große Körbe besorgt, die Hasen da reingetan und sie in den Pappelwald auf der anderen Seite der Rue Envie gebracht. Dort habe ich sie vorsichtig auf den Boden gesetzt. Ich dachte, die Hasen würden sofort weglaufen, froh darüber, nun frei zu sein. Aber sie blieben einfach sitzen. Da bin ich dann nach Hause gegangen. Am nächsten Tag hat Vinc so geweint, dass einige losgezogen sind, seine Hasen zu suchen. Und die fanden sie dann, genau dort, wo ich sie freigelassen hatte. Alle tot und total zerfetzt.«

Iasons Mund bewegte sich noch ein wenig, es sah aus, als würde er innerlich weitersprechen.

Die Neurologin hatte ihm aufmerksam zugehört, mehrfach verständig genickt, zuletzt gelächelt. »Sie haben Stress wegen der Hasen?«

»Ich denke in letzter Zeit manchmal dran.«

»Es kommt jetzt nicht so sehr darauf an, was Sie denken, sondern was Sie tun.«

»Wie schaffe ich den Anfang?«

»Medikamente werden Sie unterstützen.«

»Valium?«

»Es gibt heute bessere Mittel. Ich lasse noch ein paar physiologische und neurologische Untersuchungen machen, dann werde ich Sie medikamentös einstellen.«

Benötigt wurden am Ende zwei Sorten Tabletten sowie zwanzig Tropfen morgens und abends, um alles in ein schöneres Licht zu stellen. Dennoch dauerte es diesmal lange, ehe Iason es schaffte, dem Rotwein zu widerstehen. Erst acht Monate nach seiner Sauf- und Leidensperiode besuchte er zum ersten Mal eine der Veranstaltungen, die sein Bruder seit einiger Zeit regelmäßig organisierte.

Vincent ist beliebt

Während der letzten Jahre hatte Envie eine weitere Verwandlung durchlaufen, die mit dem nächsten Generationswechsel zusammenhing. Die Denkmalpflege hatte endlich nachgegeben und so wurden, nach einer Aufstockung, aus nie genutzten Trockenböden schöne, helle Räume. Viel Licht, so lautete die Devise.

Wenn man heute auf der Rue Envie steht, hat man das Gefühl, etwas sehr Allgemeines und doch Schönes zu sehen.

Eine Ansammlung von gepflegten, hellen Häusern. Schmale Gärten fallen auf, gepflasterte Sträßchen, naturnah gestaltete Carports und im Sommer viele Rasensprenger und Blumen, vor allem Korbblütler.

Kurz nach Sonnenuntergang, während der vierzig Minuten, in denen es noch hell genug ist, um im Freien zu lesen, sieht man an diesem lauen Sommerabend Frauen und Männer in Korb- und Liegestühlen auf Veranden. Sie alle lesen zur Vorbereitung auf ein anstehendes Ereignis das gleiche Buch. *Die Pest zu London* von Daniel Defoe. Und sie lesen in jenem Zwielicht, das man im Fachjargon als bürgerliche oder zivile Dämmerung bezeichnet.

Entlang der ziegelgepflasterten Straßen und Wege verbreiten nun altertümlich anmutende Lampen, die sich mit selbst gespeicherter Energie versorgen, ihr nach oben hin präzis abgeschirmtes, flach flutendes Licht. Geräusche von Schritten. Die Frauen sind modisch gekleidet. Einige tragen Einkaufskörbe aus Weidengeflecht, andere haben sich bei ihren Männern eingehakt, nur wenige gehen allein.

Es sind wenigstens sechzig, die sich zuletzt auf dem Platz vor der Kirche versammeln und dort im Schein einiger Fackeln von Vincent begrüßt werden. Man trinkt Champagner, dazu werden von zwei Bürgern mit gepflegten Bärten und gut sitzenden Westen Petit Fours gereicht. Diese von Vincent organisierten mitternächtlichen Soirées haben durchaus etwas mit den Mitternachtsmessen von Pfarrer Jacobsen zu tun. An diesem Abend wird Professor Dufour aus Brüssel sprechen. Ein Mann mit einem Gesicht schmal wie ein Beil. Der Virologe befindet sich seit vier Jahren im Ruhestand. Bis 1998 leitete er eine Station in Afrika, später behandelte er Patienten am Brüsseler Institut für internationale Hygiene.

Iason erscheint als einer der Letzten. Als Vincent ihn entdeckt, geht er sofort auf ihn zu.

Leere Champagnergläser werden auf hohen, runden Tischen abgestellt, dann versammeln sich alle am Portal. Dort wartet nicht mehr der Pfarrer und es gibt auch keine Kästchen mit Schlitz oder einen Klingelbeutel. Man wird später vom Handy aus spenden.

Vincent geleitet den Bruder zu einem Ehrenplatz in der ersten Bank, steigt anschließend drei Stufen empor, sammelt sich kurz hinter seinem Stehpult und hält, ohne allzu oft auf seine Notizen zu blicken, eine durchaus philosophisch zu nennende Rede, die von Schuld, Leid und Verantwortung handelt. Schließlich kommt er auf das Thema des Abends zurück und stellt den Referenten vor.

Professor Dufour hat einen Vortrag über die Wirkung und Verbreitung des Ebolavirus angekündigt. Er beginnt mit einem anschaulichen Bericht über die Herrschaft der Pest in Europa, die von Asien aus mit Schiffen über italienische Hafenstädte eingeschleppt wurde.

Iasons Blick wandert, während Dufour über die hygienischen Zustände in Venedig spricht, nach oben. Er betrachtet das Deckengemälde über dem Chor. Schon als Kind hatte ihm das Bild eine Reihe Fragen gestellt, die er sich bis heute nicht vollständig beantworten kann.

Nach seinem Vorabreferat über den Schwarzen Tod kommt Professor Dufour zu seinem eigentlichen Thema, der Verbreitung des Ebolavirus.

Iason hört kein Wort mehr von dem, was der Referent sagt. Seine Augen sind scharf nach links in die Ecken gekippt, sein Mund leicht geöffnet. Er beobachtet Vincent und erkennt die für ihn so typischen schnellen Wechsel zwischen großer Besorgnis, absoluter Entschlusskraft, Schwächung und Straffung. Hin und wieder scheint Vincents Gesicht zwei Empfindungen gleichzeitig ausdrücken zu wollen. Das sieht nicht unbedingt schön aus.

Das Licht wird von einer am Mediencenter platzierten Bürgerin abgedunkelt, denn zur abschließenden Veranschaulichung des Gesagten zeigt Professor Dufour einen Film.

Die afrikanische Urwaldstation sieht aus, wie eine afrikanische Urwaldstation aussehen sollte, die Bäume haben riesige Blätter, die Bananen sind grün, und die Straßen bestehen aus rötlichem Lehm. Menschen gehen alltäglichen Beschäftigungen nach, es wird gemeinsam gegessen, und es gibt Türen, hinter denen Kranke liegen.

Zuletzt geht es bis tief hinein in das Gesicht eines Sterbenden und dann, noch tiefer, ins Mikroskop. Man sieht, wie eine gesunde Zelle befallen wird. Von einem Eindringen und Einnisten spricht Professor Dufour, und von den Abwehrmaßnahmen der Zelle. Es geht, das kann jeder sehen, um einen Kampf, den die Zelle zuletzt verliert.

Der Verfall, die unaufhaltsame Purpur-, Braun- und Schwarzfärbung dessen, was einst gesund und lebendig war, erschüttert die Bürger. Manche Frauen halten ihre Hände im Schoß wie zum Gebet gefaltet, einige Männer haben sie zur Faust geballt.

Kriegsgeschädigte wie Simon Lejeune, Louis Martin oder die Brüder Le Bois mit ihrem selbstgezimmerten Weltbild gibt es hier schon lange nicht mehr. Man plappert auch nicht über weit entfernte Geschehnisse, nur weil man irgendwo etwas aufgeschnappt hat. Im neuen Envie hält man sich an das, was faktisch, wissenschaftlich oder wenigstens journalistisch bewiesen ist. In diesem Fall ein Sterben von dunkelhäutigen Patienten in weißen Betten und die Gefahr einer Epidemie. Keine Frage, hier sitzt eine andere Generation. Die Blicke der Bürger jedoch drücken das gleiche aus, wie zu ganz alten Zeiten. Eine Mischung aus Mitleid, Abscheu und Furcht.

Alle haben die Kirche verlassen, nur Iason sitzt noch in seiner Bank. Der Geruch der alten Zeit ist nicht gänzlich verschwunden, er identifiziert ihn hinter den Wolken aus Parfüm.

Hört er den Chor von damals, der so gut war unter der Leitung von Louis Martin?

Vom Ausgang her eine Stimme, die er sein Leben lang kennt. »Iason, komm doch, wir sind alle auf dem Platz.«

Fackeln. Die Brüder stehen nebeneinander, auf der Plattform, zu der sich die oberste der vier Stufen vor der Kirche erweitert. Iason riecht Gras, Wasser, verschiedene Sorten Parfüm, viel lauwarme Luft. Fast automatisch hebt er den Blick. Die Flugzeuge weit hinten sind nur lautlos blinkende Punkte.

Er betrachtet das Geschehen mit Neugier.

Seine Tochter verkauft selbstgemachtes Pesto, Honig und Quittenmarmelade. Dazu Rotwein zu elf Euro das Glas. Sie wird die Kisten mit den Weingläsern später im Transporter verstauen und zurück ins *Auguste* bringen. Iason weiß genau, wie sie sich bewegt, wenn sie arbeitet. In der Küche zum Beispiel oder im Restaurant beim Eindecken der Tische. Nie eine unnötige Bewegung, nie ein überflüssiger Gang. Ihre Schwester ist nicht da. Sie hatte sich vehement dagegen gewehrt, im Restaurant mitzuarbeiten, wollte Sängerin werden. Iason hatte sich damals, was diesen Wunsch anging, auf Seiten seiner Tochter gegen Lina durchgesetzt.

Noch immer stehen wenigstens vierzig Bürger auf dem von nicht mehr benötigten Grabsteinen gesäumten Platz vor der Kirche. Ein Platz, den noch seine Mutter unter Verwendung der Stapel vor der Nordwand der Sakristei anlegen ließ. So sind die Alten gewissermaßen mit dabei. Simon Lejeune, Noah de Clercq, die Brüder Le Bois, die Schwestern Le Bois, Pauline, Louis Martin, Ronny, Aaron Léger, Vivienne Maes ... Leos Name steht nirgends, er ist im Gefängnis gestorben.

Iason ist ohne Zweifel das Oberhaupt der Familie. Und doch ist das Höchste letztlich nicht von ihm, sondern von seinem kleinen Bruder erreicht worden.

Etwas abgeben, denen helfen, die in Not sind. Jeder in Envie weiß, dass Veranstaltungen wie diese heute Abend nur eine Zierde sind, nur kleines Geld einbringen. Jeder hier weiß, dass die Fourniers regelmäßig große Beträge spenden, um jenen zu helfen, die sich nicht selbst helfen können. Diese Selbstlosigkeit hat ihnen das eingebracht, was so mancher sich wünscht. Respekt. Achtung. Anerkennung. Sicher auch Neid. Neid ist die unmittelbarste Form der Anerkennung.

»Es freut mich wirklich sehr, Iason, dass du heute dabei bist. Und?«

»Ich bin nicht betrunken, falls du das meinst. Ihr sammelt?«

»So hat die Kirche wieder eine Funktion. Ich denke, Pfarrer Jacobsen würde es gefallen.«

Eine kleine Pause muss noch verstreichen, ehe Vincent das Entscheidende fragt.

»Wie fandest du meine Rede? Zu philosophisch, oder? Ich will immer zu viel.«

»Du hast gut gesprochen, Vinc. Man hat dich verstanden.«

Vincent schweigt, doch sein Schweigen ist kein wirkliches Schweigen. Man sieht ihm an, wie stolz er ist. Auch Vincent hatte sich aus großer Tiefe emporarbeiten müssen, da ist Iason sich sicher. Nur hatte man das bei ihm kaum gemerkt.

»Du entschuldigst mich?«

»Geh, Vinc. Es ist dein Abend, es sind deine Leute.«

Vincent berührt ihn noch kurz am Arm, steigt dann die Stufen hinab, geht zu einer der Gruppen. Iason bleibt oben und betrachtet, was auf dem Platz geschieht. Was er sieht, freut ihn, sein Bruder ist wirklich bei allen beliebt.

Warum hat er trotzdem das Gefühl, etwas in Vincents Leben sei nicht in Ordnung gebracht, er sei seinem Bruder etwas schuldig? Iason kommt nicht drauf, was ihn so kribbelig macht. Also verdrängt er seine Gedanken, betrachtet, ohne es zu bewerten, was er sieht und hört.

Zwei Männer in weißen Hosen bringen, von rechts herkommend, einen großen blauen Müllsack. Ein dritter in grünem Hemd spricht, während er Teller auf einem der Biertische stapelt, mit einem vierten über den Zerfall Europas, ein eben hinzugekommener fünfter bietet an, sich an den Äpfeln in seinem Garten zu bedienen.

Leuchtpunkte über Brüssel, enge Taktung.

Weit hinten, sechs Grad rechts außerhalb der Mitte, werden Gläser in Richtung der hell angestrahlten Kirche gehalten und auf die korrekte Eindickung des Gelees geprüft, Menschengruppen rochieren, ein kleiner Frauenchor beginnt zu singen, drei Kinder, um die zehn Jahre alt, ziehen links vorne im Bild völlig grundlos ihre kleinen Jacken aus, lassen sie auf den Boden fallen, trampeln darauf herum und...

Eine blitzschnelle Bewegung der Faust. Will Iason es ihnen nachtun? Ist ihm der Gedanke gekommen, runterzugehen und die gestapelten Gläser mit Honig...? Dort einfach mal mit der Faust durchzuwischen. Er würde es sicher nicht tun, weil er etwas gegen selbstgeimkerten Honig oder Wohltätigkeit hätte. Auch mit Gewalt im herkömmlich aggressiven Sinn hätte sein Wunsch wenig zu schaffen. Er würde es tun, um ein wenig den Schmerz zu spüren. Die Außengrenze seiner Existenz.

Es geht dem Ende zu. Wolldecken werden gefaltet und gestapelt. Eine Frau fragt mit Blicken, indem sie auf einen der Stapel deutet, wo sie hinkommen. Iasons Tochter, sie steht gut 15 Meter von der Frau entfernt, weist, ohne überhaupt hingesehen zu haben, ohne ihr Verkaufsgespräch in Sachen Quittenmarmelade zu unterbrechen, auf die geöffnete Schiebetür des Transporters.

Bestätigt sich in dieser Geste, dieser von ihrem Vater ererbten Fähigkeit, das Tableau zu überblicken, dass sie das Zeug hat, bald alles weiterzuführen? Hatte auch seine Mutter in so einem Moment entschieden, dass er, nicht Vincent der Richtige war, alles zu übernehmen? War diese Entscheidung noch in der alten Konditorei gefallen, weil er schon am ersten Tag alle Preise wusste? Oder hatte seine Mutter sich mit Louisa gestritten? Vielleicht sogar heftig? Hatte Louisa sich für Vincent ausgesprochen, mit dem sie sich doch immer so gut unterhielt? Hinter dem Haus, vor den Hasenställen. War es bei Emelys Entscheidung am Ende gar nicht um seine Leistung gegangen, sondern um Rache am Willen ihrer Mutter? Waren Vincent und er dieser Rache geopfert worden?

Es ist spät geworden. Vincent winkt ihm zu. Die Kinder haben ihre verdreckten Jacken wieder angezogen. Zwei Väter und eine Mutter staunen über das, was sie sehen, regen sich aber nicht auf. Bürger gehen von Gruppe zu Gruppe. Verabschieden sich. Die Grabsteine im Hintergrund sind nur noch Schatten. In einiger Entfernung ruft jemand laut Gute Nacht. Andere antworten und rufen ebenfalls laut Gute Nacht. Kinder greifen nach Händen, als sie zum Rand des Dunkels kommen. Der Motor eines Wagens wird angelassen. Lichter flammen auf. Sie streichen über den Platz, während der Wagen wendet.